U0140844

一套推动和普及中国动漫游戏教育及产业发展的优秀教材。

21 Century High Education Textbooks for Animation, Comics and Game

"十一五"全国高校动漫游戏专业骨干课程权威教材

动漫游戏专业高等教育教材专家组／审定

Computer Graphics in Animated Films／TVs

影视电脑动画基础

(Photoshop／Painter／Illustrator)

策划／北京电影学院动画学院

编著／李晓彬　张　丽

海洋出版社

北京

内 容 简 介

影视电脑动画基础是动画专业基础课程。本书内容分三部分（共 16 章）介绍：第 1 章计算机图形图像基础知识。第 2～11 章 Photoshop（CS 版）图形图像处理，内容包括用 Photoshop 绘制图像，图层、通道和蒙版的应用，图像的色彩校正和各类滤镜功能介绍，典型范例有"水中倒影"、"打开的书和残破旧报纸"、"霓虹灯效果"、"燃烧的火焰效果"、"金属字效果"、"国画邮票效果"、"水果与酒杯效果"。第 12～14 章为 Painter（IX 版）绘画部分，介绍 Painter 工作环境与常用功能，用 Painter 为画面上色、创建动画的基本工作流程。第 15～16 章为 Illustrator 矢量图形绘制部分，介绍 Illustrator 的常用功能、用 Illustrator 绘制标志图形的基本方法等。

《影视电脑动画基础》旨在介绍一条有艺术基础的动画专业学生如何通过本书的学习熟练使用电脑工具来进行动画创作的途径。通过书中相关软件的学习，学生能够运用平面绘图软件 Photoshop、Painter 和 Illustrator 完成基本的图像处理、动漫人物的造型设计、矢量图形设计，以及绘制分镜头画面、绘制插画等。熟悉并掌握电脑动画基础知识和技能，对于今后掌握和操控动画制作的整体流程，了解前沿动画设计理念和影视编导、摄影、合成的基础知识，增强协同制作能力有重要的意义。

本教材遵循北京电影学院动画学院的教学安排，并结合课堂教学中积累的经验，精心整理并设计了教学顺序。教材中每章都配有与教学内容紧密相连的制作实例，使基础知识内容形象化，图文并茂，通俗易懂，重点突出，大大降低学习难度，能够充分激发学生的学习兴趣，达到将理论教学与操作技巧紧密结合的目的。

本书不但是高校动画专业的基础教材，同时也是艺术院校数字艺术设计专业优秀教材。

本书配套光盘内容包括：全书所有范例的练习素材及最终效果图源文件，学生作品效果图欣赏。

图书在版编目（CIP）数据

影视电脑动画基础/李晓彬，张丽编著 . —北京：海洋出版社，2008.11
ISBN 978-7-5027-7134-8

I.影… II.①李…②张… III.动画片—计算机辅助设计 IV.J954

中国版本图书馆 CIP 数据核字（2008）第 167942 号

书　　名：影视电脑动画基础	**发 行 部**：(010) 62113858　(010) 62132549
编　　著：李晓彬　张丽	(010) 62174379（传真）　86489673
责任编辑：仁　华　黄梅琪	**技术支持**：www.wisbook.com/bbs
责任校对：肖新民	**网　　址**：www.wisbook.com
责任印制：魏志新	**承　　印**：北京新丰印刷厂
光盘制作：李晓彬	**版　　次**：2008 年 11 月第 1 版
光盘测试：黄梅琪	2008 年 11 月第 1 次印刷
排　　版：海洋计算机图书输出中心　晓阳	**开　　本**：787mm×1092mm　1/16
出版发行：海洋出版社	**印　　张**：23.25　（彩色 10 印张）
地　　址：北京市海淀区大慧寺路 8 号（716 室）	**字　　数**：521 千字
100081	**印　　数**：1～3000 册
	定　　价：58.00 元（含 1CD）

本书如有印、装质量问题可与发行部调换

出版者的话

伴随着互联网技术和ＣＧ技术的日新月异的发展，动漫游戏产业的前景给每个置身其中的人带来了无限的遐想，全世界影视动画、动漫、游戏行业不断制造的财富故事，特别是欧美发达国家、邻国韩日动漫已经成为其国民经济支柱的现实，为中国动漫游戏产业展示着绚丽的色彩。巨大的市场空间及需求，新媒体动画技术的发展，给中国动漫游戏产业再创昔日"中国学派"的辉煌带来了一次难得的历史性机遇，中国动漫游戏产业为"赶上了好时候"兴奋不已，整个产业正在涌动激情的创业热潮。

人才是企业及产业发展的"源动力"，已经成为共识。但是目前动漫游戏人才的数量和质量，离产业的需求无疑有相当差距，这无疑使我国快速发展的动漫游戏产业遭遇瓶颈。人才现实的需求，直接催生了近些年来中国动画教育的蓬勃发展，无论是本科、高职还是各类培训班新生人数及在校人数每年都在快速增长。但是动漫游戏毕竟是新生事物，面对这样的新行业、新技术，如何快速提高"教学水平"，为产业培养及输送既有创意又有实操执行能力的"真人才"，是我们教育工作者面临的一个全新挑战。教学的核心是"课程的设置和教材的编写"，一套高标准的"动漫游戏专业高等教育教材"的推出已经成为各类专业院校的普遍需求。

由北京电影学院动画学院、中国动画学会及海洋出版社等知名机构共同发起和组建的"动漫游戏专业高等教育教材编委会"，组织国内优秀的一线老师历时三年，搜集并整理了大量欧美、韩国、日本等优秀的动画游戏学院的课程设置、教材等教学资料，广泛征求了海内外教育专家、技术专家的各类意见，结合国内的实际情况，编写了这套《"十一五"全国高校动漫游戏专业骨干课程权威教材》，力图全面展示"最核心的动漫游戏理论"、"最新的技术"、"最典型的项目应用"，为国内动漫游戏专业提供一套标准的通用教材。只有建立了这样一种规范和标准，来自各个不同的院校毕业生、在日常的工作中才会有一种共同的知识底蕴，才会有共同的语言去"对话、沟通"，这样的合作正是中国动漫游戏产业迅速做强做大的根本，否则，我们的动漫游戏可能没有产业，只有作坊。

中国的动漫游戏教育刚刚开始，动漫游戏教材又是一个日常日新的巨大工程，"动漫游戏专业高等教育教材编委会"是一个开放的平台，衷心希望国内外专家，特别是身在教育最前线的老师加入到我们的策划与编写队伍中来，"众人拾柴火焰高"，让我们共同为推动中国的动漫游戏教育及产业的发展贡献自己的心力和才智。时值本套教材出版不久前，国家有关部门连续出台《关于发展我国影视动画产业的若干意见》、《关于实施"中国民族网络游戏出版工程"的通知》及在北京电影学院等著名高校建立"影视动画原创基地"等重大决策，全力规划并支持动漫游戏产业的发展，甚是欣慰，机会真的来了。

动漫游戏专业高等教育教材编委会

丛书总序

进入崭新的 21 世纪，中国的动画事业将如何发展？

尤其在美国、日本的电影动画得到普遍认同和接受，成为举足轻重的类型片以及其动漫画产业蒸蒸日上成为重要的支柱产业的今天，中国动画产业在各方面都存在着有目共睹的差距，甚至在很多领域存在着诸多的空白！

中国动画如何在严峻的情况下找到属于自己的出路，再现"中国学派"的辉煌，这些挑战无疑都已经现实地摆在我们的面前。而对于每一个动画从业者，或者是正准备投身于动画事业的人来说，更是责无旁贷！

说到我们的动画创作，虽在改革开放后取得了长足的进步和发展，但是与先进国家的差距却已经日益明显地加大。这当中存在着多方面的因素，最为突出的是我国缺乏大批优秀的动画创作性人才，而发展动画教育则又是人才形成的根本保证。

要真正发展我国的动画事业，毋庸置疑首先要关注我们动画教育如何真正地完善。虽然我国的动画教育早从 50 年代就已经在北京电影学院等院校中开始，也培养了一批优秀的动画人才，但是随着整个动画的发展，动画教育也显然面临着新的挑战。随着社会各界对于动画事业发展的日益关注，全国各地院校纷纷建立了动画专业，出现了除研究生、本科、大专院校以外，还包括中专、短期培训等等各种层次的教育形式，为更多有志于在动画领域发展的青年提供了大量的学习机会。中国动画教育正表现出极好的发展态势。但是，出于历史、经济等各方面原因，我们的动画教育一直以来都存在着缺乏系统、科学和连续性的弊病；而在课程设置、教学安排等方面也都未能真正实现一个完整的教育体系。不仅如此，我们的动画教育还没有一套完备的、科学的、体系化的专业教材，显然在很大程度上制约着我国动画教育的发展。一套高水准的专业动画教材已经成为我国动画高等教育的普遍需求，但是我们也要看到，要编写这样的一套教材，难度之大可想而知。不仅要将授课内容和动画创作的精华浓缩在有限文字和图片中，还要用我们比较熟悉的学习方式去布置各种重要的知识点，而且还要将各国动画大师的创作经验以及优秀作品的成功所在进行理论化、科学化的归纳，并结合到行之有效的教学中……这显然更是难上加难。

北京电影学院动画专业教育经过多年的教学积累和实践总结，逐步形成了一套行之有效、具备突出特点的课程安排和教学体系。为了让我们积累的一些教学经验与更多的兄弟院校分享，为了动画人才能够在更为系统和科学的教育中茁壮成长，从而培养更多更好的优秀动画工作者，我们开始筹备这套国内最为全面的《"十一五"全国高校动漫游戏专业骨干课程权威教材》。

为了保证本系列教材的科学性和严肃性，我们组织了上百名以北京电影学院动画学院为主体的优秀教师和国内外专家、教授（其中大多都经历过大量的动画创作实践并且参与了动画教学，具备着丰富的教学经验和个人积累），编写历时多年。因此，从组织的人力、物力、数量以及时间的投入等角度来说，本套动画教材可以说是中国有史以来最大型、最权威的动画教材。

整套教材的安排上，我们的主导思路是将理论建设和实践操作相结合，强调优秀动画作品的理论总结和动画创作的可操作性两个方面。教材关注当前各国动画的最新发展，将动画的创作理念、艺术创作方式和科技手段等方面有机结合，内容包含了动画创作和各种基础训练、专业训练、各类技法以及动画的影片分析、动画剧作训练、动画大师研究……所以在规模上、系统性上都是我国动画教材的首创，我们本着"依靠理论来指导实践，依靠实践来丰富理论"的整体设想在如何突出整个教学体系、课程安排等角度上编写了本系列教材。

本系列教材的编写过程中，在突出教材实用性的同时，我们坚持"观念新、写作手法新、实例新"的理念，一方面在写作上突破死板和教条的语言，将各个学习点从基础到不断深化的过程体现得活泼而生动；另一方面，突出最新的实例来指导教学，拉近知识与生活的距离，让学生在最新的资讯中以最简单的方式获得知识。

整套系列教材从整体策划、收集整理资料，到作者撰写、编辑出版，历时多年，工程浩大，凝聚了许多人的心血，处处体现了工作者脚踏实地的严谨作风，表现出对中国动画教育事业的执着热情。在此，我再次感谢为本套教材付出劳动和努力的每一个人！真诚感谢他们为中国动画教育所作的卓越贡献。

衷心希望此套系列丛书能够在一定程度上"推动我国动画教育的纵深发展，促进我国动画人才的成熟壮大，开创我国的动画创作更为辉煌的局面"的目标，作出我们力所能及的贡献。

当然，由于时间的紧迫以及动画本身创作的复杂性，在编写过程中肯定存在着诸多的不足和纰漏，恳请广大专家、同行批评指正。

本系列丛书不仅可以作为高等院校动画专业的专业教材，同时也适合动画公司的创作人员以及动画爱好者自学使用。

孙立军，丛书主编
北京电影学院动画学院院长

教育部全国职业教育与成人教育教学用书行业规划教材

"十一五"全国高校动漫游戏专业骨干课程权威教材
编写委员会

孙立军	齐小玲	蒯 芯	曹小卉	卢 斌
李 亮	马 华	何 澄	徐 铮	叶 风
苏元元	孙 立	黄 颖	陈静晗	张 丽
康小琳	陈 志	马 欣	王珅珅	杨 科
刘 阔	刘 渊	钱明钧	贾云鹏	孙 聪
叶 橹	孙 悦	韩 笑	李晓彬	葛 竞
冯 文	胡国钰	卢 虹	伍振国	戴盼盼
王玉琴	李一冰	周 进	黄 勇	於 水
刘 佳	姚非拉	聂 峻	刘鸿良	单国伟
王庸声	张 宏	姜维朴	缪印堂	王叔德
吴 辉	洪德麟	赖有贤	吴 月	陈海珠
林利国	祖 安	吴 鹏	陈 明	吕 波
李广华	李 铃	高鸿生	张 宇	丁理华
李 益	陈昌柱	陈明红	陈 惟	张健翔
陈伟利	吴筱荣	彭 超	张 拓	邢 禹
陈 琢	刘 畅	刘向群	张丕军	李若岩
王竹泉	林 浩	邹 博	陈 雷	

（以上排名不分先后）

前　言

北京电影学院动画学院是全国最早成立动画专业的院校，拥有国内、乃至国外优秀的师资和逾五十年的动画专业学科建设基础。近几年来，由北京电影学院动画动画学院院长孙立军教授主编、组织的上百位以北京电影学院动画学院为主体的优秀教师和国内外专家、教授精心编写和出版的高校动画专业课程系列教材，由于其科学性和严肃性，权威、专业、系统、和服务好在业界被广泛采用，并取得了良好的社会效益。

影视电脑动画是计算机技术领域的一个前沿学科，主要应用于：影视特效、动画片制作、网络游戏开发、移动增值业务、建筑设计、广告设计等行业。随着我国政府对创意产业政策的倾斜，学习电脑动画技术以及数字媒体技术相关专业的学生拥有很好的职业前景。

但值得注意的是，几乎所有院校的动画专业学生都是从美术特长生中选拔，然后着重进行动画专业学习。这些学生有较好的美术基础，但是面对电脑这种新兴的创作工具，学生急需学习和掌握结合动画艺术本身特点的电脑动画知识和技能。

《影视电脑动画基础》一书，旨在介绍一条有艺术基础的动画专业学生如何通过本书的学习熟练使用电脑工具来进行动画创作的途径。通过书中相关软件的学习，学生能够运用平面绘图软件Photosho、Painter和Illustrator完成基本的图像处理、动漫人物的造型设计、矢量图形设计，以及绘制分镜头画面、绘制插画等。熟悉并掌握电脑动画基础知识和技能，对于今后掌握和操控动画制作的整体流程，了解前沿动画设计理念和影视编导、摄影、合成的基础知识，增强协同制作能力有重要的意义。

《影视电脑动画基础》是动画专业基础课程。本书根据教学大纲编写，并结合课堂教学中积累的经验，内容为三大部分介绍：Photoshop（CS版）图形图像处理、Painter电脑绘画和Illustrator矢量图形处理。在讲解上尽量深入浅出，理论联系实际，边讲解边进行典型实例练习，摆脱传统计算机教学的僵化模式，最大限度地结合动画专业特点，重点培养学生动手操作能力和激发学生学习和创作的热情，鼓励学生努力创新。

本教材遵循北京电影学院动画学院的教学安排，精心整理并设计了教学顺序。教材中每章都配有与教学内容紧密相连的制作实例，使基础知识内容形象化，图文并茂，通俗易懂，重点突出，大大降低学习难度，能够充分激发学生的学习兴趣，达到将理论教学与操作技巧紧密结合的目的。本书不但是高校动画专业的基础教材，同时也是艺术院校数字艺术设计优秀教材。

本书第1～11章由李晓彬老师编写，第12～16章由张丽老师编写。最后，真诚地祝愿本书的各位读者能够从中学习到对自己有用的知识。

编　者

《影视电脑动画基础》学时分配建议

本课程按17周课时设置。总学时：72，其中授课68学时，综合作业创作（由各校老师根据实际情况自由设定）4学时。

章节内容	课时安排	章节内容	课时安排
第1章　计算机图形图像基础	4学时	第9章　霓虹灯、燃烧的火焰、金属字效果	4学时
第2章　用Photoshop绘制图像	4学时	第10章　国画邮票	4学时
第3章　图层的编辑应用	4学时	第11章　水果与酒杯	8学时
第4章　通道的应用	4学时	第12章　初识桌面画家Painter	4学时
第5章　蒙版与路径工具	4学时	第13章　用Painter为画面上色	4学时
第6章　图像的色彩校正	4学时	第14章　用Painter创建动画	4学时
第7章　"水中倒影"——扭曲滤镜效果	4学时	第15章　初识矢量绘图软件Illustrator	4学时
第8章　"打开的书"——模糊滤镜和杂色滤镜效果	4学时	第16章　用Illustrator绘制标志	4学时
		综合作业创作	4学时

本书部分范例效果赏析

卡通画《雪人》/ 第 2 章 \ 　　挂在墙上的画框 / 第 3 章 　　　立体效果的礼品盒 / 第 4 章

部分学生作品

黑白照片变彩色照片 / 第5章　　　　　　　　　　　浮雕效果的纪念币 / 第5章

部分学生作品

口红广告招贴画 / 第6章　　　　水中倒影 / 第7章　　　　打开的书和残破旧报纸 / 第8章

部分学生作品

霓虹灯效果 / 第 9 章　　　燃烧的火焰 / 第 9 章　国画邮票 / 第 10 章　水果与酒杯 / 第 11 章

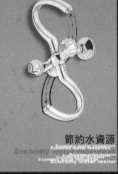

部分学生作品

目　录

第1章

计算机图形图像基础

1

在学习影视电脑动画基础课程之前，要对计算机图形图像处理的一些基本概念和基础知识进行了解和掌握，并熟悉 Photoshop 的工作界面，为学习电脑动画打下坚实的理论基础。

本章教学目标

了解和掌握有关计算机图形图像处理的一些基本概念和基础知识，熟悉 Photoshop 的工作界面。

1.1 图形图像的基本概念

计算机图形图像主要分为位图图像和矢量图形两大类，处理位图图像的软件有 Photoshop、Painter 等；而 Illustrator、CorelDRAW、FreeHand 等软件则用于处理矢量图形。下面介绍什么是矢量图形、什么是位图图像。

本章学习重点

- 图形图像的基本概念
- 颜色模式
- 图像文件格式
- 熟悉 Photoshop 的工作界面

1.1.1 矢量图形

矢量图形又称为向量图形，是由称为矢量数学对象定义的线条和曲线组成的，根据图形的几何特性描绘图形。矢量图形与分辨率无关，可以将它们缩放到任意尺寸，可以按任意分辨率打印，而不会遗漏细节或降低清晰度。矢量图形适于重现清晰的轮廓，如徽标或插图中的线条等，见图 1-1。

3:1

24:1

图 1-1 矢量图形范图

矢量图形的特点

（1）文件小：图形中保存的是线条和图块的信息，所以矢量图形文件与分辨率和图形大小无关，只与图形的复杂程度有关，图形文件所占的存储空间较小。

（2）图形可以无级缩放：对图形进行缩放、旋转或变形操作时，图形不会产生锯齿模糊效果。

（3）可采取高分辨率印刷：矢量图形文件可以在任何输出设备及打印机上以最高分辨率打印输出。

1.1.2　位图图像

位图也叫作栅格图，是由一些排列在一起的栅格组成的。每一个栅格代表一个像素点（Pixel），而每一个像素点只能显示一种颜色。像素（pixel），是组成位图图像的最小单位。位图中的像素由其位置值与颜色值表示，也就是说，将不同位置上的像素设置成不同的颜色，这些像素就可以组成一幅图像。在位图上的编辑操作，实际上是对位图中的像素组进行编辑操作，而不是编辑图像本身。

位图图像是连续色调图像最常用的电子媒介，如照片或数字绘画，因为它们可以表现阴影的精细变化和颜色的细微层次。

位图图像特点

● 文件所占的空间大：对于高分辨率的彩色图像，用位图存储所需的存储空间较大，像素之间相互独立，占用的硬盘空间、内存和显存均较大。

● 位图放大到一定的倍数时会产生锯齿：由于位图是由最小的色彩单位"像素点"组成的，所以位图的清晰度与像素点的多少有关，即位图图像与分辨率有关。

● 位图图像放大到一定的倍数后，我们看到的是一个个像素，即一个个方形的色块，整体图像便会变得模糊且产生锯齿，见图1-2。单位面积内像素点数目越多，图像越清晰，反之图像越模糊。

图 1-2　位图图像范图

1.1.3　分辨率

图像在计算机中的度量单位都是像素数（pixels），而在实际的打印输出中，图像的度量单位是以长度为单位的，如厘米（cm）、英寸（inch）等，它们之间的关系是通过"分辨率"来描述的。

专业指点

如果用语言叙述的话，分辨率就是图像中每单位长度上的像素数；如果将这句话用数学等式表达的话，应该是：

分辨率 = 像素数 / 图像线性长度

通常用"每英寸中的像素数"来定义，即 ppi（pixels per inch）。相同尺寸的两幅图，分辨率高的图像包含的像素数比分辨率低的图像所包含的像素数多，所以高分辨率的图像所表现图像的内容比低分辨率的图像要更加清晰。例如，一幅 1 × 1 英寸、分辨率为 100ppi 的图像，包含有 100 × 100 = 10000 个像素，而同样尺寸、分辨率为 300ppi 的图像，包含有 90000 个像素。反之，如果一幅图像所包含的像素数是固定的，那么，增加尺寸，则会降低其分辨率。

显示器分辨率

显示器上每单位长度显示的像素或点的数量，通常以点 / 英寸（dots per inch，缩写为 dpi）来表示。显示器分辨率取决于显示器的大小及其像素设置。大多数新型显示器的分辨率大约为 96 dpi，而较早的 Mac OS 显示器的分辨率为 72 dpi。

当图像分辨率比显示器分辨率高时，在屏幕上显示的图像比其指定的打印尺寸要大一些。

如在 72 dpi 的显示器上显示 1 × 1 英寸的 144 ppi 的图像时，它在屏幕上显示的区域为 2 × 2 英寸。因为显示器每英寸只能显示 72 个像素，因此需要 2 英寸来显示组成图像的一条边的 144 个像素，见图 1-3。

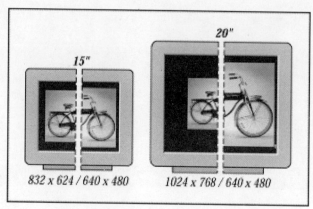

图1-3　不同分辨率下显示图形的尺寸

确定分辨率

由于图像的用途不同，因此应根据图像用途来确定分辨率。一幅图像若用于在屏幕上显示，则分辨率为72dpi或96dpi即可，报纸扫描分辨率用125~170dpi；若用于600dpi的打印机打印输出，则需要150ppi的图像分辨率；若要进行印刷，则需要300ppi的高分辨率；高档画册则要350dpi的高分辨率。

图像尺寸

图像在显示器上的尺寸与图像的打印尺寸无关，只取决于图像的像素及显示器的设置。

屏幕的分辨率由于显示卡及其设置的不同而各不相同；打印机的分辨率一般用每英寸线上的墨点数来表示，即dpi，打印机分辨率决定了打印输出图像的质量。

1.1.4　图像尺寸

图像尺寸指的是图像的长和宽，在Photoshop中，图像尺寸可以根据不同用途选用各种单位来度量，如像素点（pixels）用于度量屏幕显示，英寸（inches）、厘米（cm）等用于度量打印输出的图像。

一般常用的显示器的像素尺寸为800×600像素点或1024×768像素点等，大屏幕或专用图形显示器的像素点还要高。在Photoshop中，图像像素是直接转换为显示器的像素的，也就是说，当图像的分辨率高于显示器的分辨率时，图像将显示得比指定尺寸大，如一幅1×1英寸、分辨率为144ppi的图像，在72ppi的显示器上将显示为2×2英寸大小。

1.1.5　图像文件大小

图像文件的大小用计算机存储的基本单位"字节（byte）"来度量。一个字节由八个二进制位（bit）组成，因此一个字节的计数范围是十进制中的0~255，即2^8，共256个数。

不同色彩模式的图像中每一像素所需要字节数不同，灰度图像中的每一个像素灰度由一个字节的数值表示；RGB模式的图像中的每一个像素颜色由三个字节（即24位）组成的数值表示；CMYK模式的图像中的每一个像素颜色由四个字节（即32位）组成的数值表示。

1.1.6　分辨率、图像尺寸、图像文件大小的关系

图像文件的大小与图像模式、图像尺寸和分辨率存在着一定的关系，下面用一个关系式来说明它们之间的关系。

$$
图像文件大小 \rightarrow \left\{ \begin{array}{l} 灰度模式图像：\ 1 \\ RGB\ 模式图像：\ 3 \\ CMYK\ 模式图像：4 \end{array} \right\} \times 图像分辨率 \times 图像打印长度 \times 图像分辨率 \times 图像打印宽度
$$

图像文件太大，所需计算机内存、磁盘空间就大，图像处理时间就会很长，所以进行图像处理之前必须首先选择适当的分辨率和图像尺寸等。

1.2　颜色模式

图像的色彩模式指的是图像在显示及打印时定义颜色的不同方式，理解图像的色彩模式是使用图形图像软件进行图像处理的基础。它也是用来提供将一种颜色转换成数据的方法，从而使颜色能够在多种媒体中得到连续的描述，能够跨平台使用，比如从显示器到打印机，从 MAC 机到 PC 机。

> **常见的色彩模式**
>
> RGB、CMYK、HSB 和 Lab。Photoshop 也包括用于特别颜色输出的模式，如 Indexed Color Mode（索引颜色模式）和 Duotone（双色调）。还有其他一些模式，如：Grayscale Mode（灰度模式），Bitmap Mode（位图模式）等。

1.2.1　色彩的属性

在介绍颜色模式前，首先介绍在计算机中表示色彩的基本属性。

色彩具有三种基本属性：

1. 色调（Hue）

是指红、橙、黄、绿、蓝、紫等色彩，而黑、白以及各种灰色是属于无色系的。

色调即纯色，它组成了可见光谱，并用360°色轮进行测量，如红色在0°，黄色在60°，绿色在120°，青色在180°，蓝色在240°，红色在300°等。

2. 亮度（Brightness）

是指色彩的明暗程度。

3. 饱和度（Saturation）

是指色彩的纯度。使用从 0%（灰色）至 100%（完全饱和）的百分比来度量，见图 1-4。

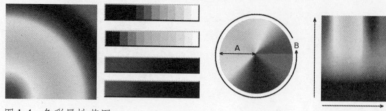

图 1-4　色彩属性范图

1.2.2　RGB 色彩模式

RGB 模式是屏幕显示的最佳模式，它是由红、绿、蓝三种基本颜色组成，RGB 模式的图像中的每个像素颜色用三个字节（24 位）来表示，每一种原色将单独形成一个色彩通道（Channel），在各通道上颜色的亮度分别为 256 阶，即 0~255。再由三个单色通道组合成一个复合通道——RGB 通道。因为是由红、绿、蓝相叠加形成其他颜色，因此该模式也叫加色模式。在该色彩模式下，提供 1670 万种颜色，即所谓的"真彩"，足以将图像显示得淋漓尽致，见图 1-5。

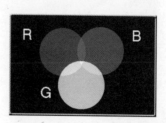

图 1-5　RGB 模式范图

RGB 模式是我们日常生活中遇到的最多的一种模式，我们在电影院中看到的电影屏幕，在家中每天看的电视机屏幕，以及电脑显示器、多媒体教室的投影设备等等，都依赖于这种加色模式。

1.2.3　CMYK 色彩模式

CMYK 色彩模式，是一种减光模式，由于人的眼睛所看物体的颜色是白光照射到物体上，物体吸收一部分颜色后的反射光。例如在鲜艳的印刷品中一个小姑娘穿着漂亮的粉裙子，我们怎么就能看到小姑娘穿着的漂亮裙子是粉色的呢？这是因为当白光照射到品红色的印刷物上，印刷物上的品红色吸收了白光中的绿光，这时只有红光和蓝光的混合光反射入我们的眼睛。

CMYK 模式是由青（Cyan）、品（Magenta）、黄（Yellow）、黑（Black）这四种颜色构成的。在实际应用中，青、品红、黄的叠加很难产生很纯的黑色，所以在这种模式中引入了黑色，以呈现出真正的黑色。

CMYK 模式下图像的每个像素颜色由四个字节（32 位）来表示，每种颜色的数值范围为 0~100%，也就是说每一种颜色都是以这四色的百分比来表示的，原色的混合将产生更暗的颜色。其中青色是红色的互补色，黄色是蓝色的互补色，品红是绿色的互补色。例如，用白色减去红色，剩下的就是青色，这个减色的概念就是 CMYK 色彩模式的基础。

CMYK 模式是四色处理打印的基础，印刷品通过吸收与反射光线的原理再现色彩，这一模式被应用于印刷技术，见图 1-6。

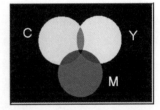

图 1-6   CMYK 模式范图

从右图图像可以看出，RGB 与 CMYK 颜色是有关系的，下面把它们之间的颜色关系总结如下：

RGB 与 CMYK 颜色的关系：

黄 + 品红 = 红；青 + 黄 = 绿；品红 + 青 = 蓝；红 + 蓝 = 品红；红 + 绿 = 黄；蓝 + 绿 = 青；红色与青色互补；绿色与品红互补；蓝色与黄色互补。

1.2.4   HSB 色彩模式

HSB 色彩模式，是基于人对颜色的感觉，不把色彩划分为红、绿、蓝或青、品红、黄、黑等，而是将颜色看作由色泽、饱和度、明亮度组成的。

饱和度指的是颜色的纯度，色调的饱和度越高，我们觉察到的色调的感觉就越强烈，当色调被中和，即饱和度为 0 时，它们将不再显示单独的色调特性。灰色就是一种中和色调，白色也是中和色调。决定色调为一个灰色阴影或白色或黑色将取决于该模式的另一个因素，即亮度。亮度描述的是色彩的明亮程度，亮度为零时色彩为黑色。这种模式为将自然颜色转换为计算机创建的色彩提供了一种直觉方法。

我们在选择颜色、查询颜色以及编辑图像时都将用到 HSB 模式。

1.2.5　Lab 彩色模式

Lab 色彩模式，是一种不依赖设备的颜色模式，它既可以用来描述打印的色调，也可用来描述从显示器中发出的色调。Lab 模式通过一个光强和两个色调来描述，一个色调称为 a，其数值从 -128~128，表示颜色从深绿到灰再到亮粉红色；另一个色调称为 b，其数值从 -128~128，表示颜色从亮蓝色到灰再到焦黄色，光强的数值表示为 0%~100%，它主要影响着色调的明暗。Lab 色彩模式是 Photoshop 用来从一种颜色模式向另一种颜色模式转变时所用的内部颜色模式。也就是说，事实上，每当将 RGB 模式的图像转换成 CMYK 模式时，Photoshop 会加上一个中间步骤，即转成 Lab 模式。

1.2.6　索引色彩模式（Indexed Color Mode）

索引色彩模式下的图像中的像素颜色用一个字节表示，所以它最多可以包含 256 种颜色。

索引色彩模式在颜色组织方法上使用一张"颜色查询表"来给像素上颜色的。当将一个 RGB 或 CMYK 模式的图像转换为索引色彩模式的图像时，Photoshop 将建立一个 256 色的色表存储并索引其所用颜色。这种模式下的图像质量不是很高，这种结构使得索引图像非常小且非常适合于在网上使用。

1.2.7　灰度模式（Grayscale Mode）

在灰度模式下，图像中的像素颜色用一个字节表示，即每个像素可以用 0~255 个不同灰度值表示，从黑到白具有 256 种灰度级别，0 为最暗——黑色，255 为最亮——白色。

如果要制作类似黑白照片的效果，就可以在灰度模式下进行操作。

1.2.8　双色调模式（Duotone Mode）

双色调模式的建立弥补了在印刷机上每滴油墨只能产生 50 种左右灰度效果。它使用双色调套印方法，在原有的黑色油墨基础上再加上一种较浅的油墨进行印刷。只有灰度图像才能转换到双色调模式。

1.2.9　位图模式（Bitmap Mode）

在位图模式下，图像中的每个像素用一个二进制位表示，只有两种颜色：黑和白。这种模式的图像文件所占磁盘空间最小。

只有灰度模式的图像才能转化为位图模式的图像。RGB 模式的图像要先转换成灰度模式才能再转化为位图模式的图像。

1.3　图形图像文件格式

1.3.1　BMP 文件格式

BMP 文件格式是最普遍的点阵图格式之一，也是 Windows 系统下的标准图像文件格式，利用 Windows 的画图工具，可以将点阵图格式文件存成 BMP 格式文件。

BMP 文件有压缩和不压缩两种形式。可用非压缩格式存储图像数据，解码速度快，支持多种图像的存储。

在 Photoshop 中，最多可以使用 16M 的色彩渲染 BMP 图像。

1.3.2　JPEG 文件格式

JPEG、JPG 是 24 位的图像文件格式，也是一种高效率的压缩格式。在存档时能够将肉眼无法分辨的资料删除，以节省储存空间，但这些被删除的资料无法在解压时还原，所以 JPEG 图像文件并不适合放大观看，输出成印刷品时品质也会受到影响，这种类型的压缩方案称为"失真（Loosy）压缩"或"有损压缩"。这种文件格式是当前能得到压缩格式中最有效和最基本的一种，在存档时，可以选择压缩程度："Low"使图像文件最小，但图像质量最低；选择"Maximum"则最大限度地保证图像质量，其图像文件相对最大。

1.3.3　GIF 文件格式

GIF 是 Graphics Interchange Format 的缩写，是 CompuServe

公司制订的格式，它是经过压缩的图形文件格式且适用于各式主机平台。现今的 GIF 格式仍只能达到 256 色，但它的 GIF89a 格式，能储存成背景透明化的形式，并且可以将数张图存成一个文件，形成动画效果。

正因为它是经过压缩的图像文件格式，所以大多用在网络传输上，速度要比传输其他图像文件格式快得多。

1.3.4　PCX 文件格式

PCX 文件格式是由 Zsoft 公司发明的一种图像文件格式，是 PC Painbrush 软件（最老的 DOS 画图软件）使用的图像格式，Photoshop 支持具有多达 16 兆色的 PCX 格式的图像。

1.3.5　TIFF 文件格式

TIFF 文件格式是由 Aldus 为 Macintosh 机开发的一种图形文件格式，存储的图像质量高，但占用的存储空间也非常大，其大小是相应 GIF 图像的 3 倍，JPEG 图像的 10 倍；它是一种应用于软件交换的文件格式，它支持 LZW（Lemel-Ziv-Welch）压缩方式，这种压缩方式对图像的损失很少，并且可以使文件所占磁盘空间减少。这种文件格式还可以保存通道信息，即能够存储多个四通道的文件格式。

1.3.6　EPS 文档格式

EPS 和 TIFF 格式包含两个部分，第一部分是屏幕显示的低分辨率影像，方便影像处理时的预览和定位，而第二部分包含各分色的单独资料。TIFF 文件常被用于彩色图片的扫瞄，它是以 RGB 的全彩模式储存，而 EPS 文件是以 PS/CMYK 的形式储存，文件中包含 CMYK 四种颜色的单独资料，可以直接输出四色网片。

1.3.7　PSD 文件格式

PSD 文件是 Adobe Photoshop 的专用格式，可以储存成 RGB 或 CMYK 模式，更能自定颜色数目储存，PSD 文件可以将不同的物件以层级（Layer）分离储存，便于修改和制作各种特效。能够保存图像数据的每一个细小部分，包括层、附加的蒙版通道以及其他内容。

PSD 文件格式存储的图像文件占用磁盘空间较大，并很少有其他的图像软件能够读入这种格式。

1.3.8　TGA 文件格式

TGA 文件格式是 True Vision 公司设计用于其显示板的一种文件格式，一般在 MS-DOS 的图像应用软件中常用到这种格式。这种格式也可以保存通道信息。

1.3.9　PNG 文件格式

PNG 是一种可携式网络图像格式。兼有 gif 和 jpg 的色彩模式的特点。能把图像文件压缩到极限以利于网络传输，但又能保留所有与图像品质有关的信息。具有更优化的传输显示；支持图像透明显示，兼容性较好。

1.4　Photoshop工作环境

要使用 Photoshop 对图像进行处理加工，首先要了解 Photoshop 的工作环境，熟悉和掌握各种面板和菜单等的使用功能和作用，从中了解图像的一些相关信息，对正确绘制图像和对现有的图像进行处理有着非常重要的作用。

运行 Photoshop 后，它的工作界面见图 1-7。

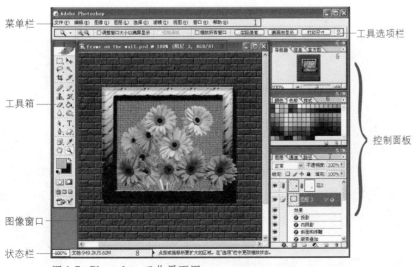

图 1-7　Photoshop 工作界面图

其中：

- **菜单栏**：包含处理图像的所有命令。
- **工具选项栏**：显示相应工具选项或命令信息。
- **图像窗口**：显示图像文件的名称、图像文件格式和缩放比例。
- **工具箱**：包含了各类处理图像的工具，如绘图工具、选区工具、图像修饰工具、路径编辑工具等。
- **控制面板**：也称浮动面板，以组的方式堆叠在一起，可以方便地对图像进行各种编辑和操作。
- **状态栏**：显示文档的基本信息。

1.5 本章小结

本章将有关数字图形图像的理论基础知识进行了介绍，包括什么是位图图像？什么是矢量图形？图像模式是什么？图像的格式有哪些？图像的分辨率和图像尺寸的关系等。

1.6 课后练习

1. 填空题

（1）一幅 RGB 图像分辨率为 200ppi，打印尺寸长和宽分别为 2 英寸，那么该图像文件大小约为（　　）。

（2）RGB 图像的每一个像素颜色由（　　）个字节组成的数值表示。

（3）CMYK 图像的每一个像素颜色由（　　）个字节组成的数值表示。

（4）图像的色彩模式具有不同的用途，一般（　　）模式用于屏幕显示；（　　）模式是预设置无关的模式，图像文件所占磁盘空间最小的彩色图像模式是（　　）。

（5）RGB 与 CMYK 颜色关系是：黄 + 品红 = （　　　），青 + 黄 = （　　　），品红 + 青 = （　　　）。

（6）RGB 与 CMYK 颜色关系是：红色的互补色是（　　　），绿色的互补色是（　　　），蓝色的互补色是（　　　）。

2. 简答题

（1）"图像分辨率越高越好"的说法正确吗？

（2）图像在显示器上的尺寸与图像的打印尺寸有什么关系？

2 第2章 用Photoshop绘制图像

本章教学目标

学习和掌握如何将Photoshop绘图工具、填充工具、渐变工具配合使用，达到能够利用绘图工具和填充工具等绘制卡通画、漫画，使所学内容应用到实际创作中。

本章学习重点

- Photoshop绘图工具的使用与属性设置
- Photoshop填充工具及填充命令的使用
- Photoshop渐变工具的使用
- 如何用Photoshop绘图工具绘制卡通画

说明

本章练习素材和范例源文件光盘路径：

Chapter 2\

2.1 绘图工具

2.1.1 绘图工具

Photoshop绘图工具面板包括画笔工具和铅笔工具，见图2-1。

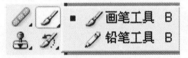

图2-1 绘图工具

画笔工具可以产生边缘柔和的效果，铅笔工具可以产生硬笔划的效果，并且可以选择不同形状、粗细的笔形。Photoshop绘图工具的选项见图2-2。

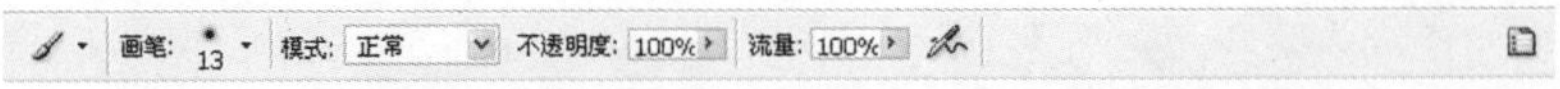

图2-2 Photoshop绘图工具的选项

其中：

- **画笔**：鼠标单击画笔工具中的小三角，在弹出来的面板中，可以选择笔刷的大小和样式，见图2-3。
  - **主直径**：数值范围在0～2500像素之间，可以用鼠标左右拖动滑杆来调整直径的大小，也可以直接输入数值。值越大，笔刷也就越粗。
  - **硬度**：用百分数表示硬度，0%表示最柔和，100%表示最硬。当硬度为100%时，相当于铅笔工具的效果。

● **模式**：画图融合模式指新加入的画图颜色与原有图像的合成效果。选择不同的融合模式在图像上绘画，将产生各种不同的效果。

鼠标单击画笔工具中的小三角，在弹出来的下拉菜单中，可以选择不同的融合模式，见图 2-4。

常用融合模式的主要性能如下：

➢ **正常**：该模式为 Photoshop 默认的合成方式。使用该模式时，画图工具使用前景色的颜色完全替代原图像的颜色。

➢ **溶解**：在该模式下，画图工具将前景色随机分布在原图像上。笔刷越大，这种效果也就越明显。

➢ **背后**：这种模式仅适用于含有图层的图像操作，仅用于透明图层的透明部分，相当于在一张透明纸的背面做画。

➢ **清除**：与"背后"模式一样，这种模式仅适用于含有图层的图像操作，并且仅可以在画线工具、油漆桶工具、填充以及描边编辑操作中使用，将透明图层中不透明的部分变为透明。

➢ **"变暗"与"变亮"**：是一种相反效果的模式。变暗模式将原图像中比前景色更亮的颜色变为前景色；而变亮模式则将原图像中比前景色更暗的颜色变为前景色。

➢ **"正片叠底"与"滤色"**：它们也是一种相反效果的模式。正片叠底模式将新画的颜色与原图像颜色融合为比原来的两种颜色更深的第三种颜色，这种模式可以用来创建阴影效果；滤色模式则将新画的颜色与原图像颜色融合为比原来的两种颜色更浅的第三种颜色，使画面颜色变浅。

➢ **"颜色加深"与"颜色减淡"**：查看每个通道中的颜色信息，并通过增加 / 减小对比度使原图像颜色变暗 / 变亮以反映混合色。

➢ **"线性加深"与"线性减淡"**：查看每个通道中的颜色信息，并通过减小 / 增加亮度使原图像颜色变暗 / 变亮以反映混合色。

➢ **"叠加"、"强光"与"柔光"**：这三种方式的工作特点都是根据原图像颜色进行暗色相乘和浅色

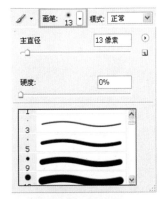

图 2-3 画笔工具

图 2-4 不同的融合模式

叠光，使暗色更暗，亮色更亮，从而创建高反差的效果。

> ➤ **"差值"与"排除"**："差值"模式为前景色与原图像颜色的亮度值的差值。当前景色为白色时产生的效果最为明显。"排除"模式与差值模式比较相似，但较差值模式效果更加柔和些。
>
> ➤ **色相**：该模式仅将前景色色调用于原图像中而不改变其亮度和饱和度。
>
> ➤ **饱和度**：该模式仅将前景色的饱和度用于原图像中而不改变其亮度和色调。
>
> ➤ **颜色**：该模式仅将前景色的色调和饱和度用于原图像中而不改变其亮度。
>
> ➤ **明度**：该模式与颜色模式相反，仅将前景色的亮度用于原图像中而不改变其色调和饱和度。

● **不透明度**：控制画笔在绘图过程中的透明效果。不透明度的参数范围在 1% 到 100% 之间。当不透明度值为 100% 时，颜色将完全不透明；相反，当不透明度值为 1% 时，颜色将完全透明。可以通过单击列表栏右边的按钮打开下拉滑杆，用鼠标左右拖动滑杆来调整不透明度的大小，见图 2-5。

图 2-5　不透明度参数

2.1.2　画笔面板

默认的情况下，画笔面板放置于调板窗内。也可以通过菜单栏打开，即执行"窗口→画笔"命令。画笔面板还可以通过快捷键 F5 打开。画笔面板中可以实现许多特殊的笔触效果，见图 2-6。

1. 画笔预设

画笔预设选项主要是存放 Photoshop 已经预置好的各种画笔。在预览窗口中，左侧是预设好的画笔，右侧是相对应的画笔效果，底部为画笔效果大预览窗口。还可以通过拖动画笔大小控制其中的滑块，设置画笔的大小。

2. 画笔笔尖形状

主要用来设置画笔的直径、角度、圆度、硬度以及画笔之间的间距，见图 2-7。

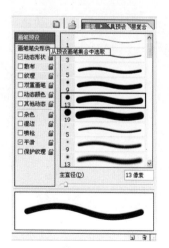

图 2-6　画笔面板

其中：

直径：调节画笔的大小。

角度：调节画笔的倾斜程度。

圆度：控制长短轴的比例。

硬度：控制笔触边缘的柔和程度。

间距：控制笔触之间的距离，范围在1%～100%之间。值越小，笔触间的距离越大；值越大，笔触间的距离越小。

3. 动态形状

主要通过画笔抖动和控制两种参数来设置画笔笔尖的动态效果，见图2-8。

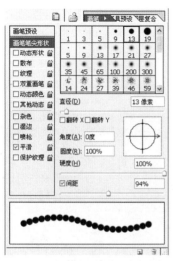

图2-7　画笔笔尖形状　　　　　图2-8　动态形状

其中：

● **抖动**：包括大小、角度、圆度抖动，通过设置不同的参数来制定动态元素的随机度，参数范围为1%～100%。参数为0时，画笔中的元素无变化；参数为100%时，画笔中的元素有最大的自由随机度。

● **控制**：控制动态元素的变化。选择"渐隐"，可以指定控制的范围。如果安装了敏感的数位板，还可以为笔尖指定"钢笔压力"、"钢笔斜度"和"旋转"等。

4. 散布

主要用来设置绘制线条中画笔标记点的数量及位置，见图2-9。

其中：

- **散布**：用来设置绘制线条中画笔标记点的分布情况。通过鼠标拖动滑块来调节数值的大小，参数范围为1%～100%。值越大，散布越大；值越小，散布越小。
- **数量**：指定范围内画笔标记点的数量，参数范围为1%～100%。值越大，数量越多；值越小，数量越少。
- **数量抖动**：设置指定范围内画笔标记点的变化，在"控制"的弹出菜单中可以选择不同的类型。

5. 纹理

主要是调用各种纹理图案作为笔触效果来绘制图像，见图 2-10。

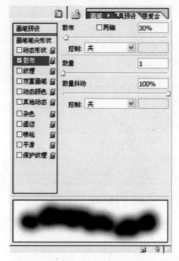

图 2-9　散布

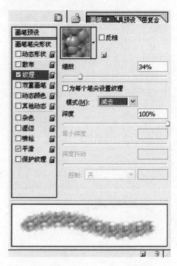

图 2-10　纹理

其中：

- **反相**：若勾选，则使纹理的颜色与原始设置的颜色相反。
- **缩放**：控制图案的缩放比例。
- **为每个笔尖设置纹理**：控制是否对每个标记点进行渲染，在"模式"的弹出菜单中可以选择不同的类型。
- **深度**：控制画笔渗透到图案的程度。
- **最小深度**：控制画笔渗透到图案的最小程度。
- **深度抖动**：控制画笔渗透到图案的抖动程度。

6. 双重画笔

使用两种笔尖效果创建画笔，见图 2-11。

其中：

- **直径**：设置指定范围内画笔的大小。
- **间距**：设置指定范围内画笔的距离。
- **散布**：设置指定范围内画笔的分布情况。
- **数量**：设置指定范围内画笔标记点的数量。

7. 动态颜色

用来确定绘图过程中颜色的动态变化，见图 2-12。

其中：

- **前景 / 背景抖动**：设置笔刷在前景色和背景色之间的动态变化。
- **色相抖动**：设置绘图时笔刷色相的变化范围。
- **饱和度抖动**：设置绘图时笔刷饱和度的变化范围。
- **亮度抖动**：设置绘图时笔刷亮度的变化范围。
- **纯度**：设置绘图时笔刷的纯度变化。

8. 其他动态

其他动态选项见图 2-13。

其中：

- **杂色**：为画笔添加杂色效果。
- **湿边**：可以为画笔增加湿边效果，能够模拟水墨画的笔触。
- **喷枪**：可以用来模拟喷枪的效果。
- **平滑**：使绘图时产生的曲线线条更加流畅。
- **保护纹理**：勾选此项，对所有的画笔执行相同的纹理图案。

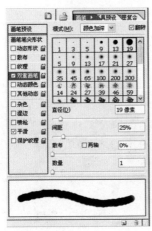

图 2-11　双重画笔

图 2-12　动态颜色

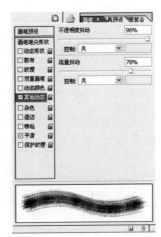

图 2-13　其他动态

画线

画直线：先在要画线的一端单击鼠标，然后按下键盘上 Shift 键的同时，再次在直线的另一端单击鼠标，可以画出直线。

画垂直、水平线：按下键盘上 Shift 键不松手，同时在图像上拖动鼠标，可以画出垂直线和水平线。

2.1.3　画笔工具和铅笔工具的使用

实际操作2-1　如何使用画笔工具和铅笔工具画图

具体操作步骤

▶**步骤1**　在工具栏中用鼠标选择画笔或铅笔工具。

▶**步骤2**　根据需要，选择前景色或者背景色。

▶**步骤3**　根据需要，在画笔样式中选择不同的刷形和样式，每一种画图工具都会记忆上一次这种工具所使用的笔刷。

▶**步骤4**　根据需要，在笔刷面板中选择、调节不同的效果。

▶**步骤5**　新建或者打开一个文件，用所选画图工具的光标在图像窗口中拖动，以达到想要的画图效果。

2.2　填充工具

填充是以指定的颜色或图案对所选区域的处理，常用的填充方法有三种：油漆桶填充、"编辑→填充"命令和渐变填充。

2.2.1　油漆桶工具

油漆桶工具用于向鼠标单击处和与其颜色相近区域填充前景色或指定图案，使用油漆桶工具选项面板，可以进一步设置填充合成方式、不透明程度、颜色容差程度和填充内容，见图2-14。

◇　▼　填充：前景　▼　图案：　▼　模式：正常　▼　不透明度：100%▶　容差：32　☑消除锯齿　☑连续的　□所有图层

图2-14　油漆桶工具选项面板

其中：

● **填充**：填充类型有两种，一种是利用前景色进行填充，可以设置我们所需要的任意颜色；另一种类型是利用指定的图案或者自定义的图案进行填充，见图2-15。

图2-15　填充类型

- 图案：除了指定的图案外，还可以根据自己的需要自定义图案。

实际操作 2－2　如何自定义图案

具体操作步骤

▶**步骤 1**　打开我们所需定义的图像文件，见图 2-16。

▶**步骤 2**　选择"编辑"菜单栏下的"定义图案"命令，在弹出的对话框（见图 2-17）中，可以为自定义的图案起一个名字，然后单击"好"按钮即可。

图 2-16　需定义的图像文件　　　　图 2-17　"图案名称"对话框

　　或者可以在图案里直接定义新的图案，单击纹理窗口右边的小三角，在弹出下拉菜单中选择"新图案"，见图 2-18。

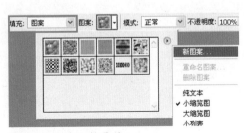

图 2-18　图案下拉菜单

▶**步骤 3**　这时就定义好了我们所需的图案，见图 2-19。如果我们想把不需要的图案重命名或删除，可以选中该图案，用鼠标右键单击，在弹出的下拉菜单中选择"重命名图案"或者"删除图案"就可以了，见图 2-20。

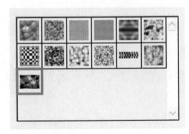

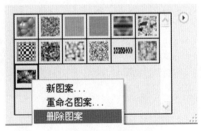

图 2-19　定义好所需图案　　　　图 2-20　重命名或删除图案命令

- **融合模式**：鼠标单击画笔工具中的小三角，在弹出来的下拉菜单中，可以选择不同的融合模式（详见"绘图工具融合模式"）。
- **不透明度**：控制前景色或指定图案在填充过程中的透明效果。不透明度的参数范围在 1%～100% 之间。当不透明度值为 100% 时，颜色或指定图案将完全不透明；相反，当不透明度值为 1% 时，颜色或指定图案将完全透明。

实际操作 2-3　如何设置不透明度

具体操作步骤

单击列表栏右边的按钮，打开下拉滑杆，用鼠标左右拖动滑杆来调整不透明度的大小。

- **容差**：用来控制填充的精确度。
- **清除锯齿**：用来控制填充边缘的抗锯齿效果，勾选此项，边缘将更加平滑。
- **连续的**：勾选此项，填充作用于图层中色彩相近的所有区域。
- **所有图层**：勾选此项，填充效果作用于所有的图层。

实际操作 2-4　如何使用油漆桶工具

具体操作步骤

▶**步骤 1**　选择所要填充的区域或当前层。

▶**步骤 2**　选择工具箱中的油漆桶工具。

▶**步骤 3**　如果使用前景色填充，选择前景色；如果使用指定图案填充，则设置图案。

▶**步骤 4**　如果需要，在工具选项面板中进行工具选项设置。

▶**步骤 5**　在选择的填充区域内单击鼠标即可。

2.2.2　填充命令

使用填充命令可以按用户所选颜色或定制图像进行填充，以制作出别具特色的图像效果。填充命令可以用于选择区域或者当前层。

选择"编辑"菜单中的"填充"项，或按 Shift+Backspace 键可以打开，见图 2-21。

图 2-21　"填充"对话框

其中：

- **内容**：在填充内容中可以选择"前景色"、"背景色"、"黑色"、"白色"、"50% 的灰度色"等各种不同的颜色，也可以选择"图案"进行填充；如果选择"历史记录"，则填充的内容为面板中所设置的最后一次图像或者颜色。
- **融合模式**：填充时可以选择不同的模式，详见 2.1.1 节。
- **不透明度**：控制前景色或指定图案在填充过程中的透明效果。
- **保留透明区域**：仅适用于有图层的情况，如果勾选此项，则仅填充图层中有像素点的图像。

实际操作 2-5　如何使用"填充"命令

具体操作步骤

▶▶**步骤 1**　选择所要填充的区域或当前层。

▶▶**步骤 2**　根据需要，选择填充的内容和融合模式等。

▶▶**步骤 3**　各种参数设置好以后，单击对话框中的"好"按钮即可。

2.2.3　渐变工具

使用工具箱中的渐变工具![icon]，可以产生两种以上颜色的渐变效果。渐变方式既可以选择系统设定值，也可以自己定义。渐变方向有线性状、圆形放射状、方形放射状、角形和斜向等几种。如果不选择区域，将对整个图像进行渐变填充，见图 2-22。

图 2-22　渐变工具栏

其中：

- **预览框**：显示所选择的渐变色。用鼠标单击预览框，将弹出一个"渐变编辑器"对话框，在对话框中，可以任意选择所需要的渐变色，见图 2-23。
- **渐变类型**：渐变工具中有 5 种渐变类型：线形渐变、径向渐变、角度渐变、对称渐变和菱形渐变。我们可以根据需要选择不同的渐变类型（见图 2-24）。

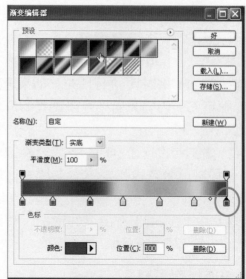

图 2-23 "渐变编辑器" 对话框

图 2-24 渐变类型

- **融合模式**：可以控制渐变填充色与原图像颜色之间的合成效果（详见 2.1.1 节）。
- **不透明度**：可以调节渐变色的透明效果。
- **反向**：勾选此项，所得到的渐变色的方向与设置的渐变色方向相反。
- **仿色**：勾选此项，渐变色的过渡将更加平滑。
- **透明区域**：勾选此项，绘图时保持透明填色效果。

实际操作 2－6 如何使用渐变工具▣

具体操作步骤

▶**步骤 1** 单击预览框，在弹出的渐变编辑器中选择一种渐变方向。如果需要，在渐变编辑器中进行渐变选项设置（见图 2-23）。

▶**步骤 2** 选择渐变所需的前景色和背景色。

▶**步骤 3** 根据需要，选择渐变区域。

▶**步骤 4** 在图像窗口的选择区域单击并拖动鼠标画一直线，则产生渐变效果。

实际操作 2 - 7   如何用 D e l 键快速填充

具体操作步骤

▶▶**步骤1**   选择所需填充的区域。

▶▶**步骤2**   按 Del 键将使用背景色对所选区域进行填充，按 Alt+Del 键则用前景色对所选区域进行填充。

2.3   描边工具

使用描边工具可以为所选择的区域进行描边。选择"编辑"菜单中的"描边"项，可以打开一个"描边"对话框，见图 2-25。

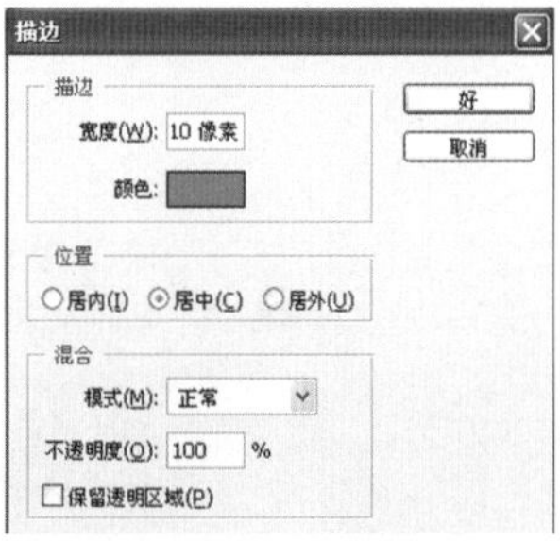

其中：

- **描边宽度**：在宽度栏中可以输入我们想要的勾边线的宽度，单位为像素。值越大，边线也就越宽。

- **描边颜色**：在颜色栏中可以自定义我们想要的勾边线的颜色。

- **描边位置**：在位置栏中可以选择勾边线的位置——在选择框的内侧、中心或者外侧。

- **融合模式**：在模式栏中可以选择不同的融合模式，使描边线与原图像之间进行不同的合成（详见 2.1.1 节）。

- **不透明度**：控制所描边线在绘图过程中的透明效果。不透明度的参数设置在 1% ~ 100% 之间。当不透明度值为 100% 时，颜色将完全不透明；相反，当不透明度值为 1% 时，颜色将完全透明。

图 2-25 "描边"对话框

2.4   实例讲解：绘制卡通画《雪人》

本例制作思路

这是一个画面简单但透着童趣的卡通画《雪人》，本例主要利用绘图工具和颜色填充等工具来完成绘制。绘制这幅画的流程分为两个主要部分：第一个部分绘制出雪人的轮廓，然后利用颜色填充工具把雪人的各个部分填充上相应的颜色；第二个部分就是绘制雪花纷飞的背景，背景的实现主要利用渐变工具和绘图笔刷属性的设置。淡蓝色的背景显得空气是那么的纯净，画笔笔触的虚实把纷纷扬扬的雪花处理得很到位。

本例最终效果图

具体操作

第一部分　雪人的绘制

▶▶**步骤1**　新建一个 10 厘米 × 10 厘米、分辨率为 300ppi 的 RGB 文件，命名为"冬天的感觉"，见图 2-26。

▶▶**步骤2**　背景的绘制：选择工具箱中的渐变工具 ▣，然后单击渐变预览框，进入渐变编辑面板。将渐变的颜色设置为从深蓝到浅蓝的过渡（见图 2-27），单击"好"按钮。

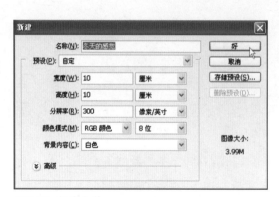

图 2-26　新建文件

图 2-27　"渐变编辑器"面板

▶**步骤3**　在渐变类型中选择"线性渐变"。将鼠标指针移至文件上方,待光标变为"+"状时,按住 Shift 键向下拖动鼠标填充渐变色（见图2-28）,填充结果见图2-29。

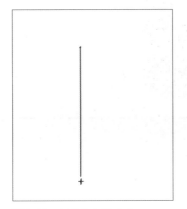

图 2-28　向下填充渐变色　　　　　图 2-29　填充结果

▶**步骤4**　执行"文件→打开"命令,打开文件（见光盘）:Chapter 2\ 雪人.psd。选择工具箱中的移动工具，单击鼠标左键拖拽（见图2-30）,把文件复制到新建的文件中,见图2-31 所示的位置。

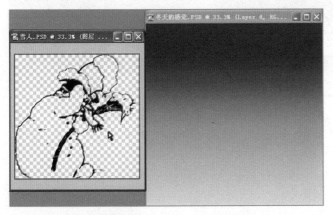

图 2-30　用鼠标左键拖拽　　　　　　　　　图 2-31　把文件复制到新文件位置

▶**步骤5**　接下来要为雪人填充颜色。首先选择工具箱中的魔棒工具,在雪人身上空白处单击鼠标,选择想要填充的区域。如果要同时选择多个不连续的区域,可以在单击鼠标的同时按住键盘上的 Shift 键,见图2-32。

▶**步骤6**　选择需要填充的颜色。单击颜色选择框■中的前景色,在弹出的拾色器对话框中设置前景色为 R:250、G:250、B:250 的浅灰色,单击"好"按钮,见图2-33。

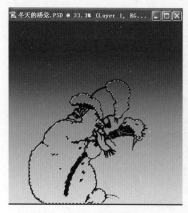

图 2-32 为雪人填充颜色

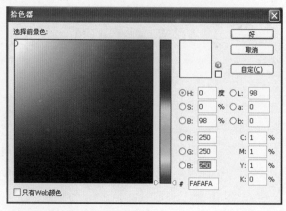

图 2-33 "拾色器"对话框

▶**步骤7** 选择工具箱中的油漆桶工具 🖌️，在刚才所选择的区域内单击鼠标左键，第一块颜色就填充好了，见图 2-34。

▶**步骤8** 为雪人身上其他的地方继续填充颜色（方法如前面所述）。用魔棒工具 🖌️选择帽子和围巾，选择红色填充，效果见图 2-35。

图 2-34 第一块颜色填充好了

图 2-35 帽子和围巾颜色效果

第二部分 雪地和雪花的绘制

▶**步骤1** 雪人基本绘制好了，但画面还略显得有些单调。接着，再为雪人添加一块雪地，让画面丰富一些。选择工具箱中的画笔工具 🖊️，在选项栏中单击打开画笔预设面板，设置模式为正常，主直径为 65 像素，硬度为 0%，见图 2-36。

▶**步骤2** 按住鼠标左键，在雪地的位置上拖动鼠标，这样，一块雪地就画出来了，见图 2-37。

图 2-36　设置模式

图 2-37　一块新雪地画出来了

雪地效果

如果要想得到更好的雪地效果，可以设置不同的画笔大小，分多次进行绘制。

▶▶**步骤3**　接下来为画面添加一些飘落的雪花，让画面更加丰富。选择工具箱中的画笔工具 ✐，在选项栏中单击打开画笔预设面板，设置模式为正常，主直径为40像素，硬度为0%，不透明度为100%。

雪花飘落效果

参数设置好了以后，在画面上用左键单击鼠标绘制飘落的雪花。如果要想得到雪花飘落的真实效果，可以在面板上设置不同的画笔大小和不同的透明度，分多次把雪花的虚实关系绘制出来，见图2-38。

▶▶**步骤4**　还可以为画面添加一些文字。选择工具箱中的文字工具 Ⓣ，在画面上输入一些文字，比如"冬天的感觉"，见图2-39。

图 2-38　为画面添加飘落的雪花

图 2-39　为画面添加文字

▶**步骤5**　接下来为文字描边，让文字更有层次感。执行菜单"图层→删格化→文字"命令（描边工具只针对图形而言，对于文字，需要把它先转换为图形）。然后用魔棒工具选择文字，见图2-40。

图2-40　为文字描边

▶**步骤6**　选择"编辑"菜单中的"描边"项，打开"描边"对话框，设置描边宽度为2像素，颜色为浅蓝色，描边位置为居中，模式为正常，不透明度为100%（见图2-41）。单击"好"按钮，描边就完成了。保存文件，最终效果见图2-42。

举一反三

当然范例中的雪地背景和飘落的雪花，用本例介绍的方法同样可以制作出阴天、雨天、晴天、夜晚等背景，请读者能够举一反三，灵活应用，加上自己的创意，创作出更多更丰富的作品。

图2-41　"描边"对话框

图2-42　最终效果图

2.5　本章小结

通过本章的学习，大家初步了解了Photoshop绘图工具，并且通过卡通画《雪人》实例的绘制，综合运用了画笔工具、填充工具以及描边工具。可以说，画笔工具、填充工具以及描边工具，是Photoshop中最基本也是最重要、最常用的工具，希望能够熟练地掌握它们的用法。

2.6　课后练习

1. 选择题

（1）用绘图工具画直线：先在要画线的一端（　　）鼠标，然后按下键盘上 Shift 键的同时，再次在直线的另一端（　　）鼠标，可以画出直线。

　　A. 单击　　　　　　　　B. 双击

　　C. 拖动

（2）用绘图工具画垂直、水平线：按下键盘上 Shift 键不松手，同时在图像上（　　）鼠标，可以画出垂直线和水平线。

　　A. 单击　　　　　　　　B. 双击

　　C. 拖动

（3）使用填充工具时，我们可以使用键盘上的（　　）键对所选区域进行快速填充操作，其中，按（　　）键将使用背景色对所选区域进行填充，按（　　）键则用前景色对所选区域进行填充。

　　A.【Del】　　　　　　　B.【Alt+Del】

　　C.【Shift+Del】　　　　D.【Shift+Ctrl】

（4）使用画笔工具时，如果想得到阴影效果，可以使用（　　）融合模式；如果想得到漂白效果，可以使用（　　）融合模式。

　　A. 溶解　　　　　　　　B. 相乘

　　C. 相差　　　　　　　　D. 叠光

（5）常用的填充方法有（　　）

　　A. 利用油漆桶填充

　　B. 利用 菜单"编辑"中的"填充"命令

　　C. 利用渐变工具填充

　　D. 利用快捷键【Alt+Del】

2. 简答题

（1）列出打开笔刷面板的几种方法。

（2）分析填充工具与描边工具的区别。

3. 操作题

利用笔刷工具和填充工具等绘制一幅画（风景或人物均可）

第3章

图层的编辑应用

说明

本章练习素材和范例源文件光盘路径：

◎ Chapter 3\source

范例源文件光盘路径：

◎ Chapter 3\exp

3.1　图层的概念

Photoshop 中的图层使图像的设计变得更简单，每个图层都独立于其他的图层并且有自己的名字，可以随时进行修改，而且还可以改变图层的排列顺序，图层为图像设计带来了很大的灵活性，并且能很轻易地设计一些复杂的图像。

上面的图层遮蔽下面的图层，这种遮蔽是可以调节的，而且层与层之间的色彩混合方式也有多种。

3.1.1　图层面板及其功能

要想充分运用好图层，首先就必须熟悉图层控制面板。图层控制面板的各个组成部分见图3-1。

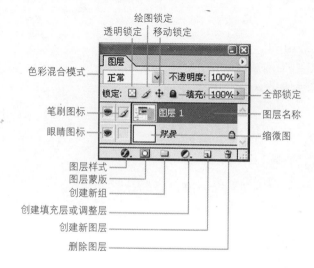

图3-1　图层面板及功能

3.1.2　图层菜单

用鼠标单击图层控制面板右上角的小三角，可以弹出一个图层菜单，见图 3-2。

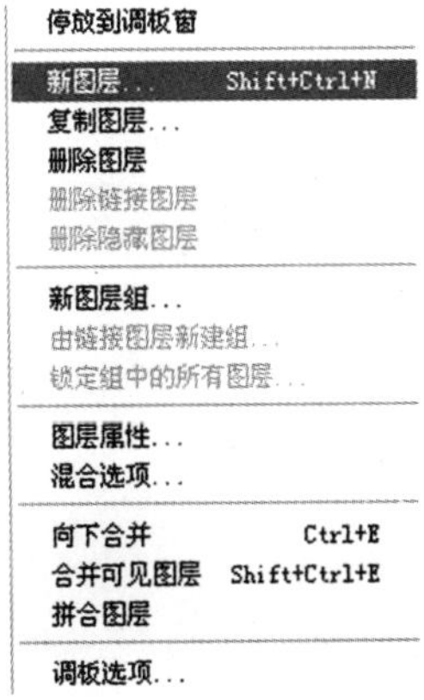

其中：

- **新图层**：创建一个新图层。
- **复制图层**：为当前图层复制一个新图层。
- **删除图层**：删除当前图层。
- **新图层组**：创建一个图层集。
- **由链接图层新建组**：把链接图层设为一个图层集。
- **锁定组中的所有图层**：把图层中的所有图层锁定。
- **图层属性**：用来制定图层名、眼睛和笔刷图标区域的颜色。
- **混合选项**：彩色混合模式选项。
- **向下合并**：向下合并一层。
- **合并可见图层**：合并带眼睛图标的图层。
- **拼合图层**：合并所有图层。
- **调板选项**：用来设定缩微图的大小。

图 3-2　"图层"菜单

3.1.3　新建图层

新建图层有下列 3 种方法:

方法 1　执行菜单"图层→新建→图层"命令，可以创建一新图层，还可以为图层命名。

方法 2　输入文字，图层面板中就会自动创建一个文字图层。

方法 3　单击图层面板下面的创建新图层按钮，就会创建一个新图层，并自动命名为图层 1、图层 2 等，这是创建新图层最简单的方法。

3.1.4　链接图层

Photoshop 允许将许多图层链接在一起，链接后的图层可以作为一个整体执行移动、缩放等操作，而且可以对链接的图层在对齐或分布方面进行排版，操作起来将会非常方便。

链接后，图层菜单中"对齐已链接图层"下面的所有选项都可执行，"分布已链接图层"下面的所有选项也都可以执行，见图 3-3。

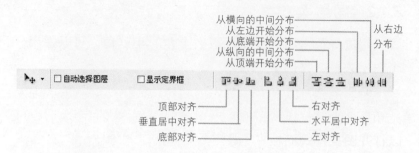

图 3-3 链接图层

3.1.5 选区与图层的变形

在对图像进行编辑处理时，常常对图像的某一区域或整个图像进行旋转或缩放等操作。

实际操作 3 – 1 如何对图像进行变形

方法 1 执行菜单中"编辑→自由变换"命令或按快捷键 Ctrl+T 后，可以对选区或图层进行变形。

方法 2 执行菜单中"编辑→变换"命令，在下拉菜单中可以选择多种变形的方式，如缩放、旋转等，见图 3-4。

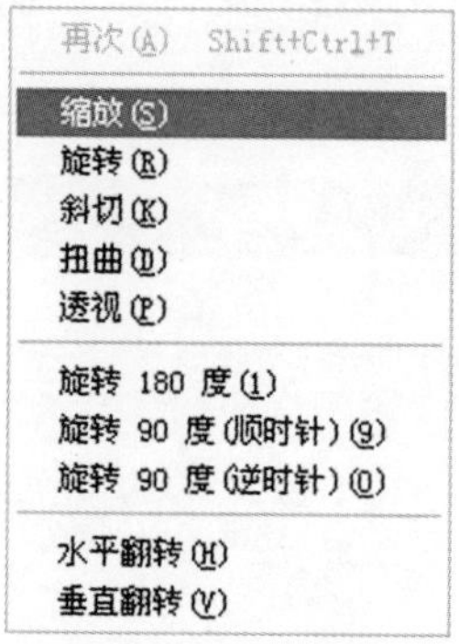

图 3-4 多种变形方式

专业指点
当图层上没有建立选区，变形命令将针对图层上所有的图像进行操作，对于只有一个背景的图像，只有在背景上选择了一个选区才能进行变形操作。

3.1.6 图像、画布的缩放

在对图像进行缩放时，我们要区分图像的缩放和画布的缩放这两个不同的概念。

其中：

- **图像的缩放**：图像的缩放改变整个图像的大小，执行菜单中"图像→图像大小"命令，可以对图像进行整体的放大或缩小。

- **画布的缩放**：画布的缩放改变整个文档的大小和画布的尺寸，但在原有画布上的图像大小没有改变。执行菜单中"图像→画布大小"命令，可以设置文档的大小。

3.2　图层样式应用

图层样式可以对图层加入一些特殊效果，如投影、内发光和外发光等，执行菜单中"图层→图层样式"命令后，可以打开图层样式面板，见图3-5。

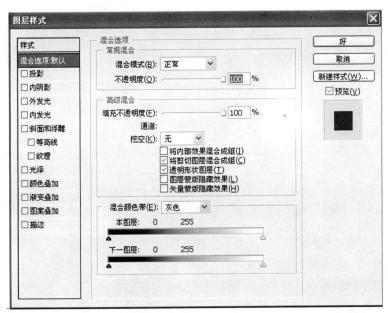

图3-5 "图层样式"对话框

在图层样式的左边，可以选择具体的样式类型；图层样式的右边，显示所选择样式的具体的参数，我们可以对其进行设置。

其中：

- **投影和内阴影**：投影是用来在图层内容背后添加阴影效果；内阴影则是添加位于图层内容边缘内的阴影，并使图层呈现凹陷的外观效果。

- **内发光和外发光**：为图层中所选图像的外部或内部添加发光效果。

- **斜面和浮雕**：将各种高光和暗调组合添加到图层中，使之产生立体效果。斜面和浮雕中的"等高线"选项是用来处理斜面的结构，它不但确定了斜面的生成形式，而且能够为阴影带来丰富的变化。

- **纹理**：可以对图案样本进行浮雕处理，这些样本均是灰色的，因为这里只是使用了图案的亮部和暗部以模拟表面的凸起和凹陷。
- **光泽**：在图层的内部根据图层的形状应用阴影。

3.3 选择工具

选择图像是编辑图像之前必须进行的一个重要步骤，灵活、快捷地进行图像选择，有助于提高编辑图像的效率和质量。选择工具包括矩形工具 □、椭圆工具 ○、单列选框工具 ▯、单行选框工具 ▭、套索工具 ◊、多边形套索工具 ◊、磁性套索工具 ◊ 和魔棒工具 ◊ 等。我们大致可以把它们分为四类，即规则选择工具、不规则选择工具、选择工具和魔棒工具，见图3-6。

规则选择工具 —— 选择工具
不规则选择工具 —— 魔棒工具

图3-6 选择工具

3.3.1 规则选择工具

规则选择工具包括矩形选择工具 □、椭圆形选择工具 ○、单行 ▭ 和单列 ▯ 选择工具，其快捷键为 M，使用 Shift+M 键可以在矩形选择工具和椭圆形选择工具间切换。

实际操作3－2 如何使用矩形选择工具

具体操作步骤

▶**步骤1** 打开一个图像文件，见图3-7。

▶**步骤2** 在工具栏中选择矩形选择工具 □。

▶**步骤3** 根据需要，用鼠标左键在图像上拖动就可以选择区域了，见图3-8。

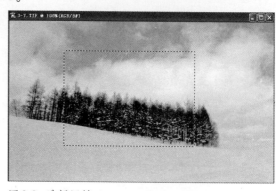

图3-7 图像文件

图3-8 选择区域

专业指点

　　下面进行的所有操作只对当前层的当前选择区域起作用。用鼠标在图像上拖动的同时，按住 Shift 键可以拖出一个正方形，按住 Alt 键，可以拖出一个以当前鼠标落点为中心的矩形选择区域。如果不需要，则可以按住 Ctrl+D 键取消选择。

▶**步骤 4**　在矩形选择工具控制面板中设置羽化边缘为 10（如图 3-9），再次拖动矩形选择工具，可以看到这个矩形选择区有四个圆滑的角。将前景色设置为黑色，然后使用 Alt+Del 快捷键快速用前景色填充当前选择区域，我们可以发现，在所填充的选择区域边缘具有羽化效果，如图 3-10。

图 3-9　矩形选择工具控制面板

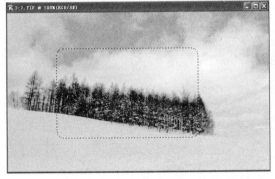

图 3-10　羽化效果

▶**步骤 5**　按住 Shift 键，然后再在图像上拖动出一个新的矩形选择区域，可以看到新的矩形和以前的矩形构成了一个新的选择区域（它的作用与选择工具控制面板中激活 按钮一样）。按住 Alt 键，然后在刚才的矩形区域内拖动出一个矩形，新生成的选择区是从原选择区中减去刚才拖动出的矩形选择区（它的作用与选择工具控制面板中激活 按钮一样），见图 3-11。

▶**步骤 6**　在图 3-9 的矩形工具面板中，"样式"有三个选项：正常、固定长宽比、固定大小，对应上面的三个选项依次分别可以勾勒出随意大小、强制外形比例、固定尺寸的选择区。具体操作可以通过设置控制面板（见图 3-12）中的宽度和高度来尝试。

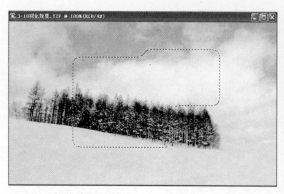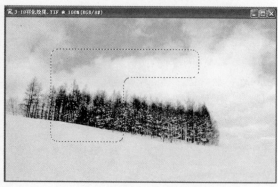

图 3-11 新的选择区域

图 3-12 控制面板

上面详细介绍了矩形选择工具的使用，其技巧和方法同样适用于圆形选择工具及单行和单列选择工具。

3.3.2 不规则选择工具

不规则选择工具包括套索工具、多边形套索工具、磁性套索工具三种，主要用于对图像中不规则部分的选取。它们的快捷键为 L，使用 Shift+L 键可以实现三种工具的切换。

实际操作 3－3 如何操作套索工具

该工具类似于徒手绘画工具。

具体操作步骤

按住鼠标左键然后在图像上拖动，鼠标指针的轨迹就是选择的边界，如果起点和终点不在一个点上，那么 Photoshop 通过直线使之自动连接起来，见图 3-13。

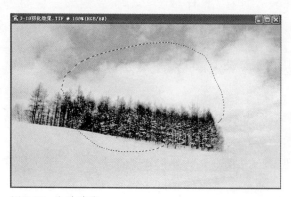

图 3-13 自动连线

该工具主要用在精度不高的区域选择上，其优点是使用方便、操作简单，缺点是难以控制。

实际操作 3－4　如何操作多边形套索工具

该工具类似于徒手绘制多边形。

具体操作步骤

▶▶**步骤 1**　首先在工作区域中单击，确定起始点。

▶▶**步骤 2**　在需要的地方点击鼠标左键增加拐点，需要结束时双击，或者当指针回到起点变成小圆圈时单击，见图 3-14。

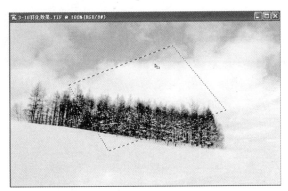

图 3-14　增加拐点

该工具主要用在选择边界为直线且边界复杂的多边形的图案。其优点是选择比较精确。

实际操作 3－5　如何操作磁性套索工具

该工具类似于一个感应选择工具。

具体操作步骤

它根据要选择的图像边界像素点的颜色来决定选择工作方式。在图像和背景色差别较大的地方，可以直接沿边界拖拽鼠标，套索工具根据颜色差别自动勾勒出选择框，见图 3-15。

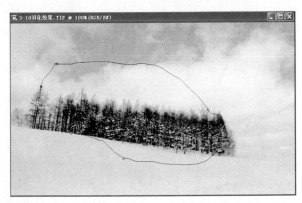

图 3-15　自动勾勒出选择框

拖拽鼠标时，在鼠标经过的地方留下一系列的控制点，如果某个控制点出错，可以使用 Delete 键将之删除，然后重新选择。如果中途想停止选择，可以使用空格键或者回车键。

3.3.3 魔术棒工具

魔术棒选择工具 （图 3-16）可以根据单击点的像素和给出的容差值来决定选择区域的大小，当然这个选择区域是连续的。在魔术棒选择工具面板中有一个非常重要的参数——容差值，它的取值范围是从 0～255，该参数的值决定了选择的精度，数值越大，选择的精度越小，相反，数值越小，选择的精度越高。用鼠标单击图像中与所需颜色相近的区域，则系统自动将颜色相近区域以曲线包围。图 3-17 显示容差为 10 和 100 时的效果。

图 3-16

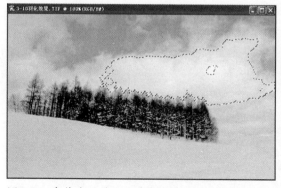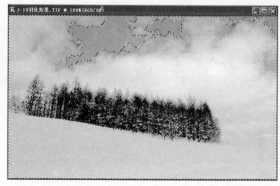

图 3-17 容差为 10 和 100 时的效果

以上介绍的几种工具是 Photoshop 工具栏中比较常用的选择工具，在菜单栏中还有一个"选择"菜单，在后面的章节中将详细介绍。

3.4 图像的二维变形

图像的二维变形包括改变图像的尺寸、改变画布的尺寸、任意变形等。

3.4.1　改变图像尺寸

改变图像尺寸主要包括两种情况：一是在图像内容不变情况下改变图像的尺寸；二是裁剪图像的内容，从而改变图像的尺寸。

实际操作 3 - 6　如何改变图像尺寸

具体操作步骤

执行菜单中"图像→图像大小"命令，打开"图像大小"对话框，见图 3-18。

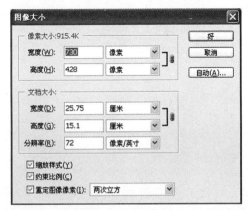

图 3-18　"图像大小"对话框

专业指点

像素大小：可以输入我们想要的新图像的宽度和高度。如果想让图像的高与宽按等比例变化，勾选"约束比例"复选框。

文档大小：可以输入我们想要的新图像的宽度和高度。同时，在文档大小中还可以设置分辨率的大小。如果想让图像的高与宽按等比例变化，勾选"约束比例"复选框。

实际操作 3 - 7　如何裁剪图像

具体操作步骤

▶**步骤 1**　选择工具箱中的裁剪工具 。

▶**步骤 2**　在当前图像中画一个矩形框，确定裁剪图的大小，见图 3-19。

▶**步骤 3**　如果需要，可以移动裁剪框控制点来改变裁剪图的大小。

▶步骤4 按 Enter 键，可以裁剪图像，而按 Esc 键，则取消裁剪操作。裁剪后的图像就是矩形框所包围的图像，见图 3-20。

图 3-19 在当前图像中画一个矩形框

图 3-20 裁剪后的图像

实际操作 3-8 如何改变画布大小

具体操作步骤

▶步骤1 执行菜单"图像→画布大小"命令，打开"画布大小"对话框，见图 3-21。

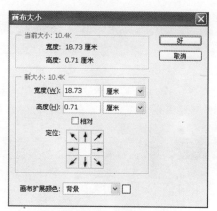

图 3-21 "画布大小"对话框

▶步骤2 "画布大小"对话框可以设置画布的大小，在"宽度"和"高度"中输入我们想要的图像的最终尺寸，并在"定位"格中确定当前图像在新画布上的位置。

▶步骤3 鼠标点击"好"按钮即可。

3.4.2 图像的变形

将图像按指定要求变形有两种基本方法：使用"自由变换"和"变换"菜单命令。

实际操作 3－9 如何自由变换图像

具体操作步骤

▶▶**步骤 1** 选择所要变形的图像范围，可以是一个图层，也可以是图像中的一部分。

▶▶**步骤 2** 执行菜单"编辑→自由变换"命令或快捷键 Ctrl+T 后，可以对选区或图层进行变形。此时，选择区域边界上出现控制点，见图 3-22。

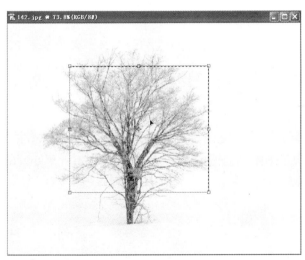

图 3-22　选择区域边界上出现控制点

专业指点

- 改变图像的大小：直接拖动控制点，可以改变所选图像的大小；按下 Shift 键的同时拖动控制点，可以等比例地改变图像的大小。

- 旋转图像：将光标置于控制点外侧，会出现旋转光标，此时拖动鼠标，可使选区内图像或整个图层产生旋转。

- 任意变形图像：按下 Ctrl 键的同时拖动四角控制点，可使图像任意变形。

- 对称变形图像：按下 Alt 键的同时拖动控制点，可使图像进行对称变形。

图 3-23　下拉菜单

实际操作 3－10　如何使用"变换"菜单命令变形图像

执行菜单中"编辑→变换"命令，在下拉菜单中可以选择多种变形的方式，如缩放、旋转等，见图 3-23。

具体操作步骤

▶**步骤 1**　选择所要变形的图像范围，可以是一个图层，也可以是图像中的一部分。

▶**步骤 2**　选择"编辑"菜单栏下的"变换"命令。

▶**步骤 3**　在打开的下级子菜单中，选择"缩放"、"旋转"、"透视"等项即可进行变形操作（方法与前面"自由变换"一样）；选择"水平翻转"、"垂直翻转"等项，可直接对图像进行对称翻转操作。

3.5　图像的移动、复制、删除等操作

图像的移动、复制和删除是图像编辑的常用方法。在进行移动、复制和删除图像之前，首先应该选择所要处理的图像区域，否则所做的移动、复制、删除操作将对整个图像进行。

3.5.1　移动图像

实际操作 3－11　如何移动图像

具体操作步骤

▶**步骤 1**　选择所要移动的图像范围，可以是一个图层，也可以是图像中的一部分。

▶**步骤 2**　选择工具箱中的移动工具 ⊕。

▶**步骤 3**　将光标置于所选区域内，此时光标变为黑色箭头形状。

▶**步骤 4**　按下鼠标左键的同时拖动图像到目标位置即可。

专业指点
如果所移动的图像范围位于锁定背景层，则原图像区域将被背景色填充；否则，原图像区域将显示为透明，见图 3-24。

图 3-24 锁定背景层

3.5.2 复制图像

复制图像的方法有多种，下面介绍两种常用的方法，即使用移动工具和菜单命令。

实际操作 3－12 如何通过移动工具复制图像

具体操作步骤

▶▶**步骤1** 选择所要复制的图像范围，可以是一个图层，也可以是图像中的一部分。

▶▶**步骤2** 选择工具箱中的移动工具。

▶▶**步骤3** 将光标置于所选区域内。

▶▶**步骤4** 按下 Alt 键的同时按住鼠标左键并拖动图像到目标位置，此时，原图像区域不变，新的目标区域出现复制的图像，见图 3-25。

图 3-25 新区域出现复制的图像

实际操作 3—13　如何通过菜单命令复制图像

具体操作步骤

▶**步骤1**　选择所要复制的图像范围，可以是一个图层，也可以是图像中的一部分。

▶**步骤2**　执行"编辑"菜单下的"复制"命令，或者按快捷键 Ctrl+C。此时，系统已将所选区域的图像复制到剪贴板上。

▶**步骤3**　选择"编辑"菜单下的"粘贴"命令，或者按快捷键 Ctrl+V，系统自动将剪贴板上的图像粘贴到一个新的图层上。

▶**步骤4**　移动新粘贴的图像到目标位置即可。

3.5.3　删除图像

删除图像的方法也有多种，下面介绍几种常用的操作方法。

实际操作 3—14　如何通过菜单命令删除图像

具体操作步骤

▶**步骤1**　选择所要删除的图像范围，可以是一个图层，也可以是图像中的一部分。

▶**步骤2**　对于图像中的一个区域，执行"编辑"菜单下的"清除"命令，则所选图像区域被清除，见图 3-26。

图 3-26　所选图像区域被清除

▶**步骤3**　对于一个图层，执行"图层→删除→图层"命令，则删除图像所在的整个图层。

"黑边"或"白边"

在复制操作中，当从黑色背景的图像中选择图像，复制到白色背景图像中，或从白色背景的图像中选择图像，复制到黑色背景图像中时，往往会出现令人不满意的"黑边"或"白边"。我们可以通过"图层"菜单栏下的"修边"命令较好地解决这一问题：选择"图层"菜单下的"修边"命令，并在其下级子菜单中选择"移去黑色杂边"项，或选择"移去白色杂边"项，即可去除黑边或白边。

实际操作 3－15　　如何通过快捷键删除图像

具体操作步骤

▶**步骤 1**　选择所要删除的图像区域。

▶**步骤 2**　按键盘上 Del 键，所选图像区域被清除。

上面我们比较详细地介绍了图层的功能、选择工具的使用方法以及图像变形的方法，下面结合以上所学内容创作一个作品。

3.6　实例讲解：绘制装饰画框

本例制作思路

这是一个用灰白色调展示房间墙壁上的装饰画框，整个画面协调、高雅。本例主要通过图层的综合运用，及图像的二维变形，重点突出如何利用图层样式面板对画框图层设置阴影、内阴影、斜面浮雕等效果。绘制这幅画的流程分为两个部分：第一部分是画框的制作，第二部分是墙面的制作。

本例最终效果图

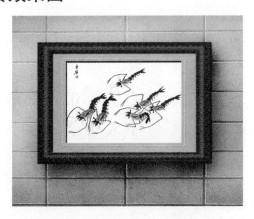

具体操作

第一部分　画框的制作

▶**步骤 1**　新建一个文件，尺寸为 25cm × 20cm，分辨率为 300ppi。从光盘中打开图像素材，利用矩形选择工具 进行选择，用移动工具 [图标] 把选择的画复制到新建的文件上，见图 3-27。

▶**步骤2** 用变形工具或者按键盘上的快捷键 Ctrl+T 对复制的画进行缩放变形，把它缩放到一个合适的大小，见图 3-28。

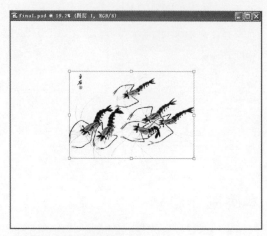

图 3-27 将画复制到新建的文件上　　　　　　图 3-28 把图缩放到合适大小

▶**步骤3** 新建一个图层，命名为"画框"。使用矩形选择工具拖出画框区域，将前景色设置为 R：166、G：164、B：149，按 Ctrl+Del 键用前景色填充，见图 3-29。

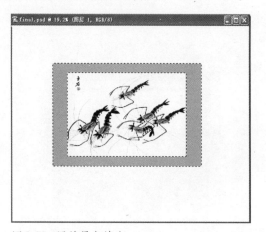

图 3-29 用前景色填充

▶**步骤4** 利用图层样式面板对画框图层设置阴影、内阴影、斜面浮雕效果，见图 3-30 所示。

▶**步骤5** 新建一个图层，命名为"边框"。使用矩形选择工具画出边框形状，然后选择菜单"选择→变换选区"命令，进入到变换状态，按住 Ctrl 键将鼠标移动到矩形选区的右下角控制点上，向左移动鼠标调节该控制点，用同样的方法向右移动左下角控制点，见图3-31。

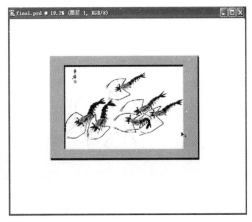

图3-30 对画框图层进行设置

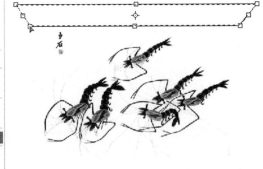

图3-31 移动控制点

▶▶**步骤6** 再选择渐变工具，设置一个深绿－浅绿－深绿的渐变，然后在边框内从上到下拖动鼠标进行渐变填充，见图3-32。

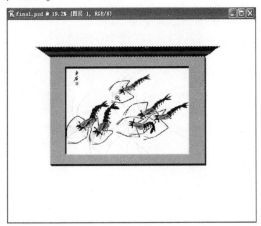

图3-32 拖动鼠标进行渐变填充

▶▶**步骤7** 选择刚建立的"边框"图层，用鼠标把它拖动到图层面板底部的新建图层按钮 🔲 上，复制出一个图层，得到"边框副本"层。然后把复制出来的图像移动到画框下部，按键盘上的快捷键 Ctrl+T 对图像进行旋转变形，见图 3-33。

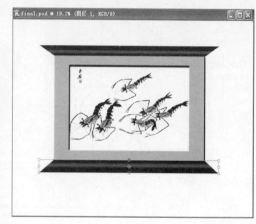

图 3-33 对图像进行旋转变形

▶▶**步骤8** 用同样的方法再次复制边框图层，得到边框副本 2 和边框副本 3 两个图层，然后分别把它们移动到画框的左边和右边，按键盘上的快捷键 Ctrl+T 对图像进行旋转变形操作，见图 3-34。

▶▶**步骤9** 把刚才复制出来的几个边框图层链接起来（见图 3-35 所示）。然后按键盘上的 Ctrl+E 键把它们合并为一个图层。

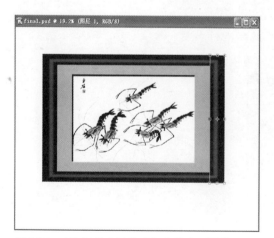

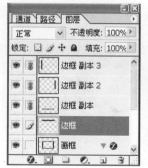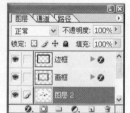

图 3-34 对边框副本图像进行旋转变形操作　　　图 3-35 合并图层

▶▶**步骤10** 打开图层样式面板，对合并后的边框图层设置阴影、内阴影、斜面浮雕、纹理等效果，见图 3-36。

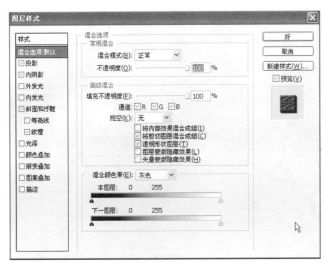

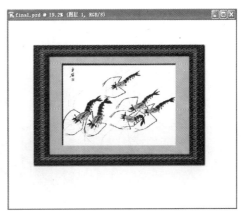

图 3-36　对合并后的边框图层设置图层样式

第二部分　墙面的制作

▶▶**步骤 1**　再新建一个图层为"砖墙",设置背景色为白色(其实任何颜色都可以),按 Ctrl+Del 键用背景色填充该层,见图 3-37。

▶▶**步骤 2**　打开样式面板,点击样式面板右上角的三角形按钮,打开样式面板的菜单,选择"纹理"命令,加载更多的样式,见图 3-38。

图 3-37　新建层"砖墙"　　　图 3-38　加载更多样式

▶**步骤3**　然后在图层面板中选择"砖墙"图层，在样式面板中点击砖墙样式，系统会自动在砖墙图层上施加砖墙样式，见图3-39。

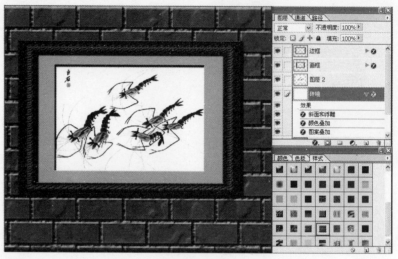

图3-39　在"砖墙"图层上自动施加砖墙样式

▶**步骤4**　也可以用另外的方法制作墙的效果。将砖墙图层的眼睛图标关闭。新建一个图层并命名为"墙"。

▶**步骤5**　可以从光盘中导入一张墙的图片，效果见图3-40。

图3-40　导入的墙

▶**步骤6**　挂在墙壁上的画框就基本做好了，最后再整体调整一下画面效果。新建一个图层，命名为"细边"，排列该图层到最上层。

▶▶**步骤7**　在该图层上利用矩形选择工具拖曳出一个矩形，按住 Alt 键在刚刚拖曳出的矩形内部再拖曳出一个矩形，即执行选区相减操作，按 Ctrl+Del 键用白色的背景色填充，见图 3-41。

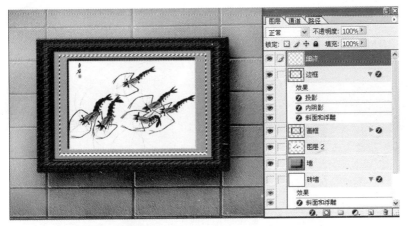

图 3-41　用白色背景色填充

▶▶**步骤8**　保存文件，最终效果见图 3-42。

图 3-42　最终效果

3.7　举一反三

对于画框，我们还可以利用图层样式制作不同的材质，比如金属、布纹、塑料质感等。当然要得到不同质感的效果，也可以通过其他方法，但这里强调的是利用图层样式制作。

下面我们来学习利用图层样式制作具有塑料质感的画框的方法。

实际操作3－16 如何用图层样式制作塑料质感的画框

具体操作步骤

▶**步骤1** 从光盘中打开图像素材文件，见图3-43。

▶**步骤2** 下面为图像加上一个画框。新建一个"图层6"，利用矩形选择工具拖出画框的区域，并用前景色填充，见图3-44。

图3-43 打开"花朵"文件

图3-44 新建"图层6"

▶**步骤3** 在图层面板双击"图层6"，打开图层样式对话框，单击混合选项，在高级混合中设置填充不透明度为75%，见图3-45。

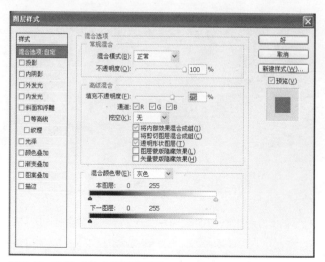

图3-45 设置"填充不透明度"

▶▶**步骤4**　下面制作浮雕效果。在图层样式对话框中，选择斜面和浮雕样式选项，在"结构"选框中，设置选项和参数，见图3-46。

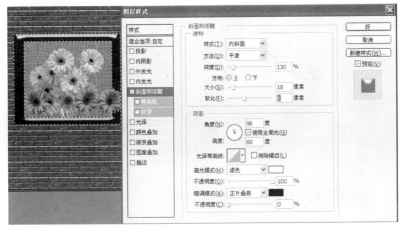

图3-46　选项和参数设置

▶▶**步骤5**　勾选"斜面和浮雕"、"等高线"选项，单击等高线，弹出"等高线编辑器"对话框，在映射线上单击产生映射点，调整见图3-47。

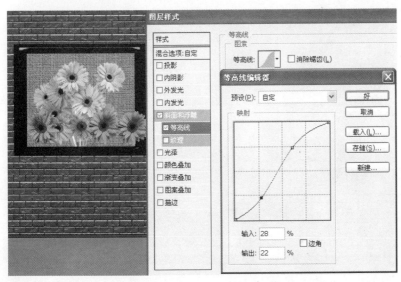

图3-47　产生映射点

▶▶**步骤6**　给画框覆盖上蓝色。打开"图层样式"对话框，勾选"颜色叠加"样式选项，单击色块，在弹出的拾色器中设置蓝色（R=0，G=108，B=255），不透明度为50%等，见图3-48。

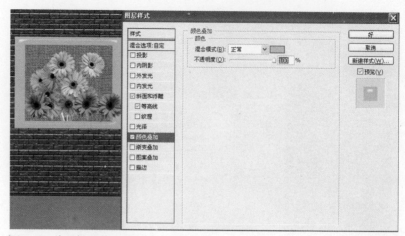

图3-48 给画框覆盖上蓝色

▶▶**步骤7** 下面勾选"光泽"样式选项，在"结构"选框中设置混合模式为"正片叠底"，单击色块，在弹出的拾色器中设置蓝色值（R=77，G=88，B=227），不透明度为50%，角度为19°，距离为11像素，大小为14像素，见图3-49。

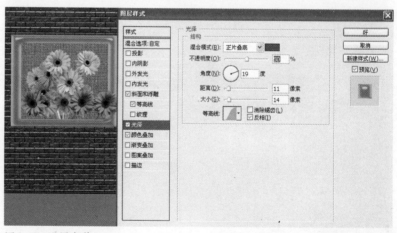

图3-49 设置色值

▶▶**步骤8** 勾选"投影"样式选项，在"结构"选框中设置混合模式为"正片叠底"，单击色块，在拾色器中设置色彩值（R=8，G=16，B=175），设置不透明度为62%，角度为96°，距离为8像素，扩展为10%，大小为13像素，见图3-50。

▶▶**步骤9** 勾选"外发光"样式选项，在"结构"选框中设置混合模式为滤色，不透明度为75%，杂色为0%，单击色块，在拾色器中设置色彩值（R=200，G=204，B=245），在"图素"选框中设置"方法"为柔和，扩展为2%，大小为13像素，见图3-51。

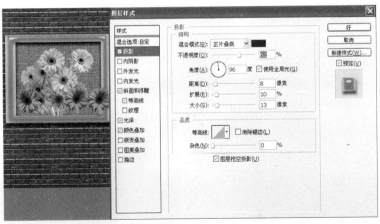

图 3-50　勾选"投影"样式选项进行设置

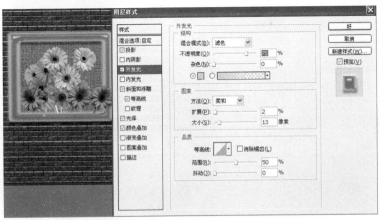

图 3-51　勾选"外发光"样式选项进行设置

▶▶**步骤 10**　勾选"内阴影"选项，在"结构"选框中设置混合模式为正片叠底，不透明度为 75%，角度为 96°，单击色块，在拾色器中设置色彩值（R=30，G=58，B=192），距离为 13 像素，阻塞为 14%，大小为 38 像素，见图 3-52。

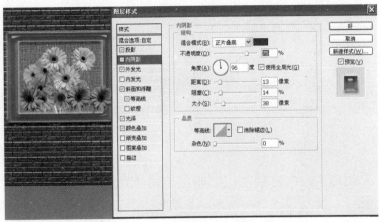

图 3-52　勾选"内阴暗"选项进行设置

▶▶**步骤11** 勾选"内发光"选项，在"结构"选框中设置混合模式为滤色，不透明度为 75%，杂色为 0%，单击色块，在拾色器中设置色彩值（R=91，G=104，B=230），在"图素"选框中设置方法为柔和，选择"边缘"选项，阻塞为 0%，大小为 43 像素。在"品质"选框中设置范围为 50%，见图 3-53。

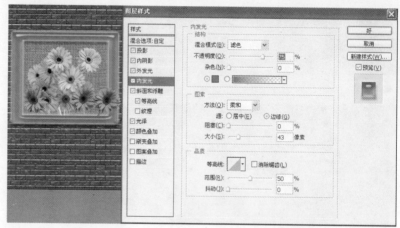

图 3-53 勾选"内发光"选项进行设置

这样我们就完成了塑料质感的画框的制作，见图 3-54。

图 3-54 塑料质感画框

仿照类似的方法还可以制作出其他质感的画框。请读者能够举一反三，进行多种练习和尝试，图 3-55 为金属花纹质感，图 3-56 为木纹质感的画框等。

图 3-55 金属花纹质感画框

图 3-56 木纹质感画框

3.8 本章小结

通过本章的学习，大家初步了解了Photoshop图层功能，并且通过实例的制作，综合运用了图层、图层样式以及图像的二维变形等。可以说，图层是 Photoshop 中最基本也是最重要的概念，希望能够熟练地掌握这些技巧与用法。

3.9 课后练习

1. 选择题

（1）链接图层中的各层可以是（   ）。

　　A. 连续的　　　　　　　　B. 不连续的

（2）要将上面图层与下面图层合并，可以在选择上面图层时，按（   ）快捷键。

　　A. Ctrl+E　　　　　　　　B. Shift +E

　　C. Alt +E

（3）将背景图层变为普通图层的方法是（   ）。

　　A. 将背景图层拖放到图层面板的新建按钮上

　　B. 双击背景层

(4)在包含多个图层的图层面板,如果想仅显示某一图层而关闭其他图层的快速方法是（　　）。

　　A. 按住 Alt 键的同时单击要显示图层的眼睛图标

　　B. 按住Alt键的同时用鼠标右键单击要显示图层的眼睛图标

2　操作题

模仿范例，利用图层、图层样式（可以结合样式面板）和变形操作等制作一个挂在墙上的画框。

第 4 章
通道的应用

4.1 修复、修补、颜色替换工具及印章工具的使用

4.1.1 修复画笔工具

修复画笔工具 ⊘ 可用于校正瑕疵，使它们消失在周围的图像中。使用修复画笔工具 ⊘ 可以利用图像或图案中的样本像素来绘画，还可将样本像素的纹理、光照阴影与源像素进行匹配，从而使修复后的像素不留痕迹地融入图像，其控制面板见图 4-1。

图 4-1 修复画笔工具控制面板

其中：

- **画笔**：可以调节画笔的大小、硬度、间距、角度等。
- **模式**：可以选择不同的混合模式，默认为正常。
- **源**：选择"取样"选项，按住键盘上的 Alt 键的同时在需要取样的位置单击，即选择取样点（见图 4-2）并将图像复制为样本，然后在需要复制样本的位置拖动鼠标就可以将样本复制到指定位置，见图 4-3。

图 4-2 选择取样点

图 4-3 将样本复制到指定位置

● **图案**：选择"图案"选项，在右侧弹出的窗口中选择图案，然后在图像中需要填充图案的位置（见图4-4）拖动鼠标即可在图像中复制所选的图案，见图4-5。

图4-4 选择图案

图4-5 复制图案

4.1.2 修补工具

修补工具 ◊ 可以从图像的其他区域或用图案来修补当前选中的区域。和修复画笔工具 ✎ 相同的是，修图的同时也保留图像原来的纹理、亮度等信息。修补工具控制面板见图4-6。

图4-6 修补工具控制面板

其中：

● **选择区域** ▣▣▣▣：在图像上拖动鼠标，可以绘制所要修补图像的范围。
● **源**：选择此项，表示选区内的图像作为被修改图像将被替换。具体操作方法为：选择此项，在图像中绘制选区，然后按住鼠标左键并拖动选取的图像至其他将要替换图像的区域后松开鼠标键即可。
● **目标**：此项的作用与"源"选项刚好相反，勾选此项后，选区内的图像将作为目标来替换其他图像。
● **透明**：勾选此项后，修改图像将会以透明的方式叠加到被修改图像之上。

4.1.3 颜色替换工具

颜色替换工具 ✎ 将选取的颜色以色相、饱和度、颜色、亮度等模式替换原图像的颜色。颜色替换工具控制面板见图4-7。

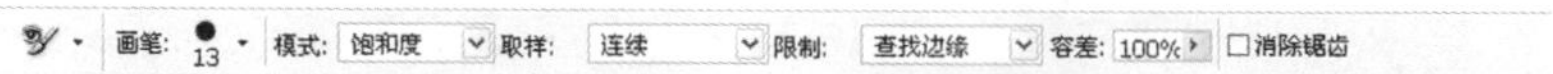

✎ ▾ 画笔： ● 13 ▾ 模式： 饱和度 ▾ 取样： 连续 ▾ 限制： 查找边缘 ▾ 容差： 100% ▸ □消除锯齿

图4-7 颜色替换工具控制面板

其中：

- **画笔**：可以调节画笔的大小、硬度、间距、角度、容差等。
- **模式**：可以选择不同的混合模式，如色相、饱和度、颜色、亮度。在前景色中选择绿色（R：0；G：255；B：115），并选择 50 像素的画笔在图像选区内拖动，不同混合模式的效果见图 4-8。

原图

色相模式

颜色模式

饱和度模式

亮度模式

图 4-8　不同混合模式效果

- **取样**：选择"背景色板"，画笔边缘比"连续"或者"一次"更加柔和一些。
- **限制**：选择"查找边缘"，画笔边缘比"不连续"或者"邻近"更加柔和一些。
- **容差**：数值范围在 1%～100% 之间，值越大，颜色替换就越明显。
- **消除锯齿**：勾选此项，可以消除画笔边缘的锯齿。

4.1.4　印章工具

印章工具 🔖 分为仿制图章工具和图案图章工具两种。仿制图章工具 🔖 主要是图像元素的复制，图案图章工具 🔖 主要是用自定义的图案进行填图。

仿制图章工具控制面板见图 4-9。

🔖 · 画笔：₂₁ · 模式：正常 ▼ 不透明度：100% ▶ 流量：100% ▶ 🖌 ☑ 对齐的 □ 用于所有图层

图 4-9　仿制图章工具控制面板

其中：

- **画笔**：可以选择画笔的大小和样式。
- **模式**：可以选择不同的混合模式。
- **不透明度**：控制所要仿制的图像在绘图过程中的透明效果。不透明度的参数设置在1%～100%之间。当不透明度值为100%时，颜色将完全不透明；相反，当不透明度值为1%时，颜色将完全透明。
- **流量**：用法与效果和不透明度相似。
- **对齐的**：勾选此项，每次拖动鼠标都将继续进行复制完整的图像操作；否则，每次拖动鼠标都会重新以采样点为基准，重新开始复制操作。
- **用于所有图层**：用于多层的图像处理。勾选此项，如果按下"Alt"键在图像中进行取样操作，所选样本将包含其他可见层的内容。

实际操作4－1 如何操作仿制图章工具

具体操作步骤

▶**步骤1** 在工具栏中单击仿制图章工具，或者按键盘上的快捷键"S"，选择该工具。

▶**步骤2** 按下"Alt"键的同时在需要复制的图像上单击鼠标左键，见图4-10所示。

▶**步骤3** 根据需要，在工具面板"画笔"中选择和调节笔刷的大小、样式、模式、不透明度、流量等。

▶**步骤4** 在需要复制的位置拖动鼠标，就会以采样点为基准复制图像内容，见图4-11。

图4-10 在需要复制的图像　　图4-11 以采样点为基准点
上单击鼠标左键　　　　　　复制图像内容

4.1.5　图案图章工具

　　图案图章工具主要是用自定义的图案进行填图。图案图章工具控制面板见图 4-12。

图 4-12　图案图章工具控制面板

实际操作 4－2　如何操作图案图章工具

具体操作步骤

　　▶步骤 1　自定义我们所需的图案。（详见 2.2.1 节）

　　▶步骤 2　在工具栏中单击图案图章工具，或者按键盘上的快捷键"Shift+S"，选择该工具。

　　▶步骤 3　根据需要在工具面板"画笔"中选择和调节笔刷的大小、模式、不透明度、流量等。

　　▶步骤 4　根据需要在工具面板"画笔"中选择默认或自定义的图案，见图 4-13。

　　▶步骤 5　在图像区域中拖动鼠标，就可以得到我们想要的定制图案的图像效果，见图 4-14。

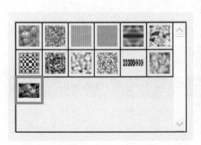

图 4-13　选择默认或自定义的图案　　图 4-14　拖动鼠标获取定制图案效果

4.2 使用修复工具修复照片

可能由于在拍摄时使用了闪光灯或没有开启防止被摄人物的眼睛变红的设置，造成人物的眼睛出现红眼，这是非常令人遗憾的。不过我们可以使用"颜色替换"工具修复红眼，可以很快消除照片中人物的红眼。

实际操作 4-3 使用颜色替换工具消除照片中的红眼

具体操作步骤

▶**步骤 1** 从光盘中打开要修复的照片文件 girl01.jpg，见图 4-15。

图 4-15 要修复的照片

▶**步骤 2** 为了方便清晰地看到需要修复的红眼可以放大图像。然后，选择工具箱中的"颜色替换"工具 。

▶**步骤 3** 在工具控制面板中，设置有助于修复红眼的选项。在"模式"选项中选择"颜色"。

专业指点

"取样"选项，选取"一次"，以便仅抹除包含目标颜色的区域。"限制"选项，选择"不连续"，这样只要样本颜色出现在画笔下就将其替换。将"容差"选项设置为一个较低值（30% 左右），选取较低的百分比可以替换与所点击像素非常相似的颜色，而增加该百分比可替换范围更广的颜色。

▶▶**步骤 4** 勾选"消除锯齿"这个选项,可以为所校正的区域定义平滑的边缘,见图 4-16。

画笔 13 ▾ 模式:颜色 ▾ 取样:一次 ▾ 限制:不连续 ▾ 容差:30% ▾ ☑消除锯齿

图 4-16 定义平滑的边缘

▶▶**步骤 5** 从"颜色替换"工具控制面板中选取一个画笔笔尖。画笔笔尖应该小于眼睛的红色区域,以便更轻松地修正红眼,见图 4-17。

▶▶**步骤 6** 设置要使用的前景色。用黑色(瞳孔的颜色)替换红眼适合于大多数照片。但是,浅色眼睛的特写可能还需要进行额外修饰以减小瞳孔的大小。

▶▶**步骤 7** 点击一次图像中要替换的红色,用黑色拖移过红色以修复图像。在红色区域上反复拖移画笔,直到修复好眼睛。如果有些区域仍带有红色,请再次点击红色区域以重设目标替换颜色,也可以增大"容差"级别以修正更多色度的红色,并在剩余的红色区域上拖移鼠标,见图 4-18。

图 4-17 画笔笔尖

图 4-18 增大"容差"级别

▶▶**步骤 8** 对修正感到满意后,保存图像文件并命名为:girl010_Final.jpg。

实际操作 4-4 如何使用修复画笔工具 ✐ 修饰污点、划痕、皱褶和瑕疵

具体操作步骤

▶▶**步骤 1** 从光盘中打开需要修复的照片文件 girl03.jpg,见图 4-19。

图 4-19 要修复的照片

▶**步骤2** 选择工具箱中的修复画笔工具 🖊。

▶**步骤3** 在工具控制面板中，打开"画笔"弹出式窗口，移动"直径"滑块使画笔笔尖的大小与污点、划痕差不多，见图4-20。

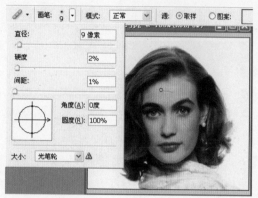

图4-20 笔尖大小

▶**步骤4** 设置工具控制面板中的其他选项，"模式"选项为"正常"，"源"设置为"取样"，"对齐"选项勾选，"使用所有图层"选项不勾选。

专业指点

在"模式"弹出式菜单中可选取融合模式，它包含"正常"、"复合"、"滤色"、"变暗"、"变亮"、"颜色"和"亮度"模式；

在选项栏中选取用于修复像素的源："取样"可以使用当前图像的像素，而"图案"可以使用某个图案的像素。如果选取了"图案"，应从"图案"弹出式调板中选择图案；

选择"对齐"，会对像素连续取样，而不会丢失当前的取样点，即使您松开鼠标按键时也是如此。如果取消选择"对齐"，则会在每次停止并重新开始绘画时使用初始取样点中的样本像素；

选择"用于所有图层"，可从所有可见图层中对数据进行取样。如果取消选择"用于所有图层"，则只从当前激活图层中取样，见图4-21。

图4-21 修复画笔工具控制面板

▶**步骤5** 对"取样"模式下的修复画笔工具 🖊 可以这样来设置取样点：按住 Alt 键点击要用作修饰样本的图像区域，然后松开 Alt 键。

专业指点

  如果要从一幅图像中取样并应用到另一幅图像，则这两幅图像的颜色模式必须相同，除非其中一幅图像处于灰度模式中。

  ▶▶**步骤6** 在要修饰图像中拖移鼠标，用作修饰样本的区域上会出现一个加号。每次释放鼠标键时，样本像素都会与现有像素融合，见图 4-22。

图 4-22   像素融合

专业指点

  如果要修复的区域边缘有强烈的对比度，则在使用修复画笔工具之前，请先建立一个选区。选区应该比要修复的区域大，但是要精确地遵从对比像素的边界。当用修复画笔工具绘画时，该选区将防止颜色从外部渗入。

  ▶▶**步骤7** 继续拖移操作，直到将照片上的划痕都消除，最后保存文件为 girl03_Final.jpg。

实际操作 4 − 5 如何利用修补工具 ◎ 将照片中的拍摄日期清除

  通过使用修补工具 ◎，可以用其他区域或图案中的像素来修复选中的区域。像修复画笔工具 ✐ 一样，修补工具 ◎ 会将样本像素的纹理、光照和阴影与源像素进行匹配。还可以使用修补工具 ◎ 来仿制图像的隔离区域。

具体操作步骤

  ▶▶**步骤1** 从光盘中打开要修补的照片文件 View01.jpg，见图 4-23。

图4-23 要修补的照片

▶步骤2 下面将使用样本像素修复区域。从工具箱中选择修补工具◎。

▶步骤3 在工作区顶部的选项栏中，选择"源"，见图4-24。

图4-24 选择"源"选项

▶步骤4 然后在图像中的日期数字周围拖动鼠标，将要修复的图像像素圈起来，见图4-25。

图4-25 选择要修复的选区

▶**步骤5**　将选区边框拖移到想要从中进行取样的区域。松开鼠标按键时，原来选中的区域被样本像素修补，见图4-26。

图4-26　用样本像素进行修补

▶**步骤6**　修补完毕，保存文件为View01_Final.jpg。

4.3　图层的色彩融合

　　图层的融合模式决定其像素如何与图像中的下层像素进行融合。使用融合模式可以创建各种特殊效果。为图层组选取融合模式时，可以有效地更改整个图像的合成顺序。下面利用两幅图像进行不同的色彩融合（22 种方式），以观看不同的融合方式得到的合成效果。两幅原图（可从光盘中获得）见图 4-27。

图4-27　两幅原图

其中：

- **正常**：使用该方式，上面图层的像素完全覆盖下层的像素。
- **溶解**：上面图层色彩随机地分配在下面图层色彩上。
- **变暗**：查看每个通道中的颜色信息，并选择基色或融合色中较暗的颜色作为结果色。比融合色亮的像素被替换，比融合色暗的像素保持不变，见图4-28。

图4-28　变暗效果

- **正片叠底**：查看每个通道中的颜色信息，并将基色与融合色复合。结果色总是较暗的颜色。任何颜色与黑色复合产生黑色，任何颜色与白色复合保持不变。当用黑色或白色以外的颜色绘画时，绘画工具绘制的连续描边产生逐渐变暗的颜色。这与使用多个魔术标记在图像上绘图的效果相似，见图4-29。

图4-29　正片叠底效果

- **颜色加深**：查看每个通道中的颜色信息，并通过增加对比度使基色变暗以反映融合色。与白色融合后不产生变化，见图 4-30。

图 4-30　颜色加深效果

- **线性加深**：查看每个通道中的颜色信息，并通过减小亮度使基色变暗以反映融合色。与白色融合后不产生变化，见图 4-31。

图 4-31　线性加深效果

- **变亮**：查看每个通道中的颜色信息，并选择基色或融合色中较亮的颜色作为结果色。比融合色暗的像素被替换，比融合色亮的像素保持不变，见图 4-32。
- **滤色**：查看每个通道中的颜色信息，并将融合色的互补色与基色复合。结果色总是较亮的颜色。用黑色过滤时颜色保持不变。用白色过滤将产生白色。此效果类似于多个摄影幻灯片在彼此之上投影，见图4-33。

图4-32　变亮效果

图4-33　滤色效果

● **颜色减淡**：查看每个通道中的颜色信息，并通过减小对比度使基色变亮以反映融合色。与黑色融合则不发生变化，见图4-34。

图4-34　颜色减淡效果

- **线性减淡**：查看每个通道中的颜色信息，并通过增加亮度使基色变亮以反映融合色。与黑色融合则不发生变化，见图4-35。

图4-35　线性减淡效果

- **叠加**：复合或过滤颜色，具体取决于基色。图案或颜色在现有像素上叠加，同时保留基色的明暗对比。不替换基色，但基色与融合色相混以反映原色的亮度或暗度，见图4-36。

图4-36　叠加效果

- **柔光**：使颜色变暗或变亮，具体取决于融合色。此效果与发散的聚光灯照在图像上相似。

　　如果融合色（光源）比50%灰色亮，则图像变亮，就像被减淡了一样。如果融合色（光源）比50%灰色暗，则图像变暗，就像被加深了一样。用纯黑色或纯白色绘画会产生明显较暗或较亮的区域，但不会产生纯黑色或纯白色，见图4-37。

图 4-37 柔光效果

- **强光**：复合或过滤颜色，具体取决于融合色。此效果与耀眼的聚光灯照在图像上相似。

如果融合色（光源）比 50% 灰色亮，则图像变亮，就像过滤后的效果，这对于向图像中添加高光非常有用。如果融合色（光源）比 50% 灰色暗，则图像变暗，就像复合后的效果，这对于向图像添加暗调非常有用。用纯黑色或纯白色绘画会产生纯黑色或纯白色，见图 4-38。

图 4-38 强光效果

- **亮光**：通过增加或减小对比度来加深或减淡颜色，具体取决于融合色。如果融合色（光源）比 50% 灰色亮，则通过减小对比度使图像变亮。如果融合色比 50% 灰色暗，则通过增加对比度使图像变暗，见图 4-39。

图 4-39　亮光效果

- **线性光**：通过减小或增加亮度来加深或减淡颜色，具体取决于融合色。如果融合色（光源）比 50% 灰色亮，则通过增加亮度使图像变亮。如果融合色比 50% 灰色暗，则通过减小亮度使图像变暗，见图 4-40。

图 4-40　线性光效果

- **点光**：根据融合色替换颜色。如果融合色（光源）比 50% 灰色亮，则替换比融合色暗的像素，而不改变比融合色亮的像素。如果融合色比 50% 灰色暗，则替换比融合色亮的像素，而不改变比融合色暗的像素。这对于向图像添加特殊效果非常有用，见图 4-41。
- **差值**：查看每个通道中的颜色信息，并从基色中减去融合色，或从融合色中减去基色，具体取决于哪一个颜色的亮度值更大。与白色融合将反转基色值；与黑色融合则不产生变化，见图 4-42。

图 4-41　点光效果

图 4-42　差值效果

● **排除**：创建一种与"差值"模式相似但对比度更低的效果。与白色融合将反转基色值。与黑色融合则不发生变化，见图 4-43。

图 4-43　排除效果

- **色相**：用基色的亮度和饱和度以及融合色的色相创建结果色，见图4-44。

图4-44　色相效果

- **饱和度**：用基色的亮度和色相以及融合色的饱和度创建结果色。在无（0）饱和度（灰色）的区域上用此模式绘画不会产生变化，见图4-45。

图4-45　饱和度效果

- **颜色**：用基色的亮度以及融合色的色相和饱和度创建结果色。这样可以保留图像中的灰阶，并且对于为单色图像上色和为彩色图像着色都会非常有用，见图4-46。

图 4-46　颜色效果

● **亮度**：用基色的色相和饱和度以及融合色的亮度创建结果色。此模式创建与"颜色"模式相反的效果，见图 4-47。

图 4-47　亮度效果

以上是关于图层融合的 22 种不同方式。

4.4　通　　道

通道主要是用来存储选区和添补专色，通道是一个灰度模式，可以在通道里对图层蒙版进行操作。

在 Photoshop 中有三种通道：

第一种是存储图像内有关色彩信息的色彩通道（Color Channel）。

第二种是存储选择范围的阿尔法通道（Alpha Channel）。

第三种是存储特别色信息的专色通道（Spot Channel）。

利用通道就和使用图层一样，可以对单独的色彩通道进行修改来改变颜色。也可以利用特殊通道制作出特殊的效果。

Alpha 通道具有下列属性：

（1）每幅图像（除 16 位图像外）最多可包含 24 个通道，包括所有的颜色通道和 Alpha 通道。

（2）所有的通道都是 8 位灰度图像，可显示 256 级灰阶。

（3）可为每个通道指定名称、颜色、蒙版选项和不透明度。（不透明度影响通道的预览，而不影响图像。）

（4）所有的新通道都具有与原图像相同的尺寸和像素数目。

（5）可以使用绘画工具、编辑工具和滤镜编辑 Alpha 通道中的蒙版。

（6）可以将 Alpha 通道转换为专色通道。

4.5　实例讲解：利用通道制作立体效果的礼品盒

本例制作思路

本例中，我们要通过选区创建通道，把礼品盒的几个面保存为通道，然后利用通道蒙版制作出漂亮的具有立体效果的礼品盒。

设计流程大致分为两部分：第一部分是通过将素材选区定义图案，制作出礼品盒的外包装的花纹。第二部分主要通过选区创建通道，把礼品盒的几个面保存为通道，然后利用通道蒙版制作出漂亮的具有立体效果的礼品盒。其他礼品盒是通过图层面板中的组复制、贴图变换得到的。

本例最终效果图

具体操作

第一部分　礼品盒外包装图案的制作

▶**步骤1**　从光盘中打开一幅用来制作包装纸图案的文件（B01.jpg），见图4-48。

图4-48

▶**步骤2**　按Ctrl+A键全选该图像，执行编辑→定义图案命令，并命名该图案为B01.jpg，见图4-49。

图4-49　命名图案名称

▶**步骤3**　用同样的方法再定义两个图案，见图4-50。

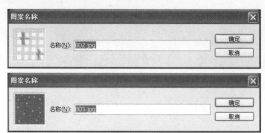

图4-50　再定义两个图案

▶**步骤 4** 新建一个尺寸为 600 pixels × 600pixels，分辨率为 72ppi 的 RGB 图像文件。选择图案图章工具，然后在图案图章工具选项栏中选择适当大小的柔软画笔，在"图案"面板中选择 B01.jpg 图案，见图 4-51。

图 4-51 选择图案

▶**步骤 5** 在新建的图像上涂抹复制，见图 4-52。完成后保存文件为 cover1.jpg。

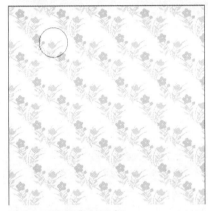

图 4-52 涂抹复制图案

▶**步骤 6** 用同样方法制作另外两个包装纸的图像文件，见图 4-53。

图 4-53 包装纸图像文件

第二部分 礼品盒的制作

▶**步骤 1** 创建一个 500pixels × 600pixels、分辨率为 72ppi、RGB 模式的文件。

▶▶**步骤2** 在图层面板中，单击面板下方的新建图标 ，新建一个图层"图层1"，见图4-54。

▶▶**步骤3** 使用工具箱中的矩形选择工具 ，按住Shift键的同时拖出一个正方形选区，见图4-55。

 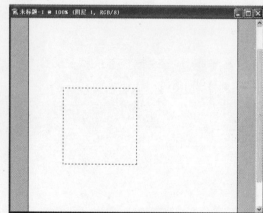

图4-54 新建"图层1" 图4-55 正方形选区

▶▶**步骤4** 选择菜单"选择→变换选区"命令，进入选区变形状态，见图4-56。

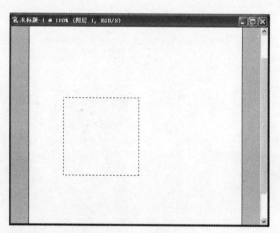

图4-56 进入选区

▶▶**步骤5** 按住Shift+Ctrl+Alt键的同时向下拖动右侧中点控制点，得到一个平行四边形，见图4-57。

▶▶**步骤6** 按Enter键退出变形状态，设置前景色为蓝色（任意颜色都可以），按Alt+Delete键，用前景色填充所选区域，此时图层1面板见图4-58。

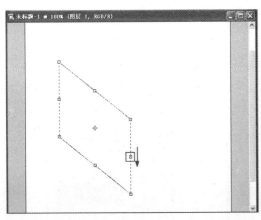

图 4-57　平行四边形

图 4-58　用前景色填充所选区域

▶▶**步骤 7**　保持选区还在，单击"通道"面板标签，切换到通道面板，单击"通道"面板下方的"将选区保存为通道"按钮 ▣ ，得到 Alpha 1 通道，见图 4-59。

▶▶**步骤 8**　按 Ctrl+D 键取消选择区域。

▶▶**步骤 9**　返回到"图层"面板，将"图层 1"拖动到面板下方的新建按钮图标 ▣ 上松开鼠标键，复制该图层，得到"图层 1 副本"，见图 4-60。

▶▶**步骤 10**　保证"图层 1 副本"为当前工作图层，选择菜单"编辑→变换→水平翻转"命令，把图像水平翻转过来，然后选择移动工具 ►⊹ ，按住 Shift 键水平拖动该图层图像，使图像的左边缘与"图层 1"图像的右边缘对齐，见图 4-61。

▶▶**步骤 11**　按 Ctrl 键单击"图层 1 副本"图层，得到"图层 1 副本"的选区，单击"通道"面板标签，切换到通道面板，单击"通道"面板下方的"将选区保存为通道"按钮 ▣ ，得到 Alpha 2 通道，见图 4-62。

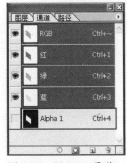

图 4-59　Alpha 1 通道

图 4-60　图层 1 副本

图 4-61　对齐

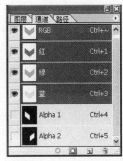

图 4-62　Alpha 2 通道

步骤 12 返回到图层面板，按Ctrl+E键将"图层1副本"和"图层1"合并为"图层1"，见图4-63。

步骤 13 按Ctrl+D键取消选择区域。

步骤 14 用鼠标将"图层1"拖放到图层面板下方的新建按钮 图标上，复制"图层1"得到"图层1副本"，见图4-64。

图4-63 合并图层　　　图4-64 图层1副本

步骤 15 选择菜单"编辑→变换→垂直翻转"命令，把图像垂直翻转过来，然后选择移动工具，按住Shift键垂直拖动该图层图像直至如图4-65所示位置。

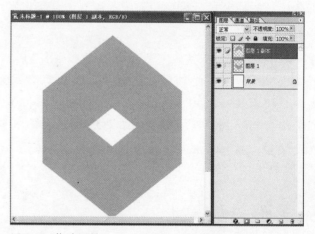

图4-65 拖动图层

步骤 16 选择工具箱中的"笔刷工具"，将"笔刷工具"的直径设置为100，并用前景色把立方体中间的空白处全部涂成蓝色。下面我们要得到立方体上面一个面的选区。保证当前工作图层为"图层1副本"，按Ctrl键，单击"图层1"得到"图层1"上的图像选区，然后把"图层1"左边的"眼睛"图标关闭，这样就能够很清楚看到要删掉的图像部分了，见图4-66。

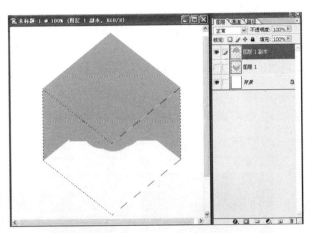

图 4-66　删掉部分图像

▶▶**步骤 17**　按 Delete 键将"图层 1 副本"中的图像删掉，再按 Ctrl 键单击"图层 1 副本"得到上面一个面的选区，见图 4-67。

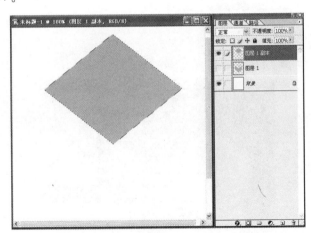

图 4-67　得到上面一个面的选区

▶▶**步骤 18**　单击"通道"面板标签，切换到通道面板，单击"通道"面板下方的"将选区保存为通道"按钮 ▣，得到 Alpha 3 通道，见图 4-68。

▶▶**步骤 19**　到此为止，我们已经得到了立体方盒子的三个面的 Alpha 通道了，返回到图层面板，把"图层 1"、"图层 1 副本"拖放到图层面板下方的删除 🗑 按钮上，将两个图层删掉。

▶▶**步骤 20**　下面对背景图层进行一点修饰。选择"背景"图层，选择工具箱中的渐变工具 ▦，设置渐变颜色为"紫—绿—黄"，采用线性渐变方式 ▰▱▱▱▱，在背景图层从左下角拖拉到右上角。

图 4-68　Alpha 3 通道

步骤 21 切换到通道面板，按 Ctrl 键单击 "Alpha 1"，得到 "Alpha 1" 的选区。

步骤 22 现在打开要用来贴立体方盒子各个面的图像 "Cover1.jpg"。按 Ctrl+A 快捷键全选图像内容，然后按 Ctrl+C 快捷键复制选择的图像，切换到刚才得到选区的图像上，按 Ctrl+Shift+V 快捷键将复制的图像粘贴到所选区域中，见图 4-69。

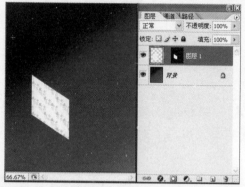

图 4-69 粘贴图像

步骤 23 剩下的两个面的贴图方法是相同的，见图 4-70。

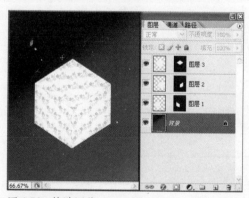

图 4-70 粘贴图像

步骤 24 下面对盒子的边进行一些修饰。设置前景色为紫色，新建图层 4，切换到通道面板，按 Ctrl 键单击 Alpha1，得到 Alpha1 的选区，切换回图层面板，选择图层 4，执行 "编辑→描边" 命令，打开 "描边" 对话框，设置描边的宽度等，见图 4-71。

步骤 25 用同样的方法把盒子的其他棱描边，见图 4-72。

步骤 26 下面利用建立组的方法，快速制作出其他几个盒子。在图层面板，单击面板下方的 ▢ 图标按钮，新建一个 "组 1"，见图 4-73。

图 4-71 "描边" 对话框

▶**步骤27** 然后将图层1、图层2、图层3中的图像和图层蒙版设置关联，即在图像和图层蒙版之间单击，出现图标，表示该图层上的图像与图层蒙版关联在一起了，见图4-74。

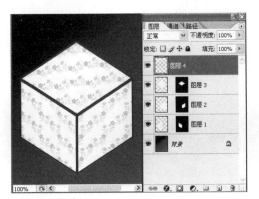

图 4-72 描边图像

图 4-73 新建"组1"

图 4-74 关联图像

▶**步骤28** 接下来，把图层1、图层2、图层3、图层4拖放到"组1"中，选中图层1、图层2、图层3、图层4，单击图层面板左下方的链接图层按钮，将"组1"中的图层都建立关联，按Ctrl+T组合键进行缩放，见图4-75。

▶**步骤29** 还可以考虑到盒子不同的面受光程度不同，可以对盒子的右侧面执行图像→调整→亮度/对比度命令，适当降低亮度，使得该面看起来有点暗，见图4-76。

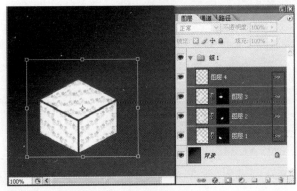

图 4-75 缩放图像

图 4-76 调整亮度

▶**步骤30** 单击"组1"左侧的三角形图标，折叠"组1"，见图4-77。

▶**步骤31** 然后拖动"组1"到图层面板下方的新建按钮图标 上两次，复制出"组1副本1"、"组1副本2"。

▶**步骤 32**　选择"组 1 副本 1"，利用工具箱中的移动工具 ，将方盒子移动到另外的位置，然后按 Ctrl+T 快捷键进行自由变换操作，可以缩放盒子，也可以旋转盒子，而且还可以改换盒子各个面的贴图，见图 4-78。

图 4-77　单击折叠"组 1"

图 4-78　自由变换操作

▶**步骤 33**　还可以对"组 1"的盒子进一步修饰。从光盘中打开素材文件，选择蝴蝶结图像（die.jpg），见图 4-79。

▶**步骤 34**　选择移动工具 ，将选区图像移动到"组 1"中的图层 5，按 Ctrl+T 快捷键调整大小，执行图像→调整→变化命令，改变颜色为粉紫色。再选择仿制图章工具 ，按 Alt 键在蝴蝶结图像上取样，然后在适当的地方进行涂抹，制作出装饰带和蝴蝶结，见图 4-80。

图 4-79　蝴蝶结图像

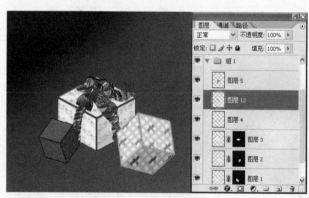

图 4-80　装饰带和蝴蝶结

▶**步骤 35**　再从光盘中打开一些素材，使其画面内容更加丰富，见图 4-81。

图 4-81　画面丰富

▶**步骤36** 将这些素材中要使用的图像选择，复制到我们制作的礼品盒文件中，进行缩放、排列等操作，最后构成一个完整的画面，见图4-82。将文件保存为 box.psd。

图4-83 完整画面

4.6 本章小结

在本章中，我们学习了如何使用通道保存彩色信息、保存选择区域。同时还熟悉了建立通道的多种方法，并且对于图层的色彩融合原理以及不同的融合方式得到的效果也有了一定的了解，最后通过立体礼品盒的实例制作全过程，加深并巩固通道的应用。

4.7 课后练习

1. 填空题

(1) 在 RGB 图像中按（   ）键进入 Red 通道，按（   ）键进入 Green 通道，按（   ）键进入正常图像通道，按（   ）键进入第一个 Alpha 通道。

（2）蒙版通道中的黑色与白色表示（　　　）

2. 选择题

在通道面板中，将选择区域存入通道内可以（　　　）；新建一个 Alpha 通道可以（　　　）。

A. 单击 ▣ 图标　　　　　　B. 单击 ◎ 图标

C. 单击 ◢ 图标

3. 操作题

利用通道和图层知识以及相应的面板操作，制作一种立体效果的各种形状的盒子。

第 5 章

蒙版与路径工具

5

5.1　蒙版的概念

蒙版是 Photoshop 中的一个重要概念，使用蒙版可保护图像中的某一部分，以供图像处理使用。蒙版还可以控制图层区域内部分内容隐藏或者显示。更改蒙版可以对图层应用各种效果，但不会影响该图层上的图像。

蒙版影响的是图层的透明度，Photoshop 蒙版是将不同灰度色值转化为不同的透明度（RGB 有 256 级灰度，CMYK 有 100 级灰度），并作用到它所在的图层，使图层不同部位透明度产生相应的变化。当颜色为黑色时完全透明，为白色时完全不透明。

蒙版可以应用 Photoshop 中大部分滤镜，以产生一些意想不到的效果；蒙版也可以删除，当删除时需要确认。

5.2　蒙版的类型和使用

常用的蒙版有三种：快速蒙版、图层蒙版和通道蒙版。"快速蒙版"用于产生一个暂时的图像蒙版；"图层蒙版"用于控制图层区域内部分内容隐藏或者显示；"通道蒙版"用于保存要重复使用的选择区域。下面对这三种蒙版作详细的介绍。

5.2.1　快速蒙版

快速蒙版只是一个临时蒙版，在快速蒙版中所做的一切

本章教学目标

了解蒙版的概念，熟练掌握建立蒙版的多种方法，能够区分不同类型蒙版的作用，最后达到能够灵活应用路径面板的功能和用蒙版创作作品。

本章学习重点

● 蒙版的概念
● 建立蒙版的多种方法
● 图层蒙版的作用
● 路径面板的灵活应用

说明

本章练习素材和范例源文件光盘路径：

◎ Chapter 5\source

范例源文件光盘路径：

◎ Chapter 5\exp

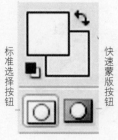

标准选择按钮　快速蒙版按钮

图 5-1　蒙版工具栏

都只应用到蒙版而不是图像上，当蒙版中没有被蒙住区域转换为选择区域后，蒙版就会消失。当不需要保存选择区域时，使用快速蒙版的方法是非常有效的。

快速蒙版的工具栏见图 5-1，按键盘上 Q 键可以实现常规模式与快速蒙版模式之间的切换。

常规蒙版只有黑白灰三种色，而快速蒙版则可以任意定制蒙版颜色。快速蒙版中定义的颜色覆盖的区域具有蒙版功能，而且对于快速蒙版，常规蒙版的功能也适合于它，即黑色表示进行覆盖，白色表示取消蒙版功能。见图 5-2 与图 5-3，前者是原图，随意选择一个区域，然后进入快速蒙版模式，可以看见选择的区域颜色没有变，可以进行操作；而未选择的区域变成了红色（即快速蒙版色，颜色也可以自定义），表示处于被蒙住的状态，无法进行编辑。

图 5-2　原图

图 5-3　被蒙住状态

5.2.2　图层蒙版

图层蒙版是控制图层区域内部分内容隐藏或者显示的一个遮罩，它在 Photoshp 中表示为一个通道。当图层蒙版为黑色时，被操作图层中的这块区域不显示；当图层蒙版为白色时，在图层中这块区域显示；介于黑白之间的灰色则决定图像中的这一部分以一种半透明的方式显示。其中，图像透明的程度则由灰度值来决定，灰度为百分之多少，这块区域将以百分之多少的透明度来显示。

见图 5-4，在蒙版中黑色部分在应用后将图层的这部分隐藏，灰色部分以透明的方式显示，白色部分则显示出来。

原图

所用蒙版　　　　　　　　　　　　　　　最后效果

图 5-4　蒙版应用

实际操作 5－1　如何为背景图层添加图层蒙版

背景层是不允许创建层蒙版的，如果我们非要对背景图层添加蒙版的话，可以执行如下操作。

▶**步骤 1**　将背景图像拷贝到新层，并将背景层填充为白色。

▶**步骤 2**　选定要添加图层蒙版的图层。

▶**步骤 3**　从菜单中点击"图层→添加图层蒙版→显示全部或隐藏全部"命令。或者直接在图层面板中创建。

▶**步骤 4**　单击图层面板中的"添加图层蒙版"图标 ，见图 5-5，图层 0 已经被添加上了一个图层蒙版。

图 5-5　图层 0 被添加上图层蒙版

```
专业指点
```
　　"显示全部"指把整个图层显示出来，即把图层蒙版全部填充白色，"隐藏全部"则相反，系统自动把图层蒙版填充黑色。这个选择根据自己的需要确定，在这里，我们选择"显示全部"。

专业指点

对于原图，所有操作都会直接反应到图像上；而对于蒙版，所有的操作只能对蒙版起作用，对图像不起作用。

实际操作5－2 如何为图层蒙版添加各种效果

添加图层蒙版后，就可以用各种工具描绘图层蒙版了。

▶**步骤1** 使用渐变工具在图像上做一个由黑到白色的垂直渐变，在图层蒙版上出现了一个渐变。

▶**步骤2** 由于蒙版上方从黑色变到下方的白色，图像从完全不显示到慢慢透明显示再到完全显示，见图5-6。

原图

图层蒙版加入渐变

最后效果

图5-6 为蒙版添加的效果

实际操作5－3 如何删除图层蒙版

▶**步骤1** 如果对图层蒙版不满意，可以选中图层蒙版，用鼠标左键把它拖到图层面板右下角的垃圾桶里，这时弹出一个对话框，见图5-7。

▶**步骤2** 在对话框中选择"不应用"就可以把图层蒙版删掉了。

或者也可以右键单击图层蒙版，这时会出现一个快捷菜单，其中最下面的一部分是关于图层蒙版的操作，见图5-8。

图5-7 对话框

图5-8 图层蒙版

其中：

- **图层蒙版选项**：用来控制图层蒙版以什么颜色和透明度来显示。
- **扔掉图层蒙版**：鼠标单击它就可以将图层蒙版删掉。
- **应用图层蒙版**：鼠标单击它就可以把图层蒙版应用到图层中，应用后图像将按图层蒙版的效果生成。
- **停用图层蒙版**：暂时关闭图层蒙版，但并不删除。

5.2.3 通道蒙版

除了"快速蒙版"和"图层蒙版"，在 Photoshop 中还有一种蒙版——通道蒙版。可将蒙版保存在通道中以便今后使用。

1．通道属性

（1）每个图像（除 16 位图像外）最多可以包含 24 个通道，包括所有的颜色通道和 Alpha 通道。

（2）所有通道都是 8 位灰度图像，可显示 256 级灰阶。

（3）可以为每个通道指定名称、颜色、蒙版选项和不透明度等；还可以使用绘画工具、编辑工具、滤镜工具编辑通道。

（4）可将 Alpha 通道转换为专色通道。

（5）每一个新建的通道，其大小与原图像文件的大小相同，因此增加通道，会增加图像文件的大小。

2．通道面板

通道面板见图 5-9。

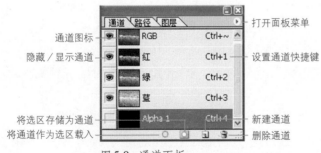

图 5-9　通道面板

其中：

- **将通道作为选区载入** ：在面板中白色为选区部分，黑色为非选区部分，灰色表示部分被选中。

- **将选区存储为通道**：将当前图像中的选取范围转变成一个蒙版保存到一个新的通道中。
- **新建通道**：快速建立一个新通道。
- **删除通道**：单击可以删除当前选择的通道。
- **眼睛图标**：单击此图标，可在通道面板中显示或隐藏当前通道。

3. 通道的操作

实际操作5-4 如何新建通道

方法1 单击通道面板底部的新建通道按钮，可以直接新建一个Alpha通道。

方法2 单击通道面板右上角的小三角，在菜单中选择"新建通道"命令，弹出新建通道对话框，见图5-10。

图5-10 "新通道"对话框

其中：

- **名称**：可以为新建的通道命名，默认情况下为Alpha1。
- **色彩指示**：设置Alpha通道显示颜色的方式。勾选"被蒙版区域"时，表示新建通道中透明区域为选取范围，不透明区域为遮挡范围。勾选"所选区域"时，表示新建通道中，透明区域为遮挡范围，不透明区域为选取范围。
- **颜色**：可以选择遮罩的颜色。
- **不透明度**：可以设置颜色的不透明度。当值为0时完全透明，当值为100时完全不透明。

实际操作5-5 如何复制通道

方法1 单击选择需要复制的通道，并拖拽至通道面板底部的新建通道按钮上，即可复制当前选择的通道。

方法2 用鼠标单击通道面板右上角的小三角，在菜单中选择"复制通道"命令，弹出复制通道对话框，见图5-11。

图5-11 "复制通道"对话框

其中：

- **为（A）**：可以设置复制后通道的名称。
- **文档**：选择复制后生成通道所要存放的图像文件。如果选择默认设置，则复制的图像文件作为副本存放到当前的通道上；如果选择"新建"，此时下方的名称选项被激活，我们可以输入新文档的名称，复制后的通道将单独存放到新建的文档中。

● **反相**：勾选此项，复制后生成的通道会以相反色相显示。

实际操作5－6 如何删除通道

【方法1】 单击选择需要复制的通道并拖拽至通道面板底部的删除通道按钮🗑上，即可删除当前选择的通道。

【方法2】 用鼠标单击通道面板右上角的小三角，在菜单中选择"删除通道"命令。

实际操作5－7 如何分离通道

鼠标单击通道面板右上角的小三角，在菜单中选择"分离通道"命令，即可分离当前选择的通道。分离出来的通道将成为一个单独的图像。

实际操作5－8 如何合并通道

鼠标单击通道面板右上角的小三角，在菜单中选择"合并通道"命令，即可合并当前选择的通道。合并通道只作用于通道中大小一致的多个灰度图像。

实际操作5－9 如何新建专色通道

专色特指印刷颜色，如金色、银色等。这样的颜色在输出时必须占用一个通道，因此在制作时必须新增一个专色通道。

方法1 按住 Ctrl 键的同时单击通道面板底部的新建通道按钮。

方法2 用鼠标单击通道面板右上角的小三角，在菜单中选择"新专色通道"命令，将弹出"新专色通道"对话框，见图 5-12。

图 5-12 "新专色通道"对话框

其中：
● **名称**：可以为新专色通道命名，默认情况下为专色 1。
● **颜色**：可以选择油墨的颜色，该颜色在印刷时起作用。
● **密度**：可以设置油墨的不透明度。当值为 0 时完全透明，当值为 100 时完全不透明。

实际操作5－10 如何合并专色通道

新建"新专色通道"后，就可以合并专色通道了。合并专色通道有利于直接看到图像的实际效果。

用鼠标单击通道面板右上角的小三角，在菜单中选择"合并专色通道"命令，就可以将专色通道直接合并到各个原色通道中。

实际操作5—11　　通道蒙版的应用

▶**步骤1**　单击通道面板底部的新建通道按钮 ，或者单击通道面板右上角的小三角，选择菜单中"新建通道"命令，然后在弹出新建通道对话框中，单击"好"按钮，新建一个通道Alpha1，见图5-13。

▶**步骤2**　用选择工具选择我们想要修改图像的区域，然后填充白色（也可以是灰色），见图5-14。

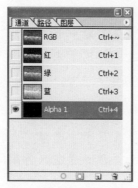

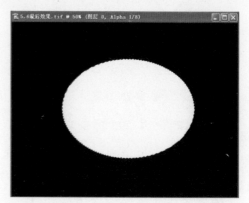

图5-13　新建通道　　　　　　　图5-14　填充白色

▶**步骤3**　回到通道面板，单击 图标，在通道面板中显示所有的通道，从中可以看到，通道中白色的部分显示出图像来，黑色的部分则显示为遮罩的颜色，见图5-15。

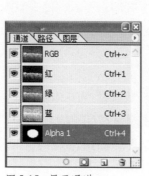

图5-15　显示通道

▶**步骤4**　选择图像所在的图层，接下来可以为选择的图像添加各种效果，比如执行菜单中"滤镜→模糊→径向模糊"命令，可以看到选择区域内图像发生了变化，而遮罩的部分则未发生变化，见图5-16。

图 5-16　添加图像

5.3　路径工具和路径面板

5.3.1　路径工具

　　"路径"在 Photoshop 中是使用贝赛尔曲线所构成的闭合或者开放的曲线段。Photoshop 中提供了一组用于生成、编辑"路径"的工具组，默认情况下，其图标呈现为钢笔 状，用鼠标左键点击钢笔图标右下角的小三角，将会弹出隐藏的工具组，见图 5-17。

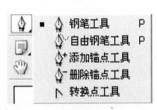

图 5-17　路径工具组

　　路径工具可以精确地绘制出我们想要的直线或光滑的曲线，然后可以对绘制的区域进行编辑操作。按照功能可以将它们分成下列三大类。

1. 绘制节点工具

　　绘制节点工具包括钢笔工具 和自由钢笔工具 ，它们主要用于绘制曲线。

　　钢笔工具 主要用于创建直的或者弯曲的路径，见图 5-18。

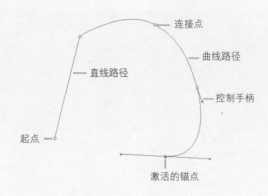

图 5-18　直的或弯曲的路径

实际操作 5-12　　如何用钢笔工具创建直线

▶**步骤1**　选择钢笔工具 [🖋]，在图像上单击鼠标左键，绘制起点。然后移动鼠标，在需要的位置再次点击鼠标，就可以创建一条直线，见图 5-19。

▶**步骤2**　绘制过程中，当起点和终点重合时，鼠标右下角会出现一个圆圈，单击鼠标就会得到一个闭合的路径，见图 5-20。

专业指点

在绘制路径的同时按住键盘上的 Shift 键，可以绘制出垂直或水平的路径；如果在绘制的过程中想返回到上一个节点，按键盘上的 Insert 键就可以了。

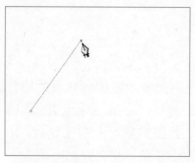

图 5-19　创建直线

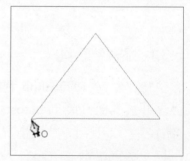

图 5-20　闭合的路径

实际操作 5-13　如何用钢笔工具创建曲线

▶**步骤1**　选择钢笔工具 [🖋]，在图像上单击鼠标左键，绘制起点。然后在第二点的位置上单击鼠标左键的同时向曲线延伸的方向拖动鼠标，就可以绘制出一条曲线，见图 5-21。

▶**步骤2**　与绘制直线一样，在绘制过程中，当起点和终点重合时，鼠标右下角会出现一个圆圈，单击鼠标就会得到一个闭合的路径，见图 5-22。

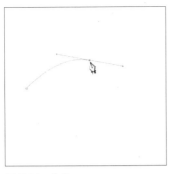

图 5-21 曲线

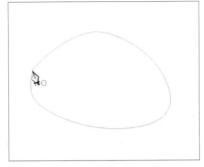

图 5-22 闭合路径

专业指点

在绘制的过程中，控制手柄可以拉长或缩短。控制手柄的长短不一样，绘制出来的曲线曲度也会有所不同；拖动控制手柄时，应该沿着需要的曲线的方向进行创建。

实际操作 5－14 如何创建带有曲线和直线的路径

要想绘制带有曲线和直线的路径，在绘制完曲线后，按住键盘上的Alt键的同时单击下一个点，控制手柄就会消失，工作路径上的曲线点转换成角点，这样可以绘制出直线，见图 5-23。

图 5-23 直线

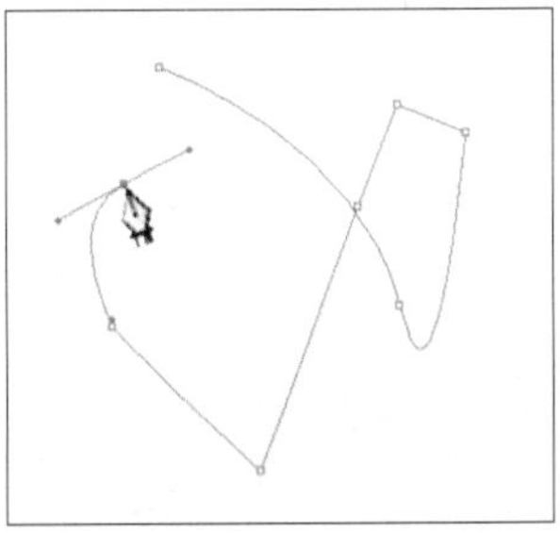

2. 添加／删除锚点工具

添加/删除节点工具包括“添加锚点工具”、“删除锚点工具”，主要用于修改钢笔工具和自由钢笔工具绘制的曲线，根据实际需要增加或删除曲线节点。

实际操作 5－15 如何增加路径节点

添加锚点工具主要用于在工作路径上添加一些节点，以便更好地控制工作路径。

步骤 1 选择添加锚点工具后，将鼠标指针放在已画好的工作路径任意位置上，这时鼠标右下方会出现一个“+”号。

步骤 2 单击鼠标，即可在工作路径上添加一个节点，同时节点的两边会多出两个控制手柄。

专业指点

需要注意的是，此时的节点不会改变原来工作路径的形状，如果要调整曲线的形状，可以移动控制手柄。

实际操作 5–16 如何删除路径上多余节点

与添加锚点工具相反，删除锚点工具主要用于删除工作路径上多余的节点。

▶**步骤1** 选择删除锚点工具后，将鼠标指针放在已画好的工作路径的节点位置上单击，这时鼠标右下方会出现一个"-"号。

▶**步骤2** 单击鼠标，即可删除工作路径上的这个节点。

3. 节点调节工具

节点调节工具指"转换点工具"![icon]，主要用于调节曲线节点的位置与调节曲线的曲率。节点调节工具可以将工作路径上的曲线点转换成角点，也可以将工作路径上的角点转换成曲线点。

转换点工具的操作很简单，只要在想要转换的节点上单击鼠标就可以了，见图 5-24。

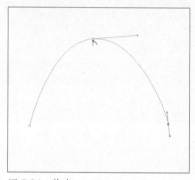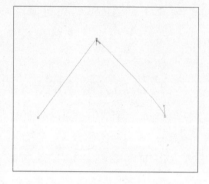

图 5-24 节点

5.3.2 路径面板

和通道图层一样，在 Photoshop 中也提供了一个专门的路径控制面板，见图 5-25。路径控制面板可以使用前景色填充路径、用前景色勾边路径、将路径转化为选择区域、将选择区域转化成路径、新建或删除路径等。

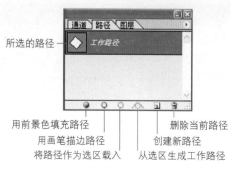

图 5-25 路径控制面板

- **用前景色填充路径** ⬤：单击此按钮，当前的路径内部将完全填充为前景色，见图 5-26。

图 5-26　前景色

- **用画笔描边路径** ◯：单击此按钮，将使用前景色沿路径的外轮廓进行描边，见图 5-27。

图 5-27　描边

- **将路径作为选区载入** ◌：将当前被选中的路径转换成处理图像时我们用以定义处理范围的选择区域。
- **从选区生成工作路径** ◌：单击此按钮，将选择区域转换为路径。
- **创建新路径** ▭：单击此按钮，可以创建一个新的路径层。
- **删除当前路径** 🗑：单击此按钮，可以删除一个路径层。

与"通道"等控制面板类似，使用鼠标左键单击"路径"控制面板上方右侧的小三角按钮，即可弹出路径控制菜单，其中的菜单项与前面路径控制面板中的功能相似，这里就不重复介绍了。

5.4 实例讲解：将黑白照片变彩色照片

本例制作思路

　　本例是将一幅黑白照片变成彩色照片，主要运用路径工具把图像中相同色彩的部分勾勒出封闭路径，并在路径面板中存储，然后通过"将路径转换为选区"功能得到蒙版，最后对选区部分上色，上色的技巧是将画笔工具的绘画模式设定为"颜色"，这样不会影响黑白照片的光影变化。

本例最终效果图

黑白照片

彩色照片

具体操作

　　▶▶步骤 1　从光盘中打开一张灰度模式的黑白照片，见图5-28。在这个实例中，我们要把它变成一张彩色照片。

　　▶▶步骤 2　执行菜单中的"图像→模式→RGB 颜色"命令，把灰度的图片转变成 RGB 模式的图片，此时从表面上看不到什么变化，见图5-29。

　　接下来要把灰度图片变成一张彩色的照片，这需要分别对图像的各个部分进行上色。要想把图像的各个部分上不同的颜色，可以先利用前面学的路径功能划分出不同的区域。

图5-28　黑白照片　　　　　　　　　图5-29　变换颜色模式

▶▶**步骤3**　选择工具箱中的钢笔工具 ，在图像中把脸、脖子和手具有相同颜色的这部分绘制出一条封闭路径。打开路径面板，将刚才划出的封闭路径拖放到面板下方的新建按钮 上，此时系统会自动命名为"路径1"，得到脸部皮肤的轮廓，见图5-30。

图5-30　脸部皮肤的轮廓

▶▶**步骤4**　为了方便记忆，在路径面板中将"路径1"重新命名为"脸"。

▶▶**步骤5**　单击新建路径按钮 ，新建"路径2"。同样将新建的路径层重新命名为"眼睛"，选择"眼睛"为当前路径层，再利用钢笔工具 绘制出眼睛的部分，见图5-31。

▶▶**步骤6**　如果只画出眼睛部分，后面对这部分上色时，将眼球和眼珠都填充成一种颜色，因此还要用钢笔工具更细致地划分出眼珠部分。用类似的方法，把人物其他部分都分别勾勒出来，见图5-32。

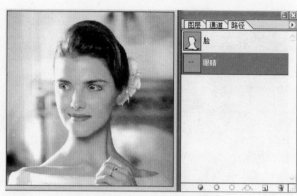

图 5-31 绘制眼睛部分

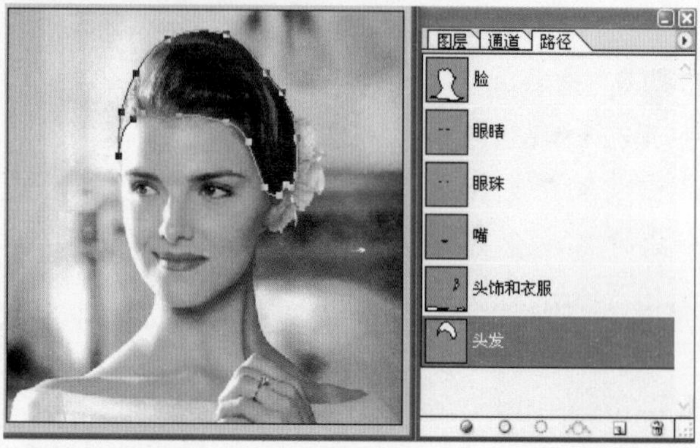

图 5-32 画出其他部分

注 意

对填充同样的颜色的区域，可以将路径放在同一个路径层上。

步骤7 下面该给图像上颜色了。在路径面板上，按住Ctrl键的同时，用鼠标单击“脸”路径层，使刚才画的路径变为选择区域，见图5-33。

步骤8 在工具箱中选择画笔工具，然后在工具选项栏中设置画笔笔尖为柔和的，画笔大小为122像素，模式为“颜色”。设置前景色为淡粉色，然后将画笔在选择区域中涂抹上色，见图5-34。

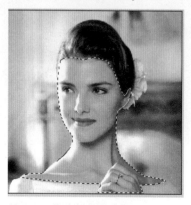

图 5-33 将路径变为选区

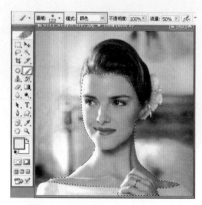

图 5-34 涂抹上色

步骤 9 如果对已经填充的颜色不满意，还可以按 Ctrl+U 键，打开"色相／饱和度"对话框进行进一步调节，见图 5-35。

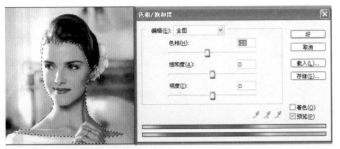

图 5-35 "色相／饱和度"对话框

专业指点

画笔的合成模式选择为"颜色"方式时，当画笔在图像选区中涂抹添加色彩时，可以不影响原图像的明度、对比度。

步骤 10 下面为眼睛上色。按住 Ctrl 键的同时，用鼠标单击"眼睛"路径层，使刚才画的路径变为选择区域，得到眼睛的形状选区。设置前景色为白色，利用画笔工具 ✐ 在眼睛的选区中涂抹上色。然后将"眼珠"路径层变为选区，前景色设置为深蓝色，给眼珠部分填充深蓝色，见图 5-36。

图 5-36 眼睛上色

步骤 11 用同样的方法，把绘制出的"嘴"、"头饰和衣服"、"头发"路径，依次填充不同颜色，而且还可以分别对它们的色彩进行调节。

步骤 12 把背景的颜色进行调整。在路径面板中，新建一个路径层，命名为"背景"，利用钢笔工具划出背景部分区域，然后按住 Ctrl 键单击"背景"路径层将该区域转换为选区。执行"图像→调整→色彩平衡"命令，将背景色调整为偏蓝的色调，见图 5-37。

图 5-37　调整背景色

这样，一张彩色图片就产生了，最后效果见图 5-38。

图 5-38　最终效果

专业指点

　　本例为大家介绍了如何使用路径面板建立多个路径层。一个路径层上可以有多个路径存在，这样可以方便对同一个路径层上的路径进行转换为选区后的编辑操作。

　　我们也可以把以前的黑白老照片通过本实例讲解的方法变成彩色照片，使老照片焕然一新。当然也可以把彩色照片局部保留彩色，其他部分去掉色彩以突出这部分主题。

　　彩色图片变成黑白图片的方法可以利用图像→调整→去色命令来实现，见图 5-39。

　　也可以利用图像模式转换的方法来实现，把一幅彩色图片打开，执行图像→模式→灰度命令即可将彩色图片变成黑白图片。

图5-39　彩色照片变黑白照片

专业指点

　　要将彩色图片中的某一部分选区的图像变成黑白，只能应用图像去色的方法，而不能用图像模式转换。

5.5　实例讲解：制作浮雕效果的纪念币

本例制作思路

　　本范例要制作一个具有浮雕效果的纪念币，主要综合应用前几章所讲内容，即充分应用图层的各种属性和图层样式，以及 Alpha 通道，一些颗粒质感主要是应用滤镜的功能。

本例最终效果图

本例制作流程分为三部分：第一部分为素材处理，第二部分为制作纪念币，第三部分为给纪念币设计金色质感。综合性比较强，主要应用通道以及图层样式和滤镜的光照效果来产生真实的浮雕效果。希望通过本例的讲解，能够将前几章的内容熟练掌握、融会贯通。

具体操作

第一部分　素材的处理

▶▶**步骤1**　从光盘中打开素材图片 Mozart.jpg，见图 5-40。

▶▶**步骤2**　为了使浮雕效果更加明显，先对图像进行色阶调整。按 Ctrl+L 键打开色阶调整对话框进行调整，参数设置见图 5-41。

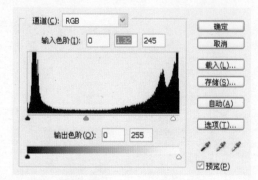

图 5-40　素材图片　　　　　　图 5-41　色阶调整

▶▶**步骤3**　选择钢笔工具，在工具选项栏中选择路径选项，然后在素材图像中沿着人物头像边缘描绘路径，见图 5-42。

▶▶**步骤4**　按 Ctrl 键单击路径面板中的路径 1，将路径转换为选区，见图 5-43。

图 5-42　描绘路径　　　　　　　　　　　　图 5-43　将路径转换为选区

第二部分　制作纪念币

▶▶步骤1　新建文件，大小为 $10 \times 12\,cm$，分辨率为 150ppi，文件名为 coin，见图 5-44。

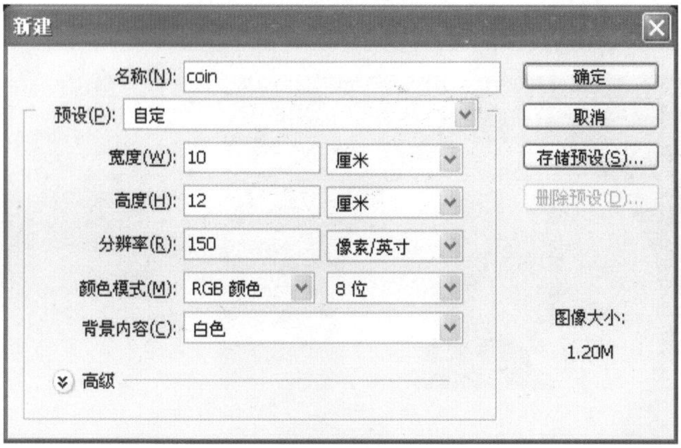

图 5-44　新建文件

▶▶步骤2　下面先对背景层进行渐变处理。选择渐变工具 ，在工具选项栏中选择线性渐变方式，然后单击渐变条进行渐变颜色编辑，即从黑到蓝，见图 5-45。

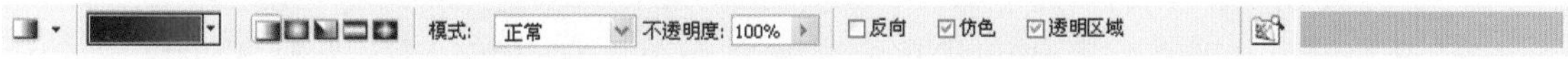

图 5-45　渐变颜色编辑

▶▶步骤3　在图层面板中，激活背景层，从上到下拖动鼠标得到渐变背景效果，见图 5-46。

▶▶步骤4　单击新建图层按钮 新建图层 1，选择椭圆选择工具 ，按住 Shift 键在图层 1 中拖曳出一个圆，设置前景色为白色，按 Alt +Delete 键用前景色填充，见图 5-47。

图 5-46　渐变背景效果

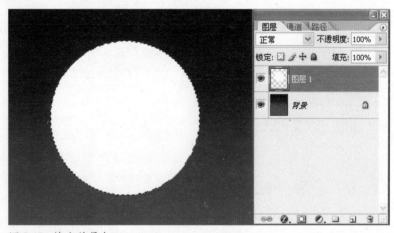

图 5-47　填充前景色

步骤5 然后切换到素材图像mozart.jpg文件，确保当前头像部分处于选择状态。选择移动工具 ，将选区中的图像拖拉到新建文件上，得到图层2，并按Ctrl+T键进行大小、位置等的调整，见图5-48。

图5-48 移动并调整头像

步骤6 添加文字。设置前景色为黑色，选择文字工具 ，在画面上单击并输入"1756−1791"，见图5-49。

图5-49 添加文字

步骤7 切换到通道面板，选择明暗关系最明显的"红"通道，拖动红通道到新建按钮上得到红通道副本，见图5-50。

步骤8 单击红通道副本通道，进入编辑状态，按Ctrl+I键进行反相操作，见图5-51。

图 5-50　红色通道副本

图 5-51　反相

▶▶**步骤9**　再按 Ctrl+L 键进行色阶调整，以加强黑白对比，减少灰度，见图 5-52。

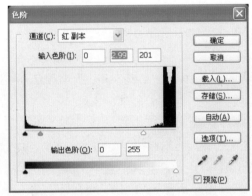

图 5-52　色阶调整

▶▶**步骤10**　对红通道副本执行"滤镜→模糊→高斯模糊"命令，参数设置见图 5-53。

▶▶**步骤11**　执行"滤镜→杂色→添加杂色"命令，参数设置见图 5-54。

图 5-53　高斯模糊

图 5-54　添加杂色

▶▶**步骤 12** 切换回图层面板，按住 Ctrl 键单击图层 1 得到图层 1 的选区，执行"选择→修改→收缩"命令，设置收缩量为 15 像素，见图 5-55。

图 5-55 收缩选区

▶▶**步骤 13** 按 Ctrl+Shift+I 键反选，设置前景色为黑色，切换到通道面板，单击红通道副本进入编辑状态，按 Alt+Delete 键用前景色填充红通道副本，见图 5-56。然后按 Ctrl+~ 键返回到彩色复合通道中。

▶▶**步骤 14** 切换回图层面板，设置前景色为白色，按 Ctrl+Shift+I 键反选，单击新建图层按钮 ，在所有图层最上方建立图层 3，按 Alt+Delete 键将前景色填充到选区，按 Ctrl+D 键取消选区，然后将图层的填充选项设置为 0%，见图 5-57。

图 5-56 填充黑色

图 5-57 填充选项设置

▶▶**步骤 15** 给图层添加样式。单击图层样式按钮 ，选择"斜面和浮雕"项，在窗口设置参数，见图 5-58。得到的效果见图 5-59。

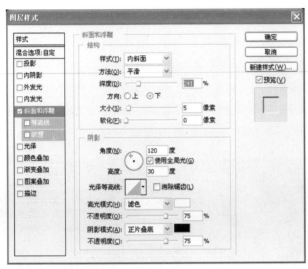

图 5-58 设置图层样式

图 5-59 添加的图层样式效果

▶▶**步骤 16** 单击图层 2 和文字图层左边的 图标，将图层隐藏。单击图层 1 进入编辑状态，执行"滤镜→渲染→光照效果"命令，参数设置见图 5-60。

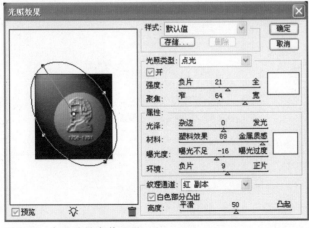

图 5-60 光照效果参数设置

▶**步骤17** 给纪念币加边框图案。从光盘中打开素材图像 outline.eps，此素材图像是在 Illustrator 中制作的，见图 5-61。当然也可以在 Photoshop 中的新建图层内利用路径进行描边得到。

▶**步骤18** 复制边框图案到 coin 图像文件的图层4中，并适当调整位置和大小，设置图层4的填充为0%，见图5-62。

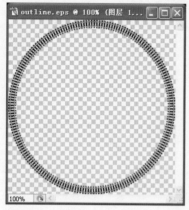

图 5-61 边框图案

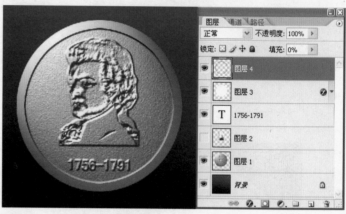

图 5-62 设置边框图案为图层4

▶**步骤19** 然后给图层4添加"斜面和浮雕"图层样式，参数设置见图 5-63。

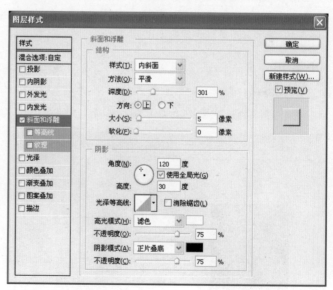

图 5-63 添加图层样式

▶**步骤20** 给边框增加斜面和浮雕图层样式，效果见图 5-64。

图 5-64　边框效果

▶▶**步骤21**　为了使文字具有更多光影的变化，设置前景色为白色，选择文字层，按Alt+Delete键填充文字为白色。给文字层添加图层样式，选择"渐变叠加"项，参数设置见图5-65。

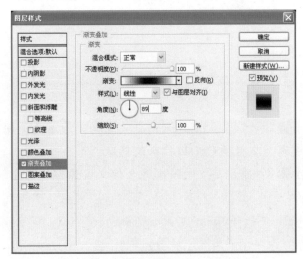

图 5-65　给文字层添加图层样式

▶▶**步骤22**　文字图层增加渐变叠加图层样式后，效果见图5-66。

图 5-66　文字图层效果

第三部分 给纪念币制作金色质感

步骤1 按Ctrl键单击图层1得到选区,在所有图层上方新建图层5,用渐变工具进行线性填充,渐变色的编辑见图5-67。

图5-67 编辑渐变色

步骤2 在图层5的选区内从左上角到右下角拖动鼠标进行线性填充,然后按Ctrl+D键取消选取。

步骤3 将图层5的图层混合模式设置为"颜色",效果见图5-68。

图5-68 设置图层5的混合模式

步骤4 除了背景图层以外,将其他图层合并为一个图层并将图层名改为"纪念币",对"纪念币"图层添加外发光图层样式,见图5-69。

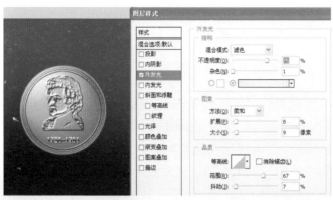

图 5-69　添加外发光图层样式

▶▶**步骤5**　对背景进行进一步修饰。从光盘中打开素材图像 coinback.jpg，选择金币图像，复制 4 次到"纪念币"文件中并进行缩放排列，效果见图 5-70。

图 5-70　在背景中添加 4 枚小金币

▶▶**步骤6**　选择文字工具 ，设置文字颜色为白色，在图像下方输入"纪念伟大的音乐家莫扎特"，设置文字的字体和大小等，在工具选项栏中点击变形文字按钮，对文字进行变形设置，见图 5-71。排放好文字后的效果见图 5-72。将文件保存为 coin.psd。

图 5-71　对文字变形设置

图 5-72　最终效果

5.6 本章小结

蒙版以及路径工具也是Photoshop中最基本、最常用的工具之一。本章详细介绍了蒙版的概念、类型及应用,路径工具和路径面板的使用,并通过实例"黑白照片如何变彩色照片"、"浮雕效果的纪念币"的制作,进一步掌握和灵活运用蒙版及路径工具的使用方法和技巧。

5.7 课后练习

1. 填空题

(1) 按( )键可以进入"快速蒙版"状态;按( )键可以从"快速蒙版"状态变为选择区域状态。

(2) 在路径操作中,使用"钢笔工具"( )鼠标左键可以产生角点;( )鼠标左键可以产生平滑点。

(3) 使用"箭头工具"选择点,按Del键将删除点并且( )路径;使用"钢笔工具"将删除点并且( )。

2. 简答题

在蒙版中设置颜色及不透明度的目的是什么?

3. 操作题

(1) 利用钢笔工具和路径面板,应用图层以及笔刷的融合模式给黑白照片上色。

(2) 利用蒙版,制作一幅突出图像主题色彩而其他部分去色的作品。

第 6 章 图像的色彩校正

6.1　三大类校正命令

Photoshop 中图像的色彩校正是一项非常重要的内容，色彩校正可以对图像的色彩进行细微的调整。很好地理解和运用好 Photoshop 的 "色彩校正"，将会帮助我们在色彩的世界里做到游刃有余。

在 Photoshop 中打开一幅图片，执行 "图像→调整" 命令，可以进入 Photoshop 的调色天地，这其中包括色阶、自动色阶、自动对比度、曲线调节、色彩平衡、亮度 / 对比度、色相 / 饱和度、去色、替换颜色、可选颜色、通道混合器、暗调 / 高光、反相、色调均化、阈值、色调分离、变化等命令。Photoshop 的 "色彩调整" 菜单见图 6-1。

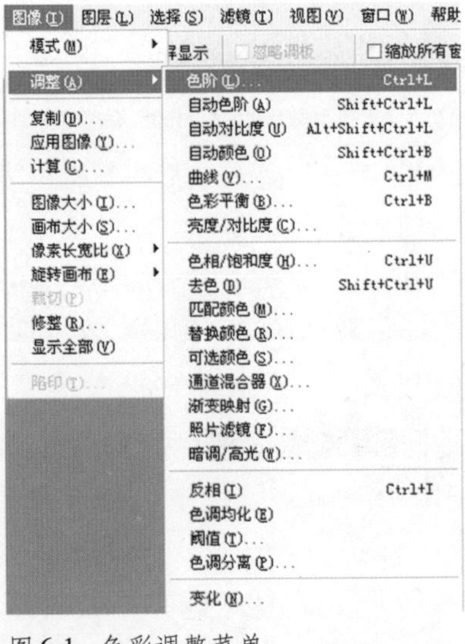

图 6-1　色彩调整菜单

本章教学目标

熟悉色彩校正的方法，区分 "调整图层" 和采用色彩校正命令对图层的影响作用有哪些不同，结合渐变填充工具和色彩校正进行实例创作，能够将学习的知识融会贯通，举一反三。

本章学习重点

● 色彩校正的方法和效果
● 调整图层的应用
● 利用渐变填充工具制作光影变化

说明

本章练习素材和范例源文件光盘路径：
◎ Chapter 6\source
范例源文件光盘路径：
◎ Chapter 6\exp

Photoshop 的 "色彩调整" 命令大致可以分为三类：

- **第一类命令**：色阶、自动色阶、自动对比度、曲线调节、色彩平衡、亮度 / 对比度等命令，主要对图像的对比度进行调整，它们可改变图像中像素值的分布并能在一定精度范围内调整色调。
- **第二类命令**：色相 / 饱和度、去色、替换颜色、可选颜色、通道混合器、暗调 / 高光等可以较好地控制和调整图像的色彩以及图像的色彩平衡。
- **第三类命令**：反相、色调均化、阈值、色调分离、变化等命令可对图像中特定颜色进行修改。

接下来，我们就从每一类命令中最常用的命令开始，分别对这些工具的功能作详细的介绍。

6.1.1 第一类校正命令

这类命令主要是对图像的对比度进行调整，它们可改变图像中像素值的分布并能在一定精度范围内调整色调。其中曲线命令、色阶命令最常用。

1. 曲线命令

曲线工具是 Photoshop 中功能最强的图像校正工具之一，它可以调节图像的整个色调范围，也可以精确地将画面中某一亮度值调整为另一亮度值。先在 Photoshop 中打开一幅图片，执行 "图像→调整→曲线" 命令，或者按快捷键 Ctrl+M，可以打开曲线工具对话框，见图 6-2。

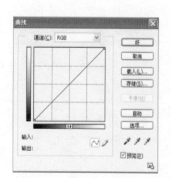

图 6-2 "曲线" 对话框

其中：

- **通道**：对于 RGB 模式的图像，曲线面板中有四个通道：RGB、红、绿和蓝。对于 CMYK 模式的图像，曲线面板中有五个通道：CMYK、青色、洋红、黑色、黄色。选择不同的通道，下方的曲线与图表将显示不同的内容，调节曲线将针对图像特定的通道进行，而不影响其他通道。此选项还可以对单色通道、Alpha 通道和专色通道进行调整。
- **水平亮度杆**：显示的是图像中亮值与暗值的方向，缺省状态下水平亮度杆由黑到白，即色彩以亮度的方式显示，值为 0~255。数值越大，亮度越高；数值越小，亮度越低。单击水平亮杆，它将反向显示。

● **曲线预览区**：曲线图中的水平轴表示图像原来的亮度值，相当于曲线中的输入项，从左到右依次为暗调到高光；垂直轴表示新的亮度值，相当于曲线对话框中的输出项。调整之前曲线是一条45度直线，表示所有像素的输入与输出亮度相同。用曲线调整色阶的过程，也就是通过调整曲线的形状来改变像素的输入与输出亮度的过程，从而改变整个图像的色阶。

对于对比不明显的图像，要想使它的对比变得强烈，即暗部更暗，亮部更亮，可以在曲线中锁定中间色调，将暗部曲线下调，高光区曲线适当下调，见图6-3。

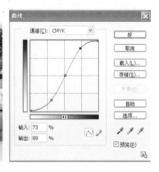

调整前　　　　　　　　　调整后

图6-3　曲线对话框（高光区曲线下调）

对于色彩偏暗的 RGB 模式的图像，要想使它的暗部变亮，可以在曲线预览区中将暗部曲线上调；对于色彩偏暗的 CMYK 模式的图像，要想使它的暗部变亮，可以在曲线预览区中将暗部曲线下调，见图6-4。

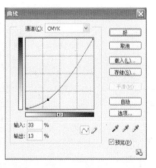

图6-4　曲线对话框（暗部曲线下调）

对于色彩偏亮的RGB模式的图像，要想使它变暗，可以在曲线预览区中将亮部曲线下调；对于色彩偏亮的CMYK模式的图像，要想使它的亮部变暗，可以在曲线预览区中将亮部曲线上调，见图6-5。

图 6-5 曲线对话框（亮部曲线上调）

- ⦸按钮和⧸按钮：⦸按钮通过单击曲线上的点来改变曲线的形状，以调节图像的亮度、对比度、色彩等；⧸按钮通过在预览框内绘制一些线条来调节图像的亮度、对比度，色彩。同时⌷平滑(M)⌷按钮变得可用。
- ⊞按钮：单击此按钮，可以切换"曲线"对话框的放大和缩小显示；按住 Alt 键单击对话框内曲线编辑区域，可以使"曲线"对话框放大和缩小显示。

2. 色阶命令

色阶图根据图像中每个亮度值（0~255）处的像素点的多少进行区分。通过改变图像的暗调、中间色和亮调，可以对图像的色彩进行调节。色阶命令对话框见图 6-6。

图 6-6 "色阶"对话框

其中：

- 通道：和"曲线"命令一样，对于 RGB 模式的图像，色阶面板中有四个通道：RGB、红、绿和蓝。对于 CMYK 模式的图像，色阶面板中有五个通道：CMYK、青色、洋红、黑色、黄色。选择不同的通道，调节将针对图像特定的通道进行，而不影响其他通道。

此选项也可以对单色通道、Alpha 通道和专色通道进行调整。

● **输入色阶**：可以分别设置暗调、中间色和亮调来调整图像的颜色和对比度，具体操作有几种方法：

方法 1 直接在方框中输入数值，从左到右依次为暗色调值，中间色调值，亮色调值。

方法 2 拖动三角滑块，右边的白色三角滑块控制图像的暗色部分，左边的黑色三角滑块控制图像的浅色部分，中间的灰色三角滑块则控制图像的中间色。

方法 3 利用色阶面板中的吸管工具来调整。和前面的三角滑块相对应，吸管工具从左到右分别为：暗色调吸管、中间色调吸管、亮色调吸管。

对于对比不明显的图像，要想使它的对比变得强烈，即暗部更暗，亮部更亮，可以在色阶面板中把左边的黑色三角滑块和右边的白色三角滑块向中间适当拖动，见图 6-7。

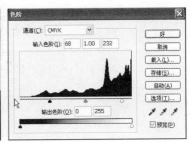

图 6-7 色阶对话框（拖动滑块）

对于色彩偏暗的图像，要想使它变亮，可以在色阶面板中把右边的白色三角滑块向左边拖动，见图 6-8。

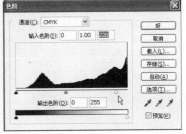

图 6-8 色阶对话框（向左拖动）

对于色彩偏亮的图像，要想使它变暗，可以在色阶面板中把左边的黑色三角滑块向右边拖动，见图 6-9。

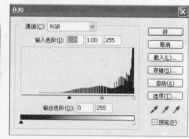

图 6-9　色阶对话框（向右拖动）

● **输出色阶**：通过设置输出色阶可以减少图像的对比度。

3. 自动色阶、自动对比度、自动颜色命令

这些命令比较简单，选择这些命令后，不需要调节任何参数就可以在图像中立即产生效果。一般来说，这些命令用来调节一些简单的灰度图比较合适。

"自动色阶"调整命令将每一个通道中最亮像素变为白色，最暗像素变为黑色，并且把所有其他灰度映射到白与黑之间。它可以运用到每一个通道中，在不同的色彩模式中效果不一样，见图 6-10。

图 6-10　不同色彩模式效果

"自动对比度"命令将自动调节图像的对比度，使图像的对比更加强烈一些。此命令对于连续调的图像效果比较明显，对于不丰富或者单色调的图像几乎不产生作用，见图 6-11。

图 6-11　自动调节图像对比度

"自动颜色"命令只对 RGB 模式的图像起作用，对
CMYK模式的图像不起作用。它可以将图像的中间色调均化
并且自动修复白色和黑色像素，见图 6-12。

图 6-12　自动修复像素

4. 色彩平衡命令

此命令能进行一般性的色彩校正，它可以改变图像颜色
的构成，但不能精确控制单个颜色成分（单色通道），只能作
用于复合颜色通道。"色彩平衡"对话框见图 6-13。

图 6-13　"色彩平衡"对话框

其中：

- **色阶**：数值范围在 −100～100 之间，并与下面的三
  角滑块相对应。比如当三角滑块越靠近蓝色时，对应
  的数值就越接近 100，并且整个色调也就相应地变成
  蓝色调（见图 6-14）。

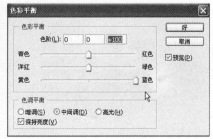

图 6-14　"色彩平衡"对话框（蓝色调）

● 色调平衡：可以单独对图像的暗调、中间调或者高光分别进行调整。勾选"保持亮度"一项，可以在改变图像色相和饱和度的同时保持图像的亮度。

5. 亮度／对比度命令

此命令主要用于比较简单地调节图像的亮度和对比度。利用它可以对图像的色调范围进行简单调节。和"色彩平衡"命令一样，它只能作用于复合颜色通道而不能对单一通道作调整，见图6-15。

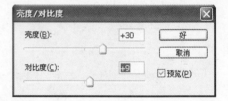

图6-15 "亮度／对比度"对话框

6.1.2 第二类校正命令

第二类校正命令包括色相/饱和度、去色、替换颜色、可选颜色、通道混合器、暗调/高光等，主要针对图像的色彩进行调整。

1. 色相／饱和度命令

色相/饱和度命令主要用于改变图像的色相和饱和度，同时也可以为灰度图像在保留原图像主要亮度值的情况下设置新的色调和饱和度，实现灰度图像上色的功能，见图6-16。

图6-16 "色相／饱和度"对话框（灰度图像上色）

其中：

- **编辑**：选择所要调整图像的颜色范围。选择"全图"，编辑操作针对图像中所有的像素；若选择其他选项，比如红色，编辑操作只针对图像中的红色像素起作用，调整其色相、饱和度和明度，对于其他的颜色则不起作用。
- **色相**：数值范围是 −180~180，可以在方框中直接输入数值或用鼠标左右拖动三角滑块来调整。
- **饱和度**：数值范围是 −100~100，可以在方框中直接输入数值或用鼠标左右拖动三角滑块来调整。
- **明度**：数值范围是 −100~100，可以在方框中直接输入数值或用鼠标左右拖动三角滑块来调整。
- **吸管**：当"编辑"中为"全图"模式时，吸管为不可用；当"编辑"中为"全图"模式之外的其他模式时，吸管变为可用，它的作用主要是改变图像的色彩范围。其中，普通吸管选择可以调色的范围；带"+"号的吸管选择可以增加调色的范围；带"−"号的吸管选择可以减少调色的范围。
- **着色**：勾选此选项，把图像变为单一彩色调。

2. 去色命令

去色命令可以把彩色图像变为灰度图像且保持原图像的亮度和饱和度，见图 6-17。

图 6-17　去色

3. 替换颜色命令

"替换颜色"命令相当于"颜色范围"和"色相/饱和度"两个对话框的合成效果。首先用对话框上部的吸管工具选择所要替换的颜色，然后在对话框下部选择被替换的颜色，见图 6-18，原图像中蓝色的天空被替换成了黄色。

 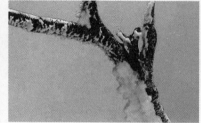

图6-18 "替换颜色"对话框

如果对选择的颜色不满意，或者要在对话框中重新进行设置，按下键盘上的Alt键，这时对话框中"取消"按钮变为"复原"，单击它即可。

4. 可选颜色命令

"可选颜色"命令实际上是通过模拟控制原色中的CMYK各种印刷油墨的数量来实现效果的，所以可以在不影响其他原色的情况下修改图像中某种原色中印刷色的数值。在"方法"中，如果选择"相对"选项，则滑块所设置的值为相对值；如果选择"绝对"选项，则滑块所设置的值为绝对值，见图6-19。

 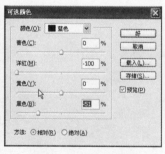 

图6-19 "可选颜色"对话框

如果对选择的颜色不满意，或者要在对话框中重新进行设置，按下键盘上的Alt键，这时对话框中"取消"按钮变为"复原"，单击它即可。

5. 通道混合器命令

此命令可以将当前颜色通道中的像素与其他通道中的像素混合，以调整图像的色彩。

6. 渐变映射命令

"渐变映射"命令可以为原图像映射一种渐变颜色，见图 6-20。

图 6-20 "渐变映射"对话框

其中：

- **灰度映射所用的渐变**：单击此处，设置渐变的颜色过渡。
- **渐变选项**：勾选"反向"，执行"渐变映射"命令后图像颜色呈反向效果。

7. 照片滤镜命令

"照片滤镜"命令相当于为原图像加了一层滤镜效果，见图 6-21。

图 6-21 "照片滤镜"对话框

其中：

- **使用**：可以选择滤镜的类型和颜色。
- **浓度**：可以调节滤镜的浓度，数值在 1%～100% 之间。当浓度为 1% 时，滤镜效果不是很明显；当浓度为 100% 时，滤镜效果非常明显。
- **保留亮度**：勾选"保留亮度"一项，可以在改变图像色相和饱和度的同时保持图像的亮度。

8. 暗调／高光命令

"暗调／高光"命令是 Photoshop CS 新增的功能，它可以较好地调节图像由于曝光过度或曝光不足而在某些区域产生的瑕疵。与"亮度／对比度"不同，图像应用"亮度／对比度"后会损失很多颜色细节，而应用暗调／高光命令损失的细节少，甚至增加阴影或亮部的细节。值得注意的是，"暗调／高光"命令只针对 RGB 模式的图像，而对 CMYK 模式的图像不起作用，见图 6-22。

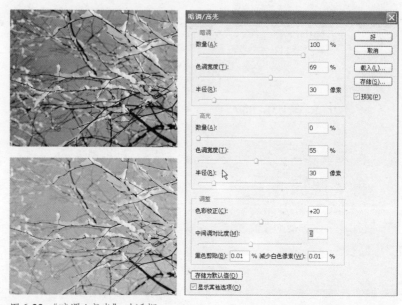

图 6-22　"暗调／高光"对话框

暗调／高光对话框分三项：暗调、高光、调整。勾选面板上"显示其他选项"命令，可以进行更多选项的设置。

暗调部分主要是调节画面中的阴影色调，此参数对于图片的明暗度和阴影有很大的影响。

其中：

- **数量**：数值在 0%～100% 之间。值越小，阴影颜色越暗，图像越暗；反之，阴影颜色越亮，图像越亮。
- **色调宽度**：数值在 0%～100% 之间。值越小，阴影宽度越大，图像越暗；反之，阴影宽度越小，图像越亮。
- **半径**：数值在 0～2500 之间。值越小，阴影半径越小，图像越暗；反之，阴影半径越大，图像越亮。

与暗调部分相反，高光部分主要是调节画面中的高光区域，此参数对于图片的高光区域有很大的影响。

- **数量**：数值在 0%～100% 之间。值越小，高光颜色越亮，画面越亮；反之，阴影颜色越暗，画面越暗。
- **色调宽度**：数值在 0%～100% 之间。值越小，高光宽度越大，画面越亮；反之，高光宽度越小，画面越暗。
- **半径**：数值在 0～2500 之间。值越小，高光半径越小，图像越亮；反之，高光半径越大，图像越暗。

调整部分主要是调节画面中彩色与灰度以及中间色之间的对比关系。

- **色彩校正**：数值在 −100～100 之间。值越小，画面越暗；值越大，画面越亮，色彩对比越强烈。
- **中间调对比度**：数值在 −100～100 之间。值越小，画面越暗，中间调对比越弱；值越大，画面越亮，中间调对比越强烈。
- **黑色剪贴**：用于调节黑色值，数值越大，黑色调越多。
- **减少白色像素**：用于调节白色值，数值越大，白色调越多。
- **存储为默认值**：将调整的参数保存为默认值。

6.1.3 第三类校正命令

第三类校正命令，如反相、色调均化、阈值、色调分离、变化等命令可对图像中特定颜色进行修改。

1. 反相命令

执行该命令后Photoshop自动将图像或者图像选择区域中的每一像素的色彩变为它的补色，就像照片的负片一样。连续两次执行"反相"命令，或按键盘上的快捷键"Ctrl+I"，图像将被还原成初始状态。

> **专业指点**
>
> 在彩色图像中，该效果实际上是对每一通道进行反转操作后的合成效果，因此，不同的色彩模式，将得到不同的反转效果，见图6-23。

原图

RGB 模式

CMYK 模式

图 6-23 不同反转效果

2. 色调均化命令

执行该命令后 Photoshop 自动将原图像中的亮度重新分配，把图像中最亮的像素变为白色，最暗的像素变为黑色，然后将其他的像素平均分配在整个亮度色谱中。

专业指点

该命令不能独立地在每一个彩色通道中使用，并且针对不同的色彩模式，将得到不同的效果，见图 6-24。

原图　　　　　　　　　　　RGB 模式　　　　　　　　　　CMYK 模式

图 6-24　不同的效果

3. 阈值命令

"阈值"命令可以将一张灰度图像或者彩色图像转变为高对比度的黑白图像。可以在阈值对话框中输入数值（范围在 0~255 之间）改变阈值。图像中所有亮度值比它小的像素将变为黑色，所有亮度值比它大的像素将变为白色。还可用鼠标直接拖动阈值对话框中的三角滑块来改变数值。当向右拖动三角滑块时，图像中黑色比例增多；反之，图像中白色比例增多，见图 6-25。

原图

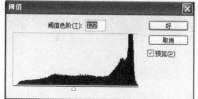 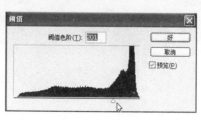

图 6-25　阈值对话框

4. 色调分离命令

"色调分离"命令可以对图像的像素亮度进行重新分配。在 Photoshop 中执行该命令后会弹出一个对话框，可以在对话框中输入数值指定色阶（范围在 2~255 之间），数值越大，图像产生的变化越小；数值越小，图像产生的变化越大，见图 6-26。

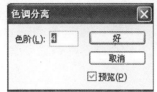

图 6-26 "色调分离"对话框

5. 变化命令

"变化"命令可以在调整图像的同时在对话框内适时预览调整前和调整后的图像，使调整更为直观，方便，见图 6-27。

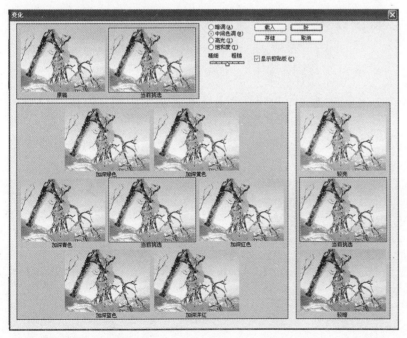

图 6-27 "变化"对话框

变化命令可以分别对图像的暗调、中间色调、高光和饱和度进行调整。对话框左上角的两幅缩略图：左侧为原始图像，右侧为当前调整后的图像。第一次打开对话框时，两幅图像的效果一致。对话框左下角的七幅缩略图显示分别增加不同颜色后的效果，对话框右边的三幅缩略图显示亮度调整后的效果，调整后的图像将存放在"当前挑选"中。

如果对当前的调整不满意，要在对话框中重新进行设置，按下键盘上的Alt键，这时对话框中"取消"按钮变为"复原"，单击它即可恢复到默认的初始状态。也可以单击"原稿"，返回最初图像颜色。

6.2 调整图层

不同于图像的色彩校正，"调整图层"可以将使用过的校正命令及其参数设置施加到单独的图层中，像普通的图层一样，可以随时对其进行重新编辑操作。调整图层对位于其下方的所有图像图层都起作用，并且还同时具有图层的大多数功能，包括不透明度、图层蒙版、色彩模式等。

实际操作6-1 如何新建调整图层

▶**步骤1** 在图层面板底部点击"创建新的填充或调整图形"按钮，打开调整图层的下拉菜单，见图6-28。

▶**步骤2** 在下拉菜单上任意单击一个命令，进入所选校正命令的对话框（参数设置请参考6.1节中的相关命令），单击"好"按钮，就可以在图层面板中创建一个调整图层，见图6-29。

图6-28 调整图层下拉菜单

图6-29 创建调整图层

实际操作 6 - 2　如何编辑调整图层

▶**步骤 1**　双击调整图层名，可以再次打开所选用的校正命令对话框，对话框中完全保留着各项参数的设置，进行修改操作后，单击"好"按钮关闭校正命令对话框。

▶**步骤 2**　调整图层实际上是一个蒙版层，在图层面板的左侧设有蒙版符号，当进入调整层时，前 / 背景色为黑 / 白色；如果新建调整图层前选择了图像区域，那么进入调整层后可以使用画图工具在图像区域涂抹，修改蒙版区域的大小，从而改变校正效果所作用的图像区域。

合并调整图层和合并普通图层的操作一样，可以合并下一层、可见层、所有层。

专业指点
调整图层一旦合并后，将不可以进行修改操作。

6.3　实例讲解：制作口红 "LIPSTICK" 广告招贴画

本例制作思路

本例口红"LIPSTICK"广告招贴画的制作流程主要分为四个部分：第一部分制作口红的外壳，主要利用渐变工具调整出光影的变化色彩，利用线性填充方式进行填充，制作出口红的外壳，再结合滤镜特效制作一些口红外壳表面光影的变化；第二部分制作口红主体部分，也是利用渐变工具调整出光影的色彩变化，然后进行线性渐变填充；第三部分是另一只口红的制作，复制第一只口红，然后对复制出来的口红使用色彩校正的多种方法对细节部分作进一步调整，使口红的外壳和口红的颜色有更多的变化；第四部分就是对画面整体细节的刻划，如反射出的倒影和画面构图的一些修饰，使画面看起来更完整。

本例最终效果图

本例将用渐变填充、色彩校正以及滤镜等功能制作具有立体效果的口红。

具体操作

第一部分　制作口红的外壳

▶**步骤1**　新建文档，大小为4cm×4cm，分辨率为300dpi，颜色为RGB模式。

▶**步骤2**　制作渐变背景：在图层面板中新建"图层1"，全选"图层1"，利用渐变工具█设置渐变颜色为深蓝－浅蓝－紫，然后从左上角到右下角拖动鼠标填充"图层1"，见图6-30。

▶**步骤3**　制作口红的外壳：新建"图层2"，选择矩形选择工具，画出一个口红外壳的形状选择区域。为了使矩形选区的边角圆滑一些，执行"选择→修改→光滑"命令，打开对话框设置光滑半径的值，见图6-31。得到光滑的圆角矩形选择区域，见图6-32。

图6-30　填充"图层1"　　　　图6-31　设置光滑半径值

▶**步骤4**　下面画出口红外壳上半部分。选择椭圆工具，按住Shift键在矩形选区的上方画出与矩形宽度一样的椭圆，然后再按住Alt键画出比矩形宽度稍小的椭圆，见图6-33。

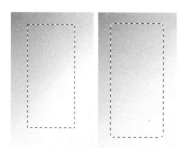
图 6-32　光滑圆角矩形选区

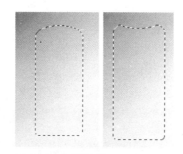
图 6-33　小椭圆选区

▶▶**步骤5**　为外壳填色。选择渐变工具 ，进入渐变编辑器设置渐变值，见图 6-34。

图 6-34　编辑渐变色

▶▶**步骤6**　在选择区域中沿水平方向填充渐变色，为了突显出口红外壳的质感，可以执行"滤镜→模糊→高斯模糊"命令，见图 6-35。

▶▶**步骤7**　下面对外壳作一些修饰，即在外壳的上方加一道亮边。在图层面板中新建"图层 3"，然后用矩形选择工具划出一个矩形区域，见图 6-36。

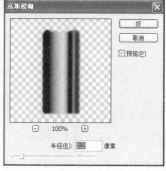
图 6-35　执行高斯模糊命令

图 6-36　新建图层 3

▶**步骤8** 仍然使用渐变工具 ■，在渐变选项栏中单击渐变条，打开渐变编辑窗口设置渐变颜色，见图6-37。

▶**步骤9** 在"图层3"的矩形选区中沿水平方向从左到右拖动鼠标，进行渐变填充，见图6-38。

图6-37 设置渐变颜色　　　　　　　　　图6-38 填充图层3

▶**步骤10** 新建"图层4"，选择矩形工具，画出矩形选区。执行"选择→修改→平滑"命令，设置平滑半径为6，见图6-39。

▶**步骤11** 选择渐变工具 ■，设置渐变色为 ■■■■■ ，在矩形选区中沿水平方向填充，见图6-40。

图6-39 设置平滑半径为6　　　　　　　图6-40 水平方向填充

▶**步骤12** 执行"编辑→变换→旋转"命令，将"图层4"中图像旋转90度。然后执行"滤镜→扭曲→波浪"命令，让线形渐变产生抖动的变化效果，见图6-41。

▶**步骤13** 再将图像旋转回来，进一步修饰"图层4"的渐变效果。选择涂抹工具，对渐变进行涂抹并排列图层，将"图层4"拖放到"图层2"下方，见图6-42。

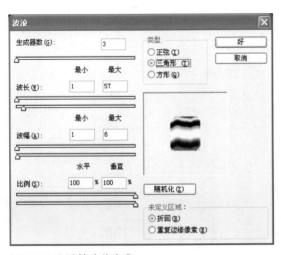

图6-41　设置抖动的变化

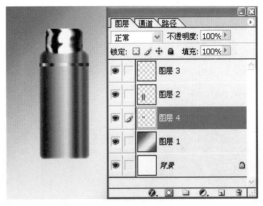

图6-42　将图层4拖到图层2下方

▶️**步骤14**　接下来，对外壳的立体效果进一步细化。在图层面板中新建"图层5"，并将"图层5"排列到"图层4"下方。选择钢笔工具，画出导角的形状，见图6-43。

▶️**步骤15**　在路径面板中，按Ctrl键单击该路径层，将路径变为选区，然后利用渐变工具进行渐变填充，接着执行"图像→调整→亮度/对比度"命令，将亮度值设置为60。得到外壳上方的立体导角的效果，见图6-44。

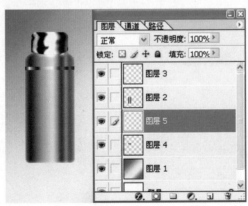

图6-43　画出导角的形状　　　图6-44　立体导角效果

第二部分　制作口红主体部分

▶️**步骤1**　新建"图层6"，使用矩形选择工具▨画出一个矩形。然后选择渐变工具▨，进入渐变编辑器设置渐变，见图6-45。

▶️**步骤2**　在选择区域中沿水平方向填充渐变色，见图6-46。

图 6-45 设置渐变色

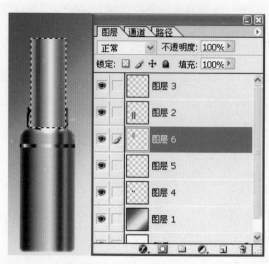

图 6-46 渐变填充

▶▶步骤 3 新建"图层 7",选择椭圆选择工具 ◯，在"图层 7"中画出一个椭圆，见图 6-47。

▶▶步骤 4 执行"选择→变换选区"命令，将椭圆选区进行旋转，见图 6-48。

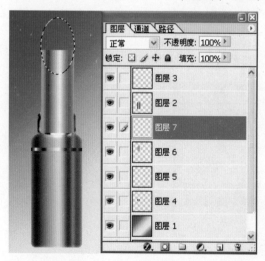

图 6-47 在图层 7 中画出一个椭圆

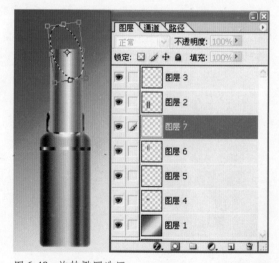

图 6-48 旋转椭圆选区

▶▶步骤 5 选择渐变工具 ▆，进入渐变编辑器，设置一个从粉－白－粉的渐变，在选择区域中沿垂直方向填充渐变，见图 6-49。

▶▶步骤 6 按 Ctrl+E 键把"图层 7"和"图层 6"合并得到"图层 6"，再排列图层，将"图层 6"拖放到"图层 4"下方。选择模糊工具 ◌，在模糊工具的选项栏中设置参数，见图 6-50。

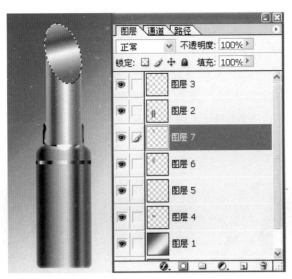

图 6-49　渐变填充

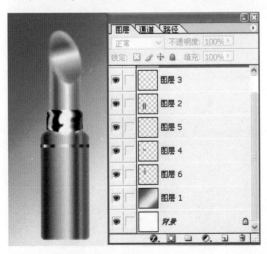

图 6-50　设置模糊工具参数

▶▶**步骤 7**　在"图层 6"中沿着口红上部的轮廓轻轻涂抹，使轮廓更加柔和，见图 6-51。

▶▶**步骤 8**　将"图层 3"拖放到图层面板下方的新建按钮 🔲 上复制图层，得到"图层 3"副本，选择移动工具 ➕，按向下方向键移动该图层图像，见图 6-52。

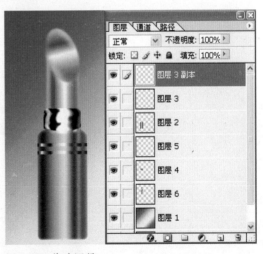

图 6-51　轮廓更柔和　　　　　　　　图 6-52　移动图层

▶▶**步骤 9**　做到这里口红就基本绘制完成了，下面整理图层。选择"图层 3"副本，按 Ctrl+E 键合并图层为"图层 3"，再将"图层 2"、"图层 5"和"图层 3"合并为"图层 5"。

第三部分　制作另一只口红

▶**步骤1**　根据已经制作出的口红，通过复制图层操作，可以快速制作出另外一只口红。将"图层5"、"图层4"和"图层6"分别复制1次，重新排列图层，再将组成口红的几个层关联在一起。按Ctrl+T进行自由变换，见图6-53。

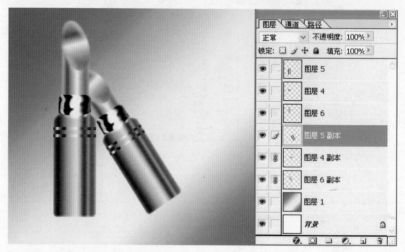

图6-53　复制口红并进行自由变换

▶**步骤2**　调整第二支口红的颜色。选择图层5副本，执行"图像→调整→变化"，调整其颜色，见图6-54。

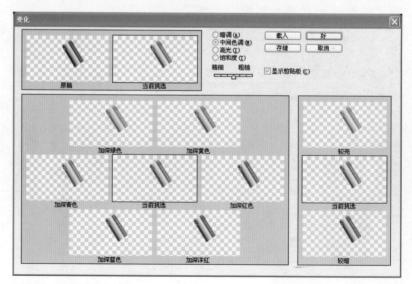

图6-54　调整图层5颜色

▶**步骤3**　选择"图层6"副本，执行"图像→调整→变化"，调整其颜色，见图6-55。

▶▶**步骤4**　选择"图层 5"，单击图层面板右上角的 按钮打开图层面板菜单，选择合并链接图层，见图 6-56。

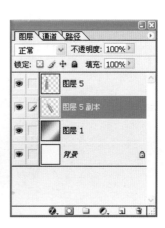

图 6-55　调整图层 6 副本颜色　　　　图 6-56　合并链接图层

第四部分　制作放射倒影效果

▶▶**步骤1**　将图层重命名。将"图层 5"重命名为"口红 1"，"图层 5"副本重命名为"口红 2"，然后将两个口红重新调整大小。

▶▶**步骤2**　复制"口红 1"和"口红 2"，然后分别对复制出的口红执行"编辑→变换→垂直翻转"命令，见图 6-57。

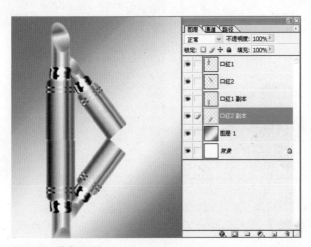

图 6-57　编辑图层

▶▶**步骤3**　选择画笔工具，在图层 1 上画一条半透明的水平线，然后将复制的口红所在的图层的不透明度设置为 30%，制作出阴影效果，见图 6-58。

▶**步骤4**　画面基本上做好了，接下来为画面添加一些元素，让画面更丰富一些。从光盘中打开一幅花图片，使用魔棒工具选择蓝色背景，再按Ctrl+I键反选，选择移动工具 ，将花复制到口红图像中，调节它的大小并移动到合适的位置。用同样的方法制作出倒影的效果，见图6-59。

图6-58　制作口红阴影效果　　　　图6-59　添加花图片并制作倒影效果

▶**步骤5**　从光盘中打开一张素材图片，见图6-60。

▶**步骤6**　将心形的首饰盒复制到口红图像中，调整它的不透明度为39%，见图6-61。

图6-60　打开一张素材图片　　　　图6-61　调整透明度

▶**步骤7**　最后再为画面加入一些文字。选择文字工具，在画面的右下角输入文字，然后在文字选项栏中点击 ，打开文字设置对话框，对文字字体、字间距和颜色进行设置，见图6-62。

▶**步骤8**　保存文件为LIPSTICK.PSD，最终效果见图6-63。

图 6-62 设置字体、间距和颜色

图 6-63 最终效果

6.4 本章小结

本章介绍了三大类图像色彩校正命令的使用方法、参数调节及效果,还介绍了调整图层在图像色彩校正中的应用,最后通过口红广告招贴画的制作讲解了渐变填充工具、图像色彩校正、调整图层、滤镜特效等功能的综合应用。

6.5 课后练习

1.填空题

(1)在 Photoshop 中,进行图像色彩校正的操作命令在( )菜单中。

(2)在 Photoshop 中,直方图的横坐标代表( ),纵坐标代表( )。

(3)"色阶"命令的快捷键是( );"色相/饱和度"命令的快捷键是( )。

2.简答题

在 RGB 和 CMYK 模式下,使用"反相"命令效果是否一样?

3.操作题

模仿范例制作口红化妆品,也可以利用素材合成方法制作,画面整体效果要和谐,有主次之分,突出口红部分。

第7章
"水中倒影"——扭曲滤镜效果

7.1　滤镜的概念

　　滤镜是 Photoshop 的特色工具之一，充分而适度地利用好滤镜不仅可以改善图像效果、掩盖缺陷，还可以在原有图像的基础上产生许多特殊、炫目的效果。

　　Photoshop 的滤镜通常可归为两大类：

　　第一类校正性滤镜：是个常用工具，主要用于修改扫描图像以及为打印和显示准备图像，校正性滤镜都在"模糊"、"杂色"、"锐化"和"其他"几类中。

　　第二类破坏性滤镜：产生一些急剧变化的结果，如果使用不当，就会把整个作品破坏，变得面目全非。大部分破坏性滤镜都在"扭曲"、"像素化"、"渲染"和"风格化"几类中。

　　在破坏性滤镜中，还有一个分离出来的效果滤镜，这些滤镜主要是为图像添加绘画和素描的效果，这类滤镜用得相对较少。效果滤镜主要分布在"艺术效果"、"画笔描边"、"素描"和"纹理"几类中。

　　此外，还支持其他公司制作的第三方滤镜，安装后显示在滤镜菜单的底部。

7.1.1　扭曲滤镜

　　执行主菜单中的"滤镜→扭曲"命令，见图7-1。扭曲滤镜通过对图像应用扭曲变形实现各种效果。

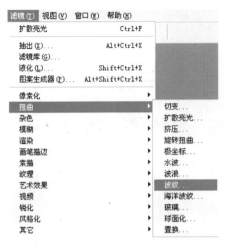

图 7-1　扭曲滤镜

7.1.2　水波滤镜

水波滤镜可以使图像产生同心圆状的波纹效果。单击"水波"命令，弹出"水波"对话框，见图 7-2。

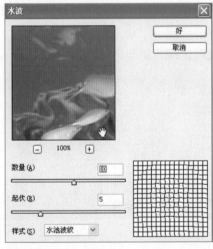

图 7-2　"水波"对话框

其中：

- **数量**：可以通过拖动下面的三角滑块或直接输入数值来控制波纹的波幅。数值越大，波幅也就越大。
- **起伏**：可以通过拖动下面的三角滑块或直接输入数值来控制波纹的密度。数值越大，波纹就越密。
- **样式**：控制图像产生波纹的中心。选择不同的样式，效果会不一样。

应用水波滤镜的效果见图 7-3。

原图　　　　　　　　　　　　　　　　　水波效果

图 7-3

7.1.3　波纹滤镜

　　波纹滤镜可以使图像产生类似水波纹的效果。"波纹"对话框见图 7-4。

　　其中：

- **数量**：可以通过拖动下面的三角滑块或直接输入数值来控制波纹的变形幅度，范围是 -999% 到 999%。数值越大，波幅也就越大。
- **大小**：有大、中和小三种波纹可供选择。选择不同的大小，效果会不一样。

　　应用波纹滤镜的效果见图 7-5。

图 7-4　"波纹"对话框

原图　　　　　　　　　　　　　　　　　加入波纹效果

图 7-5

7.1.4　波浪滤镜

　　波浪滤镜可以使图像产生波浪扭曲效果，变化比波纹滤镜要强烈一些。"波浪"对话框见图 7-6。

　　其中：

- **生成器数**：可以通过拖动下面的三角滑块或直接输入数值来控制产生波的数量，范围是 1～999。数值越大，产生波的数量也就越多。

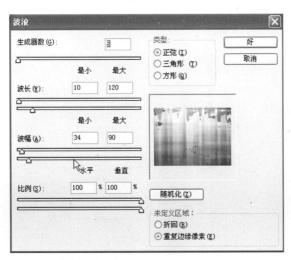

图 7-6 "波浪"对话框

- **波长**：其最大值与最小值决定相邻波峰之间的距离，两值相互制约，最大值必须大于或等于最小值。
- **波幅**：其最大值与最小值决定波的高度，两值相互制约，最大值必须大于或等于最小值。
- **比例**：可以通过拖动下面的三角滑块或直接输入数值来控制图像在水平或垂直方向上的变形程度。
- **类型**：波纹滤镜中有三种类型可供选择：正弦、三角形和方形。选择不同的类型，效果会不一样。
- **随机化**：单击此按钮，可以为波浪指定一种随机变形效果。
- **折回**：勾选此项，将变形后超出图像边缘的部分反卷到图像的对边。
- **重复边缘像素**：勾选此项，将图像中因为弯曲变形超出图像的部分分布到图像的边界上。

应用波浪滤镜的效果见图 7-7。

原图

加入波浪效果

图 7-7

7.1.5 玻璃滤镜

玻璃滤镜可以使图像产生类似玻璃的效果。"玻璃"对话框见图 7-8。

图 7-8 "玻璃"对话框

其中：

- **扭曲度**：可以通过拖动下面的三角滑块或直接输入数值来控制图像的扭曲程度，范围是 0～20。数值越大，图像的扭曲程度也就越大。
- **平滑度**：可以通过拖动下面的三角滑块或直接输入数值来平滑图像的扭曲效果，范围是 1～15。数值越大，图像越平滑。
- **纹理**：可以选择纹理效果（如磨砂、画布等），也可以单击右边的小三角载入别的纹理。
- **缩放**：控制纹理的缩放比例。
- **反相**：勾选此项，图像的颜色相互转换。

应用玻璃滤镜的效果见图 7-9。

原图

加入玻璃效果

图 7-9

7.1.6　海洋波纹滤镜

海洋波纹滤镜可以使图像产生类似海洋波纹的效果，"海洋波纹"对话框见图 7-10。

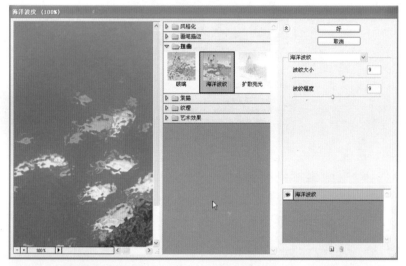

图 7-10　"海洋波纹"对话框

专业指点

值得注意的是，海洋滤镜不能应用于 CMYK 和 Lab 模式的图像。

其中：

- **波纹大小**：可以通过拖动下面的三角滑块或直接输入数值来调节波纹的尺寸。数值越大，波纹也就越大。
- **波纹幅度**：可以通过拖动下面的三角滑块或直接输入数值来控制波纹振动的幅度。

应用海洋波纹滤镜的效果，见图 7-11。

原图

加入海洋波纹滤镜效果

图 7-11

7.1.7　极坐标滤镜

极坐标滤镜可以使图像的坐标从平面坐标转换为极坐标或从极坐标转换为平面坐标。"极坐标"对话框见图 7-12。

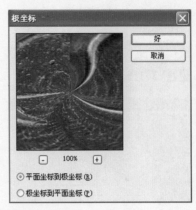

图 7-12 "极坐标"对话框

其中：

- **平面坐标到极坐标**：勾选此项，将图像从平面坐标转换为极坐标。
- **极坐标到平面坐标**：勾选此项，将图像从极坐标转换为平面坐标。

应用极坐标滤镜的效果见图 7-13。

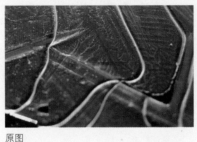

原图　　　　　　　　　　　　　　　加入极坐标滤镜效果

图 7-13

7.1.8　挤压滤镜

挤压滤镜可以使图像的中心产生凸起或凹下的效果。"挤压"对话框见图 7-14。

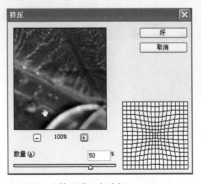

图 7-14 "挤压"对话框

其中：

- **数量**：可以通过拖动下面的三角滑块或直接输入数值来控制挤压的强度，正值为向内挤压，负值为向外挤压，范围是 −100% ∼ 100%。

应用挤压滤镜的效果见图 7-15。

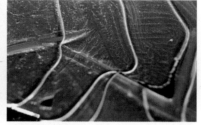

原图　　　　　　　　　　　　　　加入挤压滤镜效果

图 7-15

7.1.9 扩散亮光滤镜

扩散亮光滤镜可以向图像中添加透明的背景色颗粒，在图像的亮区向外进行扩散添加，产生一种类似发光的效果。"扩散亮光"对话框见图 7-16。

图 7-16 "扩散亮光"对话框

专业指点

值得注意的是，扩散亮光滤镜不能应用于 CMYK 和 Lab 模式的图像。

其中：

- **粒度**：可以通过拖动下面的三角滑块或直接输入数值来添加或减少背景色颗粒的数量。数值越大，添加背景色颗粒的数量也就越多。
- **发光量**：可以通过拖动下面的三角滑块或直接输入数值来增加或减少图像的亮度。

● **清除数量**：可以通过拖动下面的三角滑块或直接输入数值来控制背景色影响图像的区域大小。

应用扩散亮光滤镜的效果见图7-17。

原图   加入扩散亮光滤镜效果

图7-17

7.1.10　切变滤镜

切变滤镜可以控制指定的点来弯曲图像。"切变"对话框见图7-18。

其中：

● **折回**：勾选此项，将切变后超出图像边缘的部分反卷到图像的对边。

● **重复边缘像素**：勾选此项，将图像中因为切变变形超出图像的部分分布到图像的边界上。

应用切变滤镜的效果见图7-19。

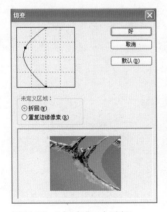

图7-18　"切变"对话框

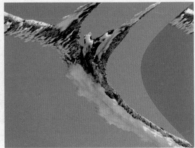

原图   加入切变滤镜效果

图7-19

7.1.11　球面化滤镜

球面化滤镜可以使选区中心的图像产生凸出或凹陷的球体效果，类似挤压滤镜的效果。"球面化"对话框见图7-20。

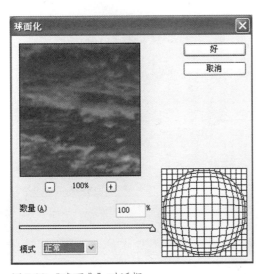

图 7-20 "球面化"对话框

其中：

- **数量**：可以通过拖动下面的三角滑块或直接输入数值来控制图像变形的强度，正值产生凸出效果，负值产生凹陷效果，数值范围是 -100%~100%。
- **模式**：可以选择不同的变形模式。"正常"为在水平和垂直方向上共同变形；"水平优先"只在水平方向上产生变形；"垂直优先"只在垂直方向上产生变形。

应用球面化滤镜的效果见图 7-21。

原图

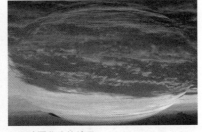

加入球面化滤镜效果

图 7-21

7.1.12　旋转扭曲滤镜

旋转扭曲滤镜可以使图像产生旋转扭曲的效果。"旋转扭曲"对话框见图 7-22。

其中：

- **角度**：可以通过拖动下面的三角滑块或直接输入数值来调节旋转的角度，范围是 -999 度~999 度。

应用旋转扭曲滤镜的效果见图 7-23。

图 7-22 "旋转扭曲"对话框

原图

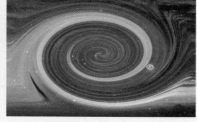
加入旋转扭曲滤镜效果

图 7-23

7.1.13　置换滤镜

与前面的滤镜效果不一样的是，置换滤镜设置完毕后，还需要选择一个 PSD 格式的图像文件作为位移图，置换滤镜根据位移图上的颜色值来移动图像像素。"置换"对话框见图 7-24。

其中：

- **水平比例**：滤镜根据位移图的颜色值将图像的像素在水平方向上移动，数值越大，移动就越多。
- **垂直比例**：滤镜根据位移图的颜色值将图像的像素在垂直方向上移动，数值越大，移动就越多。
- **伸展以适合**：勾选此项，将变换位移图以匹配与原图像大小合适的尺寸。
- **拼贴**：勾选此项，将位移图拼贴覆盖在原图像上。
- **折回**：勾选此项，将切变后超出图像边缘的部分反卷到图像的对边。
- **重复边缘像素**：勾选此项，将图像中因为切变变形超出图像的部分分布到图像的边界上。

图 7-24 "置换"对话框

应用置换滤镜的效果见图 7-25。

原图　　　　　　　　　　位移图　　　　　　　　　　置换效果

图 7-25

下面介绍工具箱中的加深、减淡等几个工具的使用。

7.2　加深工具、减淡工具和海绵工具

7.2.1　加深工具、减淡工具

减淡工具和加深工具，这两个工具用于改变图像的亮调与暗调。其原理来源于胶片曝光显影后，经过局部暗化和亮化，可以改善曝光效果。这两种工具在使用过程中可以通过键盘上的 Alt 键来切换。

减淡工具 ⬛ 和加深工具 ◐ 的任务栏基本相同，见图 7-26。

图 7-26　减淡工具任务栏

其中：

- **画笔选项**：可以选择画笔的类型和调节画笔的大小（具体设置请参考 2.1 节）。
- **范围**：选择我们所要处理图像的不同区域。选择"暗调"后，加深工具和减淡工具只作用于暗调区域；选择"中间调"后，只作用于中间调区域；选择"亮调"后，只作用于亮调区域。
- **曝光度**：通过调节滑杆，可以控制加深工具和减淡工具的曝光程度，也可以使用键盘上的数字：1、2、3、4、5、6……分别表示 10%、20%、30%、40%、50%、60%……的曝光程度。

减淡工具 ⦿ 和加深工具 ⦿ 的使用方法比较简单，首先选择所要加深或减淡的区域，然后在图像上拖动鼠标涂抹就可以了。图 7-27 为图像中使用减淡工具和加深工具后的效果，注意图像上的颜色变化。

减淡工具的效果　　　　　　原图　　　　　　　　加深工具的效果

图 7-27

7.2.2 海绵工具

海绵工具 ⦿ 是一种调整图像色彩饱和度的工具，可以提高或降低色彩的饱和度。

海绵工具 ⦿ 的任务栏见图 7-28。

图 7-28 海绵工具任务栏

其中：

- **画笔选项**：可以选择画笔的类型和调节画笔的大小。
- **模式**：可选择降低或者提高色彩饱和度，图 7-29 为图像中使用减色模式和加色模式后的效果，注意图像上的颜色变化。

加色模式的效果　　　　　　原图　　　　　　　　减色模式的效果

图 7-29

- **流量**：用来设置饱和度的更改速率，参数范围在 $1\% \sim 100\%$ 之间。

7.3　实例讲解：制作水中倒影

本例制作思路

　　本例的制作流程分为三个部分：第一部分是制作天空中的彩虹，主要应用放射渐变方式和图层混合模式以及模糊的处理使得彩虹更加逼真。第二部分是制作建筑物在水中的倒影，水面部分主要应用了扭曲滤镜中的波纹、水波和动感模糊等。第三部分是制作水中漂浮的花朵，将整个花朵分成上下两部分，下面部分浸在水中，利用扭曲滤镜中的水波将花落在水中的涟漪效果制作出来，再为水面上的花瓣添加些水珠，使画面更加生动鲜活。

　　对于图层的编辑可以应用很多快捷键的操作，以提高工作效率。如对于图层中的图像选区中的对象可以直接用快捷键复制到其他图层中，即按 Ctrl+J 快捷键；对于图层中的图像选区中的对象可以直接用快捷键剪切到其他图层中，按 Ctrl+Shift+J；两个相邻图层之间的剪辑可以按住 Ctrl 键后在两个图层之间点击鼠标右键，即可以把两个图层进行剪辑。

本例最终效果图

具体操作

第一部分　天空中彩虹的制作

▶**步骤 1**　从光盘中打开一幅 RGB 图像素材文件 arbor.jpg，见图 7-30。可以根据需要改变图像的尺寸。

▶**步骤 2**　先给背景的天空加上一抹彩虹。选择渐变工具，然后单击渐变工具选项栏中的　，打开渐变编辑器窗口，进行渐变色彩的编辑，见图 7-31。

图 7-30　RGB 图像文件

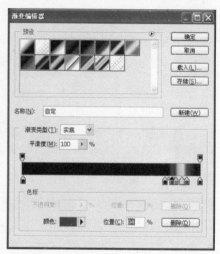

图 7-31　渐变色彩编辑

▶**步骤 3**　渐变颜色编辑好后，选择放射渐变选项按钮，在图层面板单击按钮，新建"图层 1"，在"图层 1"中使用放射渐变方式从画面的中心向下拖动鼠标，得到类似彩虹渐变效果，见图 7-32。

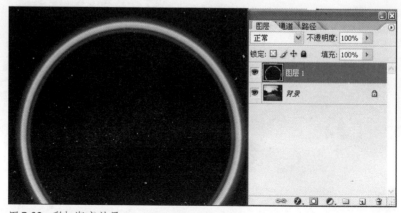

图 7-32　彩虹渐变效果

▶步骤 4　要想使彩虹与背景图像融为一体，在图层面板中将"图层 1"的融合模式设置为滤色，见图 7-33。

图 7-33　将图层 1 设为滤色模式

▶步骤 5　下面利用高斯模糊滤镜对彩虹作进一步处理，以使效果更加逼真。执行菜单"滤镜→模糊→高斯模糊"命令，设置高斯模糊的参数，见图 7-34。高斯模糊执行后的效果见图 7-35。

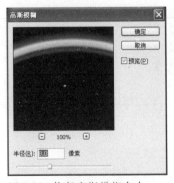 

图 7-34　执行高斯模糊命令　　　图 7-35　执行后的效果

▶步骤 6　素材图像中，前景是凉亭、松树，背景是天空，下面将使用通道的方法将彩虹置于前景之后，与天空融合在一起。在图层面板中，将"图层 1"的👁图标关闭，不显示"图层 1"的图像内容。在通道面板中分别查看红、绿、蓝通道，选择对比度较大的蓝通道，拖动蓝通道到新建通道按钮上，复制蓝通道得到 Alpha 通道"蓝副本"，见图 7-36。

▶步骤 7　按 Ctrl 键并单击"蓝副本"通道，得到该通道的选择区域，见图 7-37 所示，按 Ctrl+~ 快捷键返回到 RGB 复合通道中。

图7-36 Alpha通道"蓝副本" 　　图7-37 "蓝副本"通道选择区域

▶▶**步骤8** 　在图层面板中打开"图层1"的显示/隐藏开关，并激活"图层1"，然后单击下方的添加图层蒙版 ◙ 按钮，将所选区域设置为图层1的蒙版，见图7-38。

图7-38 设置图层1的蒙版

▶▶**步骤9** 　　在图像中可以看到在草地上还有一点彩虹影像，可以进一步处理。将前景色设置为黑色，选择画笔工具 ✎，在草地上有彩虹的地方进行涂抹，效果见图7-39。

图7-39 隐藏草地上的彩虹影像

▶**步骤 10** 按 Ctrl+E 键将图层 1 和背景合并为一个图层，即背景层。

第二部分 制作水中的倒影

▶**步骤 1** 用路径钢笔工具 ✎ 在背景图层上画出湖水的区域，如果没有很好地勾出水面的区域，可以利用钢笔调节工具 ▸ 和转换点工具 ▸ 对路径进行调整，见图 7-40。

图 7-40 调整路径

▶**步骤 2** 然后在路径面板中按住 Ctrl 键单击路径 1 得到选区，见图 7-41。

图 7-41 将路径转为选区

▶**步骤 3** 设置前景色为白色，在图层面板中新建"图层 1"，对"图层 1"按 Alt+Delete 快捷键用前景色填充选择区域，画面和图层面板效果见图 7-42。

图7-42 填充水面区域

▶▶**步骤4** 执行菜单"选择→反选"命令，或按Shift+Ctrl+I快捷键，将选择区域反选，见图7-43。

图7-43 将选择区域反选

▶▶**步骤5** 再按Ctrl+Alt+D快捷键打开"羽化选区"的对话框，设置羽化半径为2，见图´7-44。

▶▶**步骤6** 将当前工作图层设为背景图层，按Ctrl+J快捷键，复制选区到图层2中得到湖水以外的图像，图层面板见图7-45。

图7-44 设置羽化半径

图7-45 图层面板

▶▶**步骤7**　在图层2中，选择菜单"编辑→变形→垂直翻转"命令，然后把翻转的图像移动到水面部分，见图7-46。

图7-46　移动图像到水面部分

▶▶**步骤8**　再按Ctrl+T快捷键对图像内容进行调整，在调整时可以按住Ctrl键对四个角的控制点进行调整。调整好后，按Enter键完成变形调整，见图7-47。

▶▶**步骤9**　下面调整图层2的画面，让它完全与图层1的水面部分相吻合。在图层面板，按住Alt键在图层1和图层2之间的分隔线上单击，进行图层的剪辑。这时从图层面板中看到图层2被图层1剪辑了。图层剪辑就是被剪辑的图层中的图像只在剪辑的图层有图像的区域显示出来，见图7-48。

图7-47　调整图像

图7-48　图层剪辑

▶▶**步骤10**　制作水波效果。选择图层2，执行菜单"滤镜→扭曲→波纹"命令，在打开的对话框中设置数量：150；尺寸：中等，见图7-49。

▶▶**步骤11**　执行菜单"滤镜→模糊→动感模糊"命令，在对话框中设置角度：90；距离：9，见图7-50。

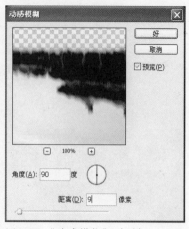

图 7-49 "波纹"对话框   图 7-50 "动感模糊"对话框

▶**步骤 12** 为水中倒影添加水波效果。选择矩形选择工具 ，在矩形选择工具选项栏中设置羽化值为 10 个像素，见图 7-51。

图 7-51 设置羽化值

▶**步骤 13** 在水面上选择一个区域，见图 7-52。

图 7-52 选择区域

▶**步骤 14** 执行"滤镜→扭曲→水波"命令，在打开的对话框中设置数量：18；半径：13；方式：水池波纹，见图 7-53。

▶**步骤 15** 制作完成后，按 Ctrl+D 快捷键取消选取，见图 7-54。

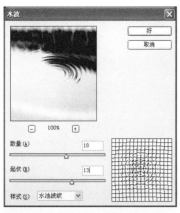

图 7-53 "水波"对话框

图 7-54 取消选取

第三部分   制作水中漂浮的花

▶**步骤 1**   从光盘中打开 pinkflower.jpg 图像素材文件，见图 7-55。

▶**步骤 2**   使用魔术棒工具 在花的黑色背景上点击，得到的选择区域见图 7-56。

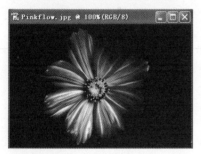

图 7-55 打开图像素材文件

图 7-56 选择区域

▶**步骤 3**   执行菜单"选择→反选"命令或按 Ctrl+Shift+I 快捷键得到花的选区，见图 7-57。

▶**步骤 4**   使用移动工具 从 pinkflower.jpg 图像中将选择的花直接拖动到 arbor.jpg 图像中，即完成将花复制到水中倒影图像中，见图 7-58。

图 7-57 花选择区域

图 7-58 复制花

▶**步骤5** 下面制作花的下半部分浸在水中的效果。用套索工具 将花的下半部分圈选，见图7-59。

▶**步骤6** 按Ctrl+Alt+D快捷键，打开羽化设置对话框，设置羽化值为3，见图7-60。

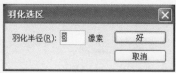

图7-59 选择花下半部分区域　　　　图7-60 设置羽化值

▶**步骤7** 按Ctrl+Shift+J快捷键，直接将选中的区域剪切到新的图层，见图7-61。

▶**步骤8** 对花的下半部分，用椭圆工具 选择区域，见图7-62。

图7-61 剪切到新图层　　　　图7-62 选择区域

▶**步骤9** 执行"滤镜→扭曲→水波"命令，在对话框中设置数量：10；半径：13；方式：水池波纹，见图7-63。

▶**步骤10** 将花下半部分所在图层的透明度适当降低，见图7-64。

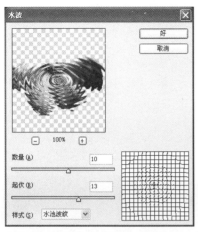

图 7-63 "水波"对话框

图 7-64 调低透明度

▶▶**步骤 11**　现在的画面效果见图 7-65。接下来对花的上半部分添加水珠效果，让花显得更生动。用路径工具画出一个水珠形状，见图 7-66。

图 7-65　画面效果

图 7-66　添加水珠形状路径

▶▶**步骤 12**　按 Ctrl+Enter 快捷键将路径转换为选区，见图 7-67。

图 7-67　将路径转换为选区

▶▶**步骤 13**　设置加深工具，大小：11；范围：中间调；曝光度：15%，见图 7-68。

图7-68 设置加深工具

▶**步骤 14**　设置减淡工具，大小：10；范围：中间调；曝光度：15%，见图7-69。

图7-69 设置减淡工具

▶**步骤 15**　在水珠区域反复使用加深工具和减淡工具涂抹出水珠效果，见图7-70。

▶**步骤 16**　按Ctrl+Shift+I快捷键将选区反选，用加深工具在水珠区域的边缘涂抹出水珠的阴影效果，见图7-71。

图7-70 水珠效果 　　　　　　图7-71 水珠阴影效果

▶**步骤 17**　给水珠加上高光点。设置前景色为白色，选择画笔工具，笔刷大小为3Pixels（像素），不透明度为90%，流量为60%，见图7-72。在水珠高光处点击，加上白色的高光亮点，见图7-73。

图7-72 设置画笔工具

图7-73 添加白色高光亮点

▶️**步骤 18**　按 Ctrl+D 快捷键取消选区。用同样的方法再添加几个小水珠，使整个画面显得更生动。最后的画面效果见图 7-74。

图 7-74　最终效果

▶️**步骤 19**　将文件保存为 upsidedown2.psd。

7.4　本章小结

　　本章介绍了 Photoshop 中 13 种扭曲滤镜的参数设置和对应的效果，同时还详细地讲解了如何使用加深、减淡工具对图像中一些细节进行表现，比如说为了表现花草、水果的新鲜，可以加上水珠效果，水珠的制作有多种方法，如可以在图像上直接绘制出水珠，然后用加深、减淡工具作出质感，也可以在新建的图层中用画笔画出水珠的效果。最后介绍了实例"水中倒影"的制作全过程，希望能够掌握这些制作技巧。

7.5 课后练习

1. 填空题

(1) 制作水波效果的滤镜可以使用（　　）。

(2) 按（　　）键可以选择加深／减淡／海绵工具。

(3) 按（　　）键的同时单击工具箱中的加深／减淡／海绵工具可以在这几个工具之间切换。

(4) 对于图层中的图像选区中的对象，可直接用快捷键复制到其他图层中，即按（　　）。

2. 操作题

模仿本章实例，利用工具箱中的加深工具、减淡工具等，以及模糊滤镜、扭曲滤镜等特效的应用，制作水中倒影效果。

第8章

8

"打开的书"——模糊滤镜和杂色滤镜效果

先介绍模糊滤镜和杂色滤镜中各种滤镜的效果及其参数的设置。

本章教学目标

熟悉模糊、杂色等各种滤镜的效果，并能够灵活运用滤镜进行创作。

8.1 模糊滤镜

模糊滤镜会使选取范围或整个影像柔化，适合用来编修图像。这种滤镜会将影像中定义线条和阴影区域硬边缘旁的像素平均，产生平滑的转变。

8.1.1 高斯模糊滤镜

按指定的值快速模糊选中的图像部分，产生一种朦胧的效果。

"高斯模糊"对话框中的半径值范围是 0.1～250 像素，见图 8-1。

本章学习重点

- 模糊滤镜
- 杂色滤镜
- 液化滤镜
- 色彩调整、快速蒙版、通道以及图层特效的综合应用方法和技巧

说明

本章练习素材和范例源文件光盘路径：

◎ Chapter 8\source

范例源文件光盘路径：

◎ Chapter 8\exp

参数设置对话框

原图

高斯模糊效果

图 8-1 "高斯模糊"对话框

8.1.2 平均

找出图像或选区的平均颜色，然后用该颜色填充图像或选区以创建平滑的外观。例如，如果选择了草坪区域，该滤镜会将该区域更改为一块平滑的绿色。

8.1.3 "模糊"和"进一步模糊"

在图像中有显著颜色变化的地方消除杂色。"模糊"滤镜通过平衡已定义的线条和遮蔽区域的清晰边缘旁边的像素，使变化显得柔和。"进一步模糊"滤镜生成的效果比"模糊"滤镜强 3 到 4 倍，见图 8-2。

原图   模糊效果图   进一步模糊效果图

图 8-2 进一步"模糊"效果范图

8.1.4 镜头模糊

向图像中添加模糊以产生更窄的景深效果，以便使图像中的一些对象在焦点内，而使另一些区域变模糊。可以使用简单的选区来确定哪些区域变模糊，见图 8-3。或者可以提供单独的 Alpha 通道深度映射来准确描述希望如何增加模糊。

原图   效果图

图 8-3 镜头模糊效果范图

"镜头模糊"滤镜使用深度映射来确定像素在图像中的位置。可以使用 Alpha 通道和图层蒙版来创建深度映射；Alpha 通道中的黑色区域被视为它们位于照片的前面，白色区域被视为它们位于远处的位置。

要创建渐变模糊（从无（底部）到最大（顶部）），请创建一个新的 Alpha 通道并应用渐变，以便在该通道中，图像的顶部为白色，底部为黑色。然后，启动"镜头模糊"滤镜并从"源"弹出式菜单中选取该 Alpha 通道。要更改渐变的方向，请选中"反相"复选框。"镜头模糊"滤镜参数面板见图8-4。

模糊的显示方式取决于选取的光圈形状。光圈形状由它们所包含的叶片的数量来确定。可以通过弯曲（使它们更圆）或旋转它们来更改光圈的叶片。还可以通过点按减号"－"按钮或加号"＋"按钮来放大或缩小预览视图。

实际操作8－1 如何使用"镜头模糊"滤镜

▶▶**步骤1** 执行"滤镜"→"模糊"→"镜头模糊"命令。

▶▶**步骤2** 对于"预览"，选取"更快"可提高预览速度。选取"更加准确"可查看图像的最终版本。"更加准确"预览需要的更新时间较长。

▶▶**步骤3** 对于"深度映射"，从"源"弹出式菜单中选取一个源，拖移"模糊焦距"滑块以设置位于焦点内的像素的深度。例如，如果焦距设置为100，则深度为1和255的像素完全模糊，而接近100的像素比较清晰。如果点按预览图像，"模糊焦距"滑块会与点按位置相匹配，并将该深度设置为对焦深度。

▶▶**步骤4** 如果希望反相用作深度映射来源的选区或Alpha通道，请选择"反相"。

▶▶**步骤5** 从"形状"弹出式菜单中选取光圈。如果需要，请通过拖移"叶片弯度"滑块来消除光圈的边缘。通过拖移"旋转"滑块来旋转光圈。要添加更多的模糊效果，请拖移"半径"滑块。

▶▶**步骤6** 对于"镜面高光"，通过拖移"阈值"滑块来选择亮度截止点，以便比该值亮的所有像素都被视为镜面高光。要增加高光的亮度，请拖移"亮度"滑块。

▶▶**步骤7** 要向图像中添加杂色，请选取"平均分布"或"高斯分布"。要在添加杂色时不影响图像中的颜色，请选取"单色"。通过拖移"数量"滑块来添加或移去杂色。

▶▶**步骤8** 当使原稿图像模糊时，会移去胶片颗粒和杂色。为了使图像看上去更逼真，可以重新向图像中添加杂色，以便照片看上去未被修饰过。

图8-4 "镜头模糊"滤镜参数

▶▶**步骤9** 点按"好"按钮，可对图像进行更改。

8.1.5 动感模糊

沿特定方向（−360°～+360°），以特定强度（1～999）进行模糊。此滤镜的效果类似于以固定的曝光时间给一个移动的对象拍照，见图8-5。

原图　　　　　　　　　　　　　　　效果图

图8-5 动感模糊效果范图

8.1.6 径向模糊

模拟缩放或旋转的相机所产生的模糊，产生一种柔化的模糊。选取"旋转"，沿同心圆环线模糊，然后指定旋转的度；或选取"缩放"，沿径向线模糊，好像是在放大或缩小图像，然后指定1～100之间的一个数量。模糊的品质范围从"草图"到"好"和"最好"："草图"产生最快但为粒状的结果，"好"和"最好"产生比较平滑的结果，除非在大选区上，否则看不出这两种品质的区别。通过拖移"中心模糊"框中的图案，指定模糊的原点，见图8-6。

原图　　　　　　　　　　　　　　　效果图

图8-6 径向模糊效果范图

8.1.7　特殊模糊

　　精确地模糊图像。可以指定半径，确定滤镜搜索要模糊的不同像素的距离；可以指定阈值，确定像素值的差别达到何种程度时应将其消除；还可以指定模糊品质。也可以为整个选区设置模式（正常），或为颜色转变的边缘设置模式（"仅限边缘"和"叠加"）。在对比度显著的地方，"仅限边缘"应用黑白混合的边缘，而"叠加边缘"应用白色的边缘，见图 8-7。

原图　　　　　　　　　　　　效果图

图 8-7　特殊模糊效果范图

8.2　杂色滤镜

　　"杂色"滤镜添加或移去杂色或带有随机分布色阶的像素。这有助于将选区混合到周围的像素中。"杂色"滤镜可创建与众不同的纹理或移去图像中有问题的区域，如灰尘和划痕。

8.2.1　添加杂色滤镜

　　将随机像素应用于图像，模拟在高速胶片上拍照的效果。"添加杂色"滤镜也可用于减少羽化选区或渐变填充中的条纹，或使经过重大修饰的区域看起来更真实。选项包括杂色分布："平均分布"使用随机数值（0 加上或减去指定值）分布杂色的颜色值以获得细微效果；"高斯分布"沿一条钟形曲线分布杂色的颜色值以获得斑点状的效果。"单色"选项将此滤镜只应用于图像中的色调元素，而不改变颜色，见图8-8。

参数设置对话框

原图

效果图

图8-8 添加杂色效果范图

其中：

- **作用**：将添入的杂色与图像相混合。
- **数量**：控制添加杂色的百分比。
- **平均分布**：使用随机分布产生杂色。
- **高斯分布**：根据高斯钟形曲线进行分布，产生的杂色效果更明显。
- **单色**：选中此项，添加的杂色将只影响图像的色调，而不会改变图像的颜色。

8.2.2 去斑

检测图像的边缘（发生显著颜色变化的区域）并模糊除那些边缘外的所有选区。该模糊操作会移去杂色，同时保留细节，见图8-9。

原图

效果图

图8-9 去斑效果范图

8.2.3　蒙尘与划痕

通过更改相异的像素减少杂色。为了在锐化图像和隐藏瑕疵之间取得平衡，请尝试半径与阈值设置的各种组合。或者在图像的选中区域应用此滤镜，见图 8-10。

参数设置对话框　　　　　　　原图　　　　　　　　　　　效果图

图 8-10　蒙尘与划痕效果范图

实际操作 8－2　如何使用"蒙尘与划痕"滤镜

▶**步骤 1**　执行"滤镜"→"杂色"→"蒙尘与划痕"命令。

▶**步骤 2**　如果需要，可以调整预览缩放比例，直到包含杂色的区域可见。

▶**步骤 3**　将"阈值"滑块向左拖移到 0 以关闭此值，这样就可以检查选区或图像中的所有像素了。"阈值"确定像素的值有多大差异后才应将其消除。

▶**步骤 4**　向左或向右拖移"半径"滑块，或在文本框中输入 1 到 16 的像素值。该半径确定滤镜在多大的范围内搜索像素间的差异。调整半径将使图像变模糊。在消除瑕疵的最小值上停止。

▶**步骤 5**　通过输入值来逐渐增大阈值，或通过将滑块拖移到消除瑕疵的可能的最高值来逐渐增大阈值。

> **专业指点**
>
> "阈值"滑块对 0 到 128 之间的值（图像的常用范围）可以提供比 128 到 255 之间的值更好的控制。

8.2.4　中间值

通过混合选区中像素的亮度来减少图像的杂色。此滤镜搜索像素选区的半径范围以查找亮度相近的像素，扔掉与相邻像素差异太大的像素，并用搜索到的像素的中间亮度值替换中心像素。此滤镜在消除或减少图像的动感效果时非常有用，见图 8-11。

参数设置对话框

图 8-11　中间值效果范图

原图

效果图

下面把在实例中要应用的滤镜逐一介绍。

8.3　查找边缘滤镜

用相对于白色背景的深色线条来勾画图像的边缘，得到图像的大致轮廓。如果我们先加大图像的对比度，然后再应用此滤镜，可以得到更多更细致的边缘，见图 8-12。

原图

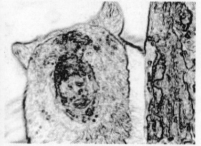

效果图

图 8-12　查找边缘效果范图

8.4　切变滤镜

可以控制指定的点来弯曲图像，见图 8-13。

- **折回**：将切变后超出图像边缘的部分反卷到图像的对边。
- **重复边缘像素**：将图像中因为切变变形超出图像的部分分布到图像的边界上。

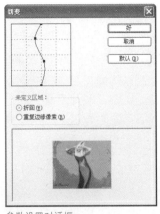

参数设置对话框

原图

效果图

图 8-13　切变效果范图

8.5　液化滤镜

　　使用液化滤镜所提供的工具，可以对图像任意扭曲，还可以定义扭曲的范围和强度。还可以将我们调整好的变形效果存储起来或载入以前存储的变形效果，总之，液化命令为我们在 Photoshop 中变形图像和创建特殊效果提供了强大的功能，见图 8-14。

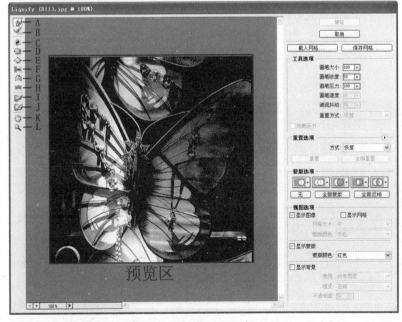

图 8-14　"液化滤镜"对话框

其中：
- A- **变形工具**：可以在图像上拖拽像素产生变形效果。
- B- **湍流工具**：可平滑移动像素，产生各种特殊效果。
- C- **顺时针旋转扭曲工具**：当按住鼠标按钮或来回拖拽时顺时针旋转像素。
- D- **逆时针旋转扭曲工具**：当按住鼠标按钮或来回拖拽时逆时针旋转像素。
- E- **褶皱工具**：当按住鼠标按钮或来回拖拽时像素靠近画笔区域的中心。
- F- **膨胀工具**：当按住鼠标按钮或来回拖拽时像素远离画笔区域的中心。
- G- **移动像素工具**：移动与鼠标拖动方向垂直的像素。
- H- **对称工具**：将范围内的像素进行对称拷贝。
- I- **重建工具**：对变形的图像进行完全或部分的恢复。
- J- **冻结工具**：可以使用此工具绘制不会被扭曲的区域。
- K- **解冻工具**：使用此工具可以使冻结的区域解冻。
- L- **缩放工具**：可以放大或缩小图像。
- M- **抓手工具**：当图像无法完整显示时，可以使用此工具对其进行移动操作。
- **载入网格**：单击此钮，然后从弹出的窗口中选择要载入的网格。
- **存储网格**：单击此钮可以存储当前的变形网格。
- **画笔大小**：指定变形工具的影响范围。
- **画笔压力**：指定变形工具的作用强度。
- **湍流抖动**：调节湍流的紊乱度。
- **光笔压力**：是否使用从光笔绘图板读出的压力。
- **模式**：可以选择重建的模式，如恢复、刚硬的、僵硬的、平滑的、疏松的、置换、膨胀的和相关的八种模式。
- **重建**：单击此钮，可以依照选定的模式重建图像。
- **恢复**：单击此钮，可以将图像恢复至变形前的状态。
- **通道**：可以选择要冻结的通道。
- **反相**：将绘制的冻结区域与未绘制的区域进行转换。
- **全部解冻**：将所有的冻结区域清除。
- **冻结区域**：勾选此项，在预览区中将显示冻结区域。
- **网格**：勾选此项，在预览区中将显示网格。
- **图像**：勾选此项，在预览区中将显示要变形的图像。
- **网格大小**：选择网格的尺寸。

- **网格颜色**：指定网格的颜色。
- **冻结颜色**：指定冻结区域的颜色。
- **背景幕布**：勾选此项，可以在右侧的列表框中选择
  作为背景的其他层或所有层都显示。
- **不透明度**：调节背景幕布的不透明度。

图 8-15 是同一幅图应用 8 种工具后的不同效果图。

原图像

变形工具效果范图

湍流工具效果范图

顺时针旋转扭曲工具效果范图

逆时针旋转扭曲工具效果范图

褶皱工具效果范图

膨胀工具效果范图

移动像素工具效果范图

对称工具效果范图

图 8-15　对同一幅应用不同工具的效果范图

8.6 实例讲解：打开的书和残破旧报纸

本例制作思路

本例制作流程可以分两个部分。第一部分是制作一本"打开的书"，在制作书的时候，首先通过自由变换和切变滤镜做好书的一个展开页，通过复制图层和色相／饱和度做出书的厚度和书页间的距离，再利用液化滤镜将书页的一角折起来。第二部分是制作一份残破的旧报纸效果，做报纸被撕破的效果时，主要通过在 Alpha 通道中绘制撕破边缘，填充颜色后再对 Alpha 通道执行最大化滤镜和喷溅滤镜产生撕纸毛边效果。利用图层特效产生报纸的阴影，利用色彩调整中的变化做出旧报纸的效果。再利用快速蒙版、晶格化滤镜和色相／饱和度等功能制作报纸上烧出的一个洞的小细节，最后将书和报纸以及眼镜合成到一起，完成范例的制作。

本例最终效果图

具体操作

第一部分 制作"打开的书"

▶▶步骤 1 在 Photoshop 中新建文件，将尺寸设置成宽：800，高：600 像素，见图 8-16。

▶▶**步骤 2**　将所用的两张素材图从光盘中打开 (pic.jpg 和 paper2.jpg)，并拖入到新建的文件中，将两张图的大小尺寸调成一样，见图 8-17。

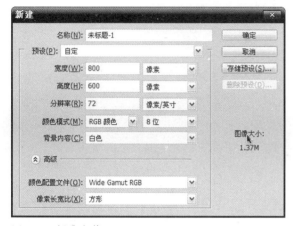

图 8-16　新建文件

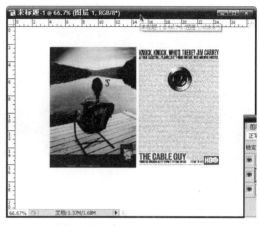

图 8-17　调整图像尺寸

▶▶**步骤 3**　在图层面板选中背景层，见图 8-18。再选择渐变填充工具 ，选择前景色和背景色，对画面进行填充，见图 8-19。

▶▶**步骤 4**　在图层面板，选中图层 2，再执行"编辑→自由变换"命令，见图 8-20。将其向右旋转 90 度角，之后按回车键确定。

图 8-18　选中背景层

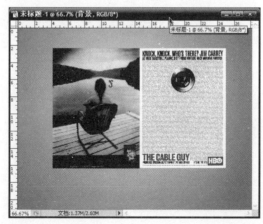

图 8-19　填充画面

图 8-20　编辑画面

▶▶**步骤 5**　在滤镜菜单中，执行"扭曲→切变"命令，将其扭曲，效果见图 8-21。

▶▶**步骤 6**　现在书的一边已经做好了，开始做另一边，方法同上，完成后的效果见图 8-22。

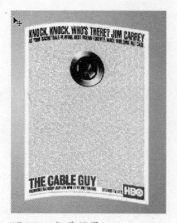

图 8-21 扭曲效果   图 8-22 完成的效果

▶▶**步骤7** 为了做得真实，我们给书增加厚度。在图层面板，分别复制两遍图层 2 和图层 1，并将它们移动到适当位置，见图 8-23。

图 8-23 增加书的厚度

▶▶**步骤8** 选中被挡在下面的两个图层，然后执行"图像→调整→色相/饱和度"命令，见图 8-24，调整饱和度与明度的值，见图 8-25。

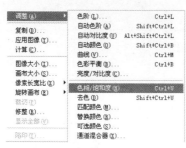

图 8-24 执行菜单命令   图 8-25 调整图像

▶▶**步骤9**　经过这样的反复修改，下面的层的颜色被加重了，饱和度降低了，和上面的层就有了距离感，另外这样的操作使得重复使用的图也不容易被发现，效果见图8-26。

图 8-26　修改后的效果

▶▶**步骤10**　为了做得更加真实，我们再给书添加折页效果。选中右边最上面的层，执行"滤镜→液化"命令，见图8-27。将笔刷调到合适大小，在右下角处执行液化操作，使它的边角折起来，见图8-28。

图 8-27　执行"液化"命令　　图 8-28　折页效果

▶▶**步骤11**　将书的各图层合并后，保存文件并命名为book.psd。

第二部分　制作残破的报纸

▶▶**步骤1**　从光盘中打开素材图像文件paper1.jpg，见图8-29。

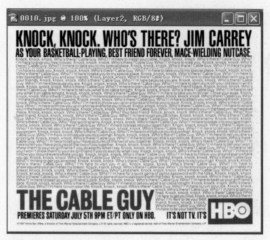

图 8-29 打开素材文件

▶▶**步骤2** 在图层面板，将背景图层拖放到新建按钮上两次，然后分别在复制的图层上单击右键选择"图层属性"命令将图层重命名为 Layer1、Layer2（Layer1 图层将制作撕纸的内层效果，Layer2 图层将制作撕纸的外层效果），见图 8-30。

▶▶**步骤3** 设置前景色为黑色，背景色为白色，按 Ctrl+Delete 键用背景色填充背景层，见图 8-31。

图 8-30 Layer2 层撕纸层　　　　图 8-31 填充背景层

▶▶**步骤4** 在通道面板，新建一个 Alpha1 通道，在 Alpha1 通道中将保存撕纸的外层区域。选择 Alpha1 通道，用背景色的白色填充整个通道，见图 8-32。

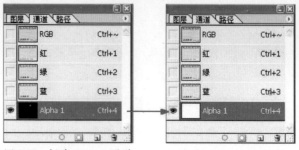

图 8-32 新建 Alpha1 通道

▶**步骤5**　在工具箱中选择铅笔工具 ✏，在画笔面板选择画笔的大小，见图 8-33。

▶**步骤6**　在 Alpha1 通道中划出撕纸的边缘，见图 8-34。

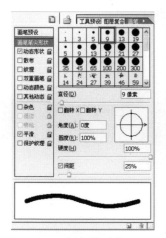

图 8-33　设置铅笔工具

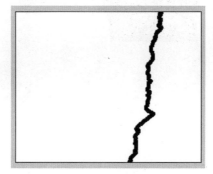

图 8-34　划出撕纸的边缘

▶**步骤7**　选择颜料桶工具 ⬙，用黑色填充 Alpha1 通道的左侧区域，见图 8-35。

▶**步骤8**　将 Alpha1 通道拖放到下面新建通道按钮上，复制 Alpha1 通道，然后命名为 Alpha2，Alpha2 通道将保存撕纸的内层区域，见图 8-36。

▶**步骤9**　对 Alpha2 通道施加滤镜效果。执行"滤镜→其它→最大化命令"，可以缩小黑色区域，见图 8-37。

图 8-35　填充颜色

图 8-36　Alpha2 通道

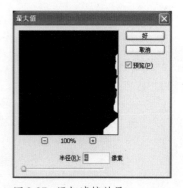

图 8-37　添加滤镜效果

▶**步骤10**　选择 Alpha1 通道，执行"滤镜→画笔描边→喷溅"命令，产生撕纸的毛刺效果，见图 8-38。

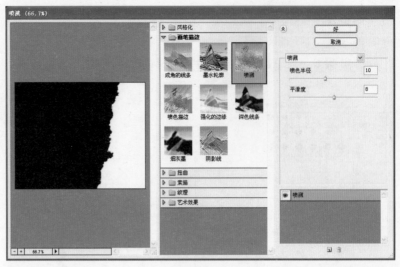

图 8-38 毛刺效果

▶▶步骤 11 仍然对 Alpha1 通道执行"滤镜→模糊→进一步模糊"命令。然后按 Ctrl+L 键打开色阶调整对话框并调节参数，见图 8-39。此时 Alpha1 通道的画面效果见图 8-40。

图 8-39 "色阶"对话框　　　　　　　图 8-40 撕纸效果

▶▶步骤 12 同样对 Alpha2 通道按步骤（10）、步骤（11）进行操作。

▶▶步骤 13 在通道面板按住 Ctrl 键点击 Alpha1 通道名，得到相应选区，按 Ctrl+～键返回到 RGB 彩色通道中。切换到图层面板中，将 Layer1 层左侧的眼睛图标取消，隐藏该图层的显示。选择 Layer2，按 Delete 键，删除选择区域，按 Ctrl+D 键取消选择区域，见图 8-41。

图 8-41　取消选择区域

▶▶**步骤 14**　对 Layer2，按 Ctrl+M 键打开曲线校正对话框，增加外层图像的亮度，见图 8-42。图层 Layer2 效果见图 8-43。

图 8-42　增加外层图像亮度

图 8-43　Layer2 效果

▶▶**步骤 15**　对 Layer2 添加图层特效，即增加阴影效果，见图 8-44。图层 Layer2 效果见图 8-45。

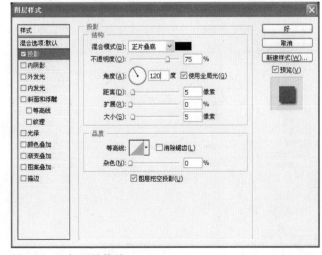

图 8-44　添加图层特效

图 8-85　Layer2 阴影效果

▶**步骤 16**　进入通道面板，按住 Ctrl 键并点击 Alpha2，得到相应的选区。切换到图层面板，点击 Layer1 左侧的眼睛图标，恢复图层显示。选择 Layer1，按 Delete 键删除所选区域，按 Ctrl+D 键取消选择区域，见图 8-46。

图 8-46　删除所选区域

▶**步骤 17**　对 Layer1 添加图层特效，增加阴影效果，见图 8-47。图层 Layer1 效果见图 8-48。

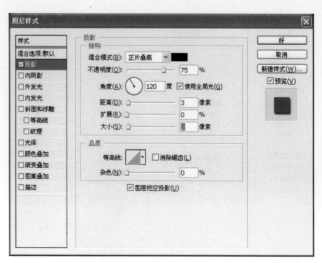

图 8-47　添加图层特效

图 8-48　Layer1 效果

▶**步骤 18**　分别对图层 Layer1、Layer2 执行 "图像→调整→变化" 命令，使报纸看起来有发黄显旧的效果，见图 8-49。画面效果见图 8-50。

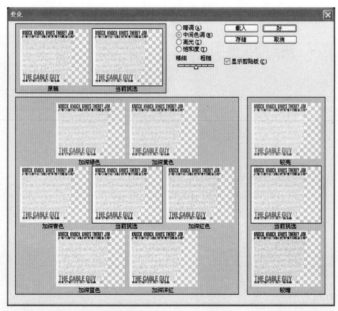

图 8-49　执行 "变化" 命令

图 8-50　发旧的画面效果

▶步骤 19 按 Ctrl+E 键合并所有图层，见图 8-51。

图 8-51 合并图层

▶步骤 20 下面做出报纸被火烧了一个洞的效果。选择套索工具 ，在图像上划出洞的形状，见图 8-52。

图 8-52 划出洞的形状

▶步骤 21 设置前景色为黑色，背景色为白色。双击工具箱下方的快速蒙版按钮 ，打开对话框进行设置，见图 8-53。

▶步骤 22 单击"好"按钮进入蒙版状态，见图 8-54。

图 8-53 设置快速蒙版选项

图 8-54 进入蒙版状态

▶▶**步骤 23**　执行"滤镜→像素化→晶格化"命令打开对话框，进行参数设置，见图 8-55。

▶▶**步骤 24**　按 Q 键退出快速蒙版状态。切换到通道面板，单击将选区保存为通道按钮□，得到 Alpha3，见图 8-56。

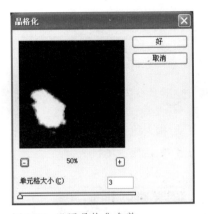

图 8-55　设置晶格化参数　　　图 8-56　Alpha3 通道

▶▶**步骤 25**　回到图层面板，按 Ctrl+Delete 键用白色填充选区。然后执行"选择→修改→扩展"命令，打开对话框，设置扩展量为 4Pixels，见图 8-57。

图 8-57　扩展选区

▶▶**步骤 26**　按 Ctrl+Alt+D 键进行羽化设置，羽化半径为 3 Pixels。

▶▶**步骤 27**　执行"选择→载入选区"命令，打开对话框进行选项设置，见图 8-58。得到的选择区域见图 8-59。

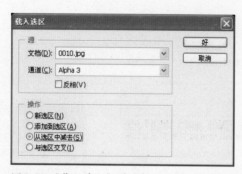

图 8-58 "载入选区"对话框

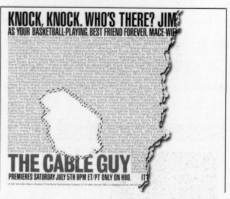

图 8-59 载入的选择区域

▶**步骤28** 按 Ctrl+U 键打开色相/饱和度对话框，进行参数设置，见图 8-60。调整后的效果见图 8-61。

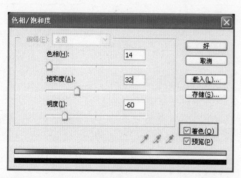

图 8-60 "色相/饱和度"对话框

图 8-61 调整后的效果

▶**步骤29** 保证刚才的选区仍然存在，按 Ctrl+J 键将选区复制到新的图层 1 中，见图 8-62。

图 8-62 将选区复制到新图层

▶**步骤30** 对图层 1 添加图层特效，增加阴影效果，见图 8-63。

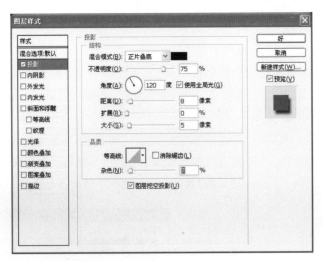

图 8-63　添加图层特效

▶▶**步骤31**　如果对火烧纸的效果不满意，还可以按
Ctrl +U 键进行色相 / 饱和度的调整，见图 8-64。图像效果
见图 8-65。

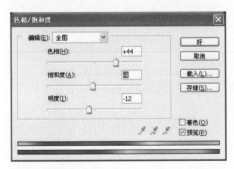

图 8-64　调整色调

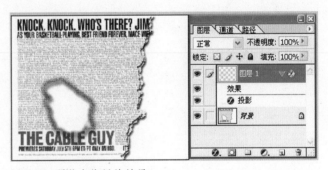

图 8-65　调整火烧纸的效果

▶▶**步骤32**　最后还可以做报纸卷页的效果。合并图层，新
建图层 1，选择钢笔工具并勾出报纸卷页的轮廓，见图 8-66。

图 8-66　勾出报纸卷页轮廓

▶▶步骤33　进入路径面板，将工作路径保存为路径1。然后按住Ctrl键单击路径1得到路径选择区域，见图8-67。

▶▶步骤34　在工具箱中选择线性渐变工具，并打开渐变编辑器窗口，进行渐变色标的设置和调整。其中各个色标的颜色和位置设置如下：

0%，RGB（141，127，88）；26%，RGB（224，206，136）；41%，RGB（245，235，169）；76%，RGB（222，204，134）；100%，RGB（235，211，145）；见图8-68。

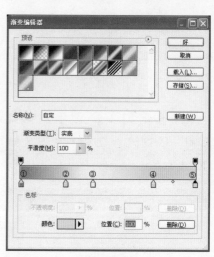

图8-67　得到路径选择区域

图8-68　色标的颜色和位置设置

▶▶步骤35　选择图层1，然后在选区中填充渐变颜色，见图8-69。

图8-69　填充渐变颜色

▶▶步骤36　取消选区。选择背景图层，用多边形套索工具 将报纸卷角的左上方区域勾选出来。按Ctrl+Delete键用白色的背景色填充，见图8-70。

图 8-70　填充背景色

▶▶**步骤 37**　然后对图层 1 执行"滤镜→杂色→添加杂色"
命令，见图 8-71。

▶▶**步骤 38**　执行"滤镜→模糊→高斯模糊"命令，见图 8-72。

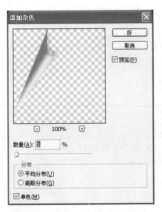

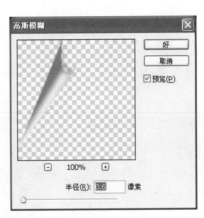

图 8-71　为卷页添加杂色　　　　　　　图 8-72　应用高斯模糊效果

▶▶**步骤 39**　执行"图像→调整→色相/饱和度"命令进行
色彩校正的处理，见图 8-73。调整后的图像效果见图 8-74。

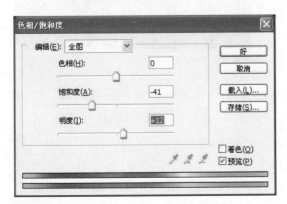

图 8-73　色彩校正　　　　　　　　　　图 8-74　调整后的卷页效果

▶**步骤40** 执行"滤镜→液化"命令对报纸边缘进行处理，见图8-75。

图8-75 液化报纸边缘

▶**步骤41** 下面再修饰一下背景。选择渐变工具 ▮，选择线性渐变方式，设置的渐变颜色见图8-76。

▶**步骤42** 在背景层从上到下进行渐变填充，见图8-77。

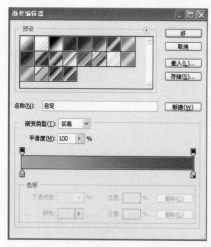

图8-76 设置渐变颜色　　　　　图8-77 渐变填充背景层

▶**步骤43** 将 book.psd 文件打开，将"打开的书"复制到报纸的图像中，调节图层关系，并对书的大小和位置进行调整，见图8-78。

▶**步骤44** 再从光盘中打开一张眼镜的素材图片，见图8-79。将眼镜复制到书和报纸图像中，并调节眼镜的位置和角度。

图 8-78 将"书"复制到报纸图像中

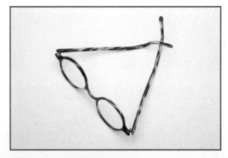

图 8-79 眼镜素材图片

▶▶**步骤 45**　图像最后效果见图 8-80，保存文件并命名为 book&paper.psd。

图 8-80 最终效果图

8.7　本章小结

　　本章介绍了模糊滤镜、杂色滤镜以及液化滤镜等的参数设置和相应的效果，并利用最大化滤镜、喷溅滤镜以及前面所学的有关色彩调整、快速蒙版、套索工具、钢笔工具、通道以及图层特效功能，制作出"打开的书和旧报纸"的画面效果。

8.8　课后练习

1.填空题

（1）高斯模糊滤镜在（　　）命令中，增加噪波滤镜在（　　）命令中。

（2）在 Photoshop 中使用滤镜，应该选择（　　）菜单。重复使用刚刚用过的滤镜，应该按（　　）键。

（3）制作动感效果可以使用（　　）滤镜。

2.操作题

模仿范例制作"打开的书"和"破旧报纸"的效果。

第 9 章

霓虹灯、燃烧的火焰、金属字效果

9

首先介绍几组滤镜的效果及其参数的设置。

9.1　风　格　化

"风格化"滤镜通过置换像素和通过查找并增加图像的对比度，在选区中生成绘画或印象派的效果。在使用"查找边缘"和"等高线"等突出显示边缘的滤镜后，可应用"反相"命令用彩色线条勾勒彩色图像的边缘或用白色线条勾勒灰度图像的边缘。

9.1.1　扩散滤镜

扩散滤镜根据选中的选项搅乱选区中的像素，使选区显得不十分聚焦。

其中：

- **正常**：使像素随机移动，忽略颜色值，见图9-1。
- **变暗优先**：用较暗的像素替换亮的像素。

本章教学目标

　　学会多种滤镜叠加使用产生奇妙的效果，再结合图像模式，制作常见的霓虹灯、燃烧的火焰和金属字效果。

本章学习重点

- ● 风格化滤镜
- ● 锐化滤镜
- ● 其他滤镜
- ● 索引模式的应用
- ● 霓虹灯、燃烧火焰、金属字效果的制作方法

说明

本章练习素材和范例源文件光盘路径：

◎ Chapter 9\source

范例源文件光盘路径：

◎ Chapter 9\exp

扩散参数设置对话框
图 9-1

原图

扩散滤镜效果

- **变亮优先**：用较亮的像素替换暗的像素。
- **各向异性**：在颜色变化最小的方向上搅乱像素。

9.1.2 浮雕效果滤镜

本滤镜通过将选区的填充色转换为灰色，并用原填充色描画边缘，从而使选区显得凸起或压低。

其中：

- **角度**：浮雕角度从 −360 度使表面降低（压低），到 +360 度使表面凸起。
- **高度/数量**：浮雕高度/选区中颜色数量的百分比（从 1% 到 500%）。

若要在进行浮雕处理时保留颜色和细节，请在应用"浮雕"滤镜之后使用"渐隐"命令，见图 9-2。

参数设置对话框

图 9-2

原图

浮雕效果

9.1.3 凸出滤镜

本滤镜赋予选区或图层一种 3D 纹理效果，见图 9-3。

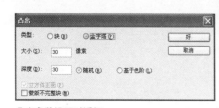
凸出参数设置对话框

图 9-3

原图

"凸出"滤镜效果

其中：

- "块"：创建具有一个方形的正面和四个侧面的对象。若要用该块的平均颜色填充每个块的正面，请选择"立方体正面"；若要用图像填充正面，请取消选择"立方体正面"。
- "金字塔"：创建具有相交于一点的四个三角形侧面的对象。
- "大小"：在该文本框中输入 2 ～ 255 之间的像素值以确定对象基底任一边的长度。
- "深度"：在该文本框中输入 1 ～ 255 之间的值以表示最高的对象从挂网上凸起的高度。
- "深度"：为每个块或金字塔设置深度。
- "随机"：为每个块或金字塔设置一个任意的深度。
- "基于色阶"：使每个对象的深度与其亮度对应，越亮凸出得越多。
- "蒙版不完整块"：可以隐藏所有延伸出选区的对象。

9.1.4　查找边缘滤镜

本滤镜用显著的转换标识图像的区域，并突出边缘。像"描画等高线"滤镜一样，此滤镜用相对于白色背景的黑色线条勾勒图像的边缘，这对生成图像周围的边界非常有用，见图 9-4。

原图　　　　　　　　　　　　　　　查找边缘效果

图 9-4

9.1.5　照亮边缘滤镜

本滤镜标识颜色的边缘，并向其添加类似霓虹灯的光亮。此滤镜可使用"滤镜库"与其他滤镜一起累积应用，见图 9-5。

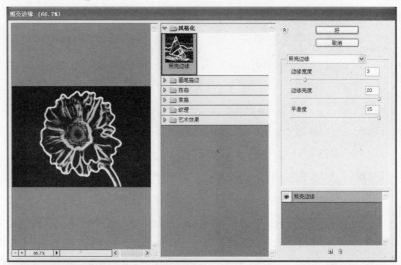

照亮边缘参数设置对话框

原图

照亮边缘效果

图 9-5

9.1.6　曝光过度滤镜

本滤镜混合负片和正片图像，类似于显影过程中将摄影照片短暂曝光，见图 9-6。

原图

曝光过度效果

图 9-6

9.1.7 拼贴滤镜

本滤镜将图像分解为一系列拼贴，使选区偏移原来的位置。可以选取下列对象之一填充拼贴之间的区域：背景色，前景色，图像的反转版本或图像的未改变版本。它们使拼贴的版本位于原版本之上并露出原图像中位于拼贴边缘下面的部分，见图9-7。

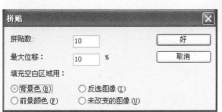

拼贴参数设置对话框　　　　　原图　　　　　　　　拼图效果

图 9-7

9.1.8 等高线滤镜

本滤镜查找主要亮度区域的转换并为每个颜色通道淡淡地勾勒主要亮度区域的转换，以获得与等高线图中的线条类似的效果，见图9-8。

等高线参数设置对话框　　　　　原图　　　　　　　　等高线滤镜效果

图 9-8

9.1.9 风滤镜

本滤镜可以在影像中建立细小的水平线条，模拟风动效果。方法包括"风"、"大风"（用于获得更生动的风效果）和

"飓风"（使图像中的风线条发生偏移），可以让影像中风动线条产生画面错位的"摇晃"，见图 9-9。

风参数设置对话框

图 9-9

原图

风效果

9.2　锐化滤镜

"锐化"滤镜通过增加相邻像素的对比度来聚焦模糊的图像。

9.2.1　USM 锐化滤镜

本滤镜改善图像边缘的清晰度。

其中：

● **数量**：控制锐化效果的强度。

● **半径**：指定锐化的半径。

● **阈值**：指定相邻像素之间的比较值，见图 9-10。

USM 锐化参数设置对话框

图 9-10

原图

USM 锐化效果

　　如果应用"USM 锐化"，使亮色显得过于饱和，可以将图像转换为 Lab 模式，并且只将滤镜应用于"亮度"通道。这样可锐化图像，而不会影响颜色成分。

9.2.2　"锐化"和"进一步锐化"滤镜

　　本滤镜聚焦选区并提高其清晰度。"进一步锐化"滤镜比"锐化"滤镜应用起来有更强的锐化效果，见图 9-11。

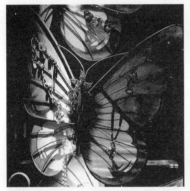  

原图　　　　　　　　　　　锐化效果　　　　　　　　　　进一步锐化效果

图 9-11

9.2.3　锐化边缘滤镜

　　本滤镜只锐化图像的边缘，同时保留总体的平滑度。使用此滤镜在不指定数量的情况下锐化边缘，见图 9-12。

原图　　　　　　　　　　　　锐化边缘效果

图 9-12

9.3 其他滤镜

"其他"子菜单中的滤镜允许创建自己的滤镜、使用滤镜修改蒙版、在图像中使选区发生位移和快速调整颜色。

9.3.1 最大值滤镜

本滤镜对于修改蒙版非常有用，可以扩大图像的亮区和缩小图像的暗区。当前像素的亮度值将被所设定的半径范围内的像素的最大亮度值替换，即"半径"用于设定图像的亮区和暗区的边界半径，见图9-13。

参数设置对话框

图9-13

原图

最大值效果

9.3.2 最小值滤镜

本滤镜对于修改蒙版非常有用。最小值滤镜有应用伸展的效果，即展开黑色区域和收缩白色区域。最小值滤镜针对选区中的单个像素。在指定半径内，最小值滤镜用周围像素的最小亮度值替换当前像素的亮度值，见图9-14。

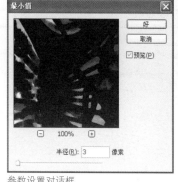
参数设置对话框

图9-14

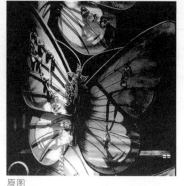
原图

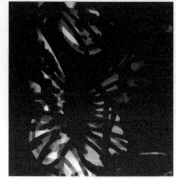
最小化效果

9.3.3　高反差保留滤镜

本滤镜在有强烈颜色转变发生的地方按指定的半径保留边缘细节，并且不显示图像的其余部分。（0.1 像素半径仅保留边缘像素。）此滤镜移去图像中的低频细节，效果与"高斯模糊"滤镜相反，见图 9-15。

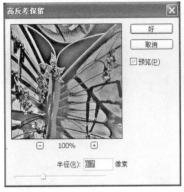
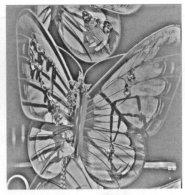

参数设置对话框　　　　　　　　　原图　　　　　　　　　　　　高反差保留效果

图 9-15

在使用"阈值"命令或将图像转换为位图模式之前，将高反差保留滤镜应用于连续色调的图像将很有帮助。此滤镜对从扫描图像中取出的艺术线条和大的黑白区域非常有用。

9.3.4　位移滤镜

本滤镜将选区移动指定的水平量或垂直量，而选区的原位置变成空白区域。可以用当前背景色、图像的另一部分填充这块区域，或者如果选区靠近图像边缘，也可以使用所选择的填充内容进行填充，见图 9-16。

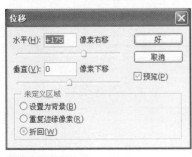

参数设置对话框　　　　　　　　　原图　　　　　　　　　　　　位移滤镜效果

图 9-16

9.3.5　自定滤镜

本滤镜可以设计自己的滤镜效果。使用自定滤镜，根据预定义的数学运算，可以更改图像中每个像素的亮度值。根据周围的像素值为每个像素重新指定一个值。此操作与通道的加、减计算类似，见图 9-17。

可以存储创建的自定滤镜，并将它们用于其他 Photoshop 图像。

参数设置对话框　　　　　　　　　　原图　　　　　　　　　自定滤镜效果

图 9-17

实际操作 9-1　如何创建"自定"滤镜

▶**步骤1**　执行滤镜→其他→自定命令。

▶**步骤2**　选择正中间的文本框，它代表要进行计算的像素。输入要与该像素的亮度值相乘的值，值范围为 −999 ～ +999。

▶**步骤3**　选择代表相邻像素的文本框。输入要与该位置的像素相乘的值。

例如，若要将紧邻当前像素右侧的像素亮度值乘 2，可在紧邻中间文本框右侧的文本框中输入 2。

▶**步骤4**　对所有要进行计算的像素重复步骤 2 和 3。不必在所有文本框中都输入值。

▶**步骤5**　对于"缩放"，输入一个值，用该值去除计算中包含的像素的亮度值的总和。

▶**步骤6**　对于"位移"，输入要与缩放计算结果相加的值。

▶**步骤7**　点按"好"按钮，自定滤镜随即逐个应用到图像中的每一个像素。

9.4　实例讲解：制作霓虹灯效果和燃烧的火焰效果

本例制作思路

　　本节介绍两个范例，第一个是霓虹灯效果，第二个是火焰燃烧的效果，这两个范例也是常见的滤镜综合应用的效果。霓虹灯效果的制作可以用两种方法，在具体范例讲解中有详细的说明。这里将制作霓虹灯效果的几个重要操作作一说明。制作霓虹灯效果的关键是：首先对选区图像进行高斯模糊处理，利用查找边缘滤镜、最大值滤镜、USM 锐化滤镜、反相等多个滤镜的叠加和色彩调整产生夜晚霓虹灯效果，最后为了加强效果，可以将图层的融合模式设置为滤色模式，以加亮画面效果。

　　火焰燃烧效果，主要针对灰度图像进行一系列的滤镜特效处理，如高斯模糊、风、过度曝光等，关键的一步是要将图像模式转换为索引图像模式，利用颜色表中的黑体，使画面产生火红的效果，再利用色相/饱和度的调整，产生真实的火焰效果。

本例最终效果图

霓虹灯效果

燃烧的火焰效果

具体操作

一、制作霓虹灯效果（有 2 种方法制作）

方法 1：

▶**步骤 1**　从光盘中打开一幅 RGB 图像，见图 9-18。

图9-18　打开素材图像

▶▶**步骤2**　利用矩形选择工具 ▦ 在图像中选择要制作霓虹灯效果的图像区域，见图9-19。

▶▶**步骤3**　然后根据选区的要求，执行"选择→变换选区"命令，配合一些功能键（如Ctrl、Shift等）用鼠标拖动控制点以调整选区的形状，见图9-20。

图9-19　选择区域

图9-20　调整选区形状

▶▶**步骤4**　将选区的图像复制到新的图层上（即图层1），见图9-21。

▶▶**步骤5**　对图层1执行"滤镜→模糊→高斯模糊"命令，在对话框中设置半径：1pixel，见图9-22。

模糊滤镜

模糊滤镜是使图像中相邻像素减少对比度而产生朦胧的感觉。常用来光滑边缘过于清晰和对比度过于强烈的区域，通过消除或减小对比来柔化图像边缘。

图 9-21 复制选区图像

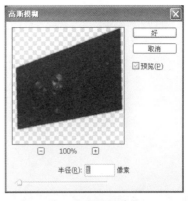

图 9-22 应用高斯模糊滤镜

▶**步骤6** 对图层 1 执行"滤镜→风格化→查找边缘"命令，将图像中的线条勾勒出来，见图 9-23。

图 9-23 应用查找边缘滤镜

专业指点
查找边缘滤镜是将图像中低反差区域变成白色，中反差区域变成灰色，而高反差区域变成黑色，硬边变成细线，柔边变成较粗的线。

▶**步骤7** 按 Ctrl+I 键进行色彩的反相操作，见图 9-24。

▶**步骤8** 执行"滤镜→其他→最大值"命令，在最大值对话框中设置半径：1 pixel。增强霓虹灯的效果，见图 9-25。

图 9-24 反相色彩

图 9-25 增强霓虹灯效果

▶步骤9　执行"滤镜→锐化→USM 锐化"命令，使图像的线条更加清晰。在对话框中设置数量：154%；半径：56色阶；阈值：2色阶，见图9-26。

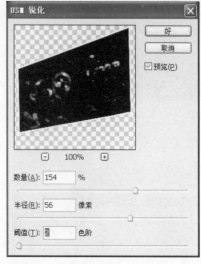

图9-26　应用 USM 锐化滤镜

▶步骤10　在图层面板将图层1拖放到新建按钮上，得到图层1副本，设置该图层的合成模式为滤色模式，这样显得图像线条更亮，见图9-27。

▶步骤11　为了更像霓虹灯效果，再对图层1副本执行"滤镜→模糊→高斯模糊"命令，在对话框中设置半径：10 pixels，见图9-28。

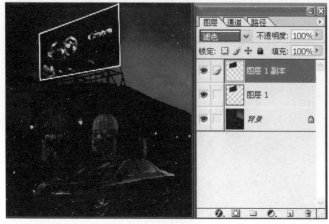

图9-27　使图像线条更亮

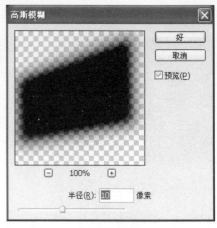

图9-28　应用高斯模糊滤镜

▶▶**步骤 12**　对图层 1 应用"外发光"图层特效，设置合适的发光大小的值，见图 9-29。完成的霓虹灯效果见图 9-30。

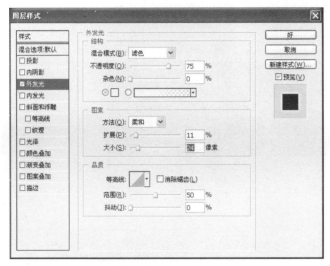

图 9-29　应用外发光图层特效

图 9-30　完成的霓虹灯效果

方法 2：

▶▶**步骤 1**　从光盘中打开一幅具有明显线条的 RGB 图像，利用矩形选择工具 ▭ 选择在图像中要制作霓虹灯效果的图像区域。然后将选区中的图像复制到新的图层上（图层 1），对图层 1 执行"滤镜→模糊→高斯模糊"命令，在对话框中设置半径：1pixel，见图 9-31。

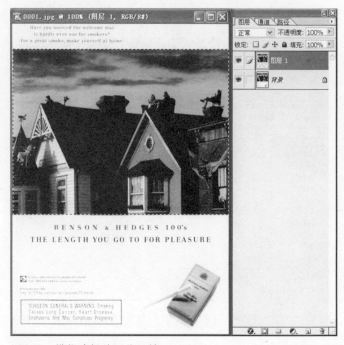

图 9-31　模糊选择的图像区域

▶▶**步骤 2**　执行"滤镜→风格化→照亮边缘"命令，在对话框中设置边缘宽度：2；边缘亮度：16；平滑度：5，见图 9-32。

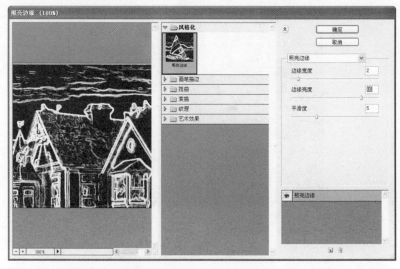

图 9-32　应用照亮边缘滤镜

▶▶**步骤 3**　执行"滤镜→其他→最大值"命令，半径值为 1，见图 9-33。

▶▶**步骤 4**　执行"滤镜→模糊→高斯模糊"命令，在对话框中设置半径：1 pixel，见图 9-34。

图 9-33　应用最大值滤镜

图 9-34　应用高斯模糊滤镜

▶▶**步骤 5**　复制图层 1 为图层 1 副本，将图层 1 副本的合成模式改为滤色模式，见图 9-35。

▶▶**步骤 6**　将背景图层反相，使底色变为深色。对图层 1 应用"外发光"图层特效，设置合适的发光大小的值，见图 9-36。完成霓虹灯效果制作。

图 9-35　设置图层融合模式

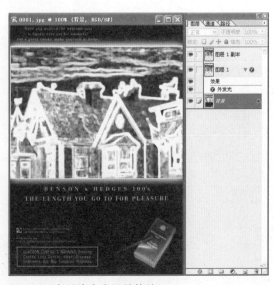

图 9-36　应用外发光图层特效

二、制作火焰效果

(一) 制作背景画面的燃烧效果

▶▶**步骤1** 从光盘中打开一幅背景素材图片，见图9-37。

图9-37 背景素材图

▶▶**步骤2** 执行"图像→模式→灰度"命令，将RGB图转换为灰度图，见图9-38。

▶▶**步骤3** 执行"滤镜→模糊→高斯模糊"命令，在对话框中设置半径：1.5 pixels，见图9-39。

图9-38 将RGB图转为灰度图

图9-39 应用高斯模糊滤镜

▶**步骤4**　执行"图像→旋转画布"命令，逆时针旋转90度，见图9-40。

▶**步骤5**　执行"滤镜→风格化→风"命令，在对话框中设置方法：风；方向：从右，见图9-41。

图9-40　逆时针旋转画布　　　　图9-41　应用风滤镜

▶**步骤6**　执行"图像→旋转画布"命令，顺时针旋转90度，见图9-42。

▶**步骤7**　执行"滤镜→风格化→曝光过度"命令，见图9-43。

图9-42　顺时针旋转画布　　　　图9-43　应用曝光过度滤镜

▶**步骤8**　执行"图像→模式→索引颜色"命令，将图像转换为256色的索引图像，见图9-44。

图9-44　转为索引图像模式

▶▶**步骤9**　执行"图像→模式→颜色表"命令，在弹出对话框的"颜色表"中选择黑体选项，单击"好"按钮后，图像将按照所选色板增添颜色，见图9-45。此时图像效果见图9-46。

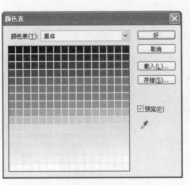

图9-45　"颜色表"对话框　　　　图9-46　应用颜色表后的图像效果

▶▶**步骤10**　执行"图像→调整→色相/饱和度"命令，在对话框中设置编辑：全图；色相：+15；饱和度：−20；明度：0，见图9-47。完成的火焰燃烧效果见图9-48。

图 9-47　校正色彩　　　　　　　　图 9-48　火焰燃烧效果

（二）制作火焰效果文字

▶▶**步骤1**　新建一个背景色为黑色、大小为 300 × 150 像素的文件，见图 9-49。

▶▶**步骤2**　输入文字"燃烧"，颜色为白色，将文字放置在图像下方，见图 9-50。

图 9-49　新建文件　　　　　　　图 9-50　输入文字并调整位置

▶▶**步骤3**　制作文字蒙版通道。按住 Ctrl 键单击文字图层，得到文字选区，切换到通道面板，将选区转换为 Alpha1 通道，见图 9-51。

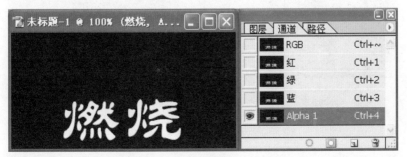

图 9-51　制作文字蒙版通道

▶**步骤4** 返回到图层面板，按Ctrl+E键将文字图层和背景合并。

▶**步骤5** 执行"图像→旋转画布→逆时针90度"命令旋转画布。执行"滤镜→风格化→风"命令，可以选择适当的风的类型，见图9-52。

▶**步骤6** 执行"图像→旋转画布→顺时针90度"命令旋转画布。执行"滤镜→风格化→扩散"命令，在对话框中设置模式为正常，见图9-53。

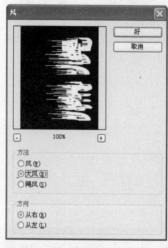

图9-52 应用风滤镜

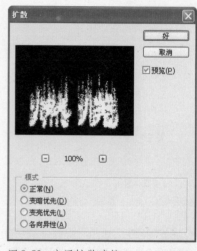

图9-53 应用扩散滤镜

▶**步骤7** 执行"滤镜→模糊→高斯模糊"命令，在对话框中设置半径：2.5 像素，见图9-54。

▶**步骤8** 执行"滤镜→扭曲→波纹"命令，在对话框中设置数量：10；大小：中，见图9-55。

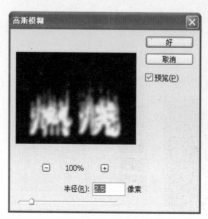

图9-54 应用高斯模糊滤镜

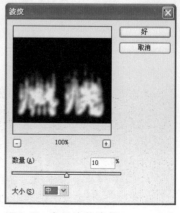

图9-55 应用波纹滤镜

▶**步骤9**　制作文字边缘的火焰效果。在通道面板中按 Ctrl 键单击 Alpha1 通道得到文字选区，如果需要可以执行"选择→修改→收缩"命令收缩选区。按 Ctrl+Alt+D 键羽化选区，羽化半径为 1pixel。用黑色填充选区，按 Ctrl+D 键取消选区。按 Ctrl+L 键打开"色阶"对话框，设置输入色阶（0，3.5，190），见图 9-56。

图 9-56　制作文字边缘的火焰效果

▶**步骤10**　为文字添加颜色。将图像模式转换为索引颜色模式。执行"图像→调整→颜色表"命令，在对话框中的"颜色表"中选择"黑体"选项，见图 9-57。现在文字呈现如图 9-58 所示的燃烧效果。

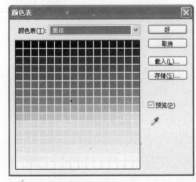

图 9-57　"颜色表"对话框

图 9-58　文字燃烧效果

▶**步骤11**　选择工具箱中的魔棒工具，在文字的黑色背景上点击选择背景区域，然后按 Ctrl+Shift+I 键将选区反选，得到文字的选区，见图 9-59。

图 9-59　文字选区

▶**步骤12** 将火焰文字移动复制到刚才制作好的火焰燃烧的背景图像中，完成的整个图像效果见图9-60。

图9-60 最终效果图

9.5 实例讲解：制作金属字效果

在Photoshop中可以制作出很多质感逼真和形式多样的效果。下面再介绍金属字效果的制作方法。希望通过实例制作，能够总结归纳出文字特效的制作方法，尝试制作其他的文字效果。

具体操作

▶**步骤1** 新建一个大小为400 × 200pixels、分辨率为72ppi的灰度图像。

▶**步骤2** 执行"图像→模式→多通道"命令，在通道面板中单击 按钮，新建一个Alpha 1通道，见图9-61。

▶**步骤3** 设置前景色为白色，在工具箱中选择文字工具 T，在图像区域输入文字"金属"，选择文字，设置文字大小、字体等，见图9-62。

图 9-61　新建 Alpha 1 通道

图 9-62　输入文字

▶▶**步骤4**　文字字体设置好后，使用移动工具调整文字的位置，此时文字区域出现选择状态，见图 9-63。

▶▶**步骤5**　设置前景色为白色，背景色为黑色，在通道面板中选择"黑色"通道，此时图像中仍然显示文字的选区，见图 9-64。

图 9-63　文字选区

图 9-64

▶▶**步骤6**　按 Ctrl+Alt+D 组合键，打开"羽化选区"对话框，设置羽化半径为 4 像素，按 Ctrl+Delete 组合键用背景色填充选择区域，见图 9-65。

▶▶**步骤7**　执行"滤镜→风格化→浮雕效果"命令，打开对话框进行参数设置，见图 9-66。

图 9-65　羽化选区

图 9-66　应用浮雕效果滤镜

步骤8 确保当前文字选区仍然存在，按 Ctrl+Shift+I 组合键进行反向选择，然后设置前景色为灰色，见图9-67。

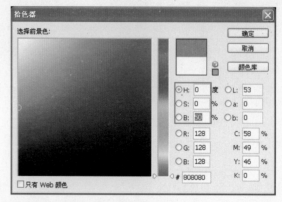

图9-67 设置前景色为灰色

步骤9 按 Alt+Delete 组合键用前景色填充选区，见图 9-68，然后按 Ctrl+D 组合键取消选区。

图9-68 用前景色填充选区

步骤10 下面通过对黑色通道执行曲线校正命令来产生金属效果。执行"图像→调整→曲线"命令，打开"曲线"对话框，按图9-69所示对曲线进行调整，并点击"存储"按钮将曲线保存下来。

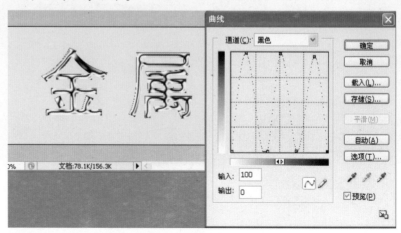

图9-69 应用曲线校正命令产生金属效果

▶▶**步骤11** 调整文字及背景的颜色。按住 Ctrl 键单击 Alpha 1 通道得到 Alpha 1 的选择区域。注意，此时仍然是黑色通道为操作通道。执行"图像→调整→反相"命令反转图像色彩，见图 9-70。

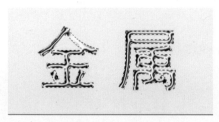

图 9-70 反转图像色彩

▶▶**步骤12** 执行"选择→修改→扩展"命令，设置扩展量为 1 pixel，见图 9-71。

▶▶**步骤13** 按 Ctrl+Shift+I 组合键进行反向选择，设置前景色为白色，按 Alt+Delete 组合键用白色填充选区，见图 9-72。

图 9-71 扩展选区   图 9-72 用白色填充选区

▶▶**步骤14** 再按 Ctrl+Shift+I 组合键进行反向选择，然后执行"图像→调整→色阶"命令，打开色阶调整对话框并设置参数，见图 9-73。

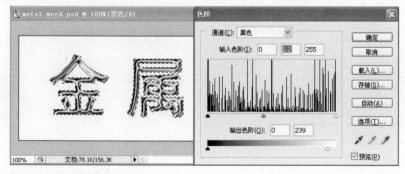

图 9-73 利用色阶调整图像

▶▶步骤 15　下面为文字添加颜色。先执行"图像→模式
→灰度"命令，紧接着再执行"图像→模式→CMYK 颜色"
命令，将图像转换为 CMYK 色彩模式。按 Ctrl+M 组合键，
打开"曲线"对话框，在通道列表中分别对色彩通道进行调
整，见图 9-74。调整后，文字呈现金属色彩，见图 9-75。

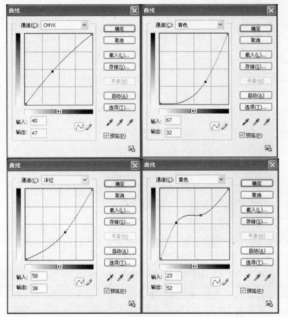

图 9-74　用曲线调整图像色彩

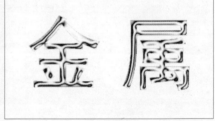

图 9-75　文字呈现金属色彩

▶▶步骤 16　按 Ctrl+U 组合键，打开"色相 / 饱和度"命
令的对话框并进行参数设置，见图 9-76。调整后的文字效果
见图 9-77。

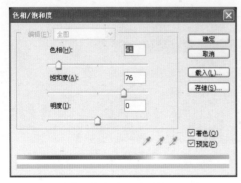

图 9-76　"色相 / 饱和度"对话框

图 9-77　调整后的文字效果

▶▶**步骤17**　执行"图像→调整→变化"命令，打开"变化"对话框，点击两次"加深黄色"，单击"好"按钮，得到金色文字效果，见图9-78。保存文件为 metal word.psd。

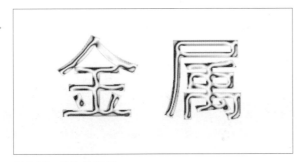

图 9-78　最终效果图

9.6　本章小结

本章介绍了多种滤镜重复应用的效果，现总结如下：

（1）模糊滤镜是使图像中相邻像素减少对比度而产生朦胧的感觉。常用来光滑边缘过于清晰和对比度过于强烈的区域，通过消除或减小对比来柔化图像边缘。

（2）最大值滤镜通过替换像素、增强相邻像素的对比度，使图像产生加粗、夸张的效果。这种滤镜可以用于在蒙版通道上放大选择的外轮廓。

（3）锐化滤镜：可以调节图像边缘的锐化程度。

（4）查找边缘滤镜：是将图像中低反差区域变成白色，中反差区域变成灰色，而高反差区域变成黑色，硬边变成细线，柔边变成较粗的线。

（5）索引图像模式：在一个全色图像中分配256种或更少的颜色来代表潜在的上百万种颜色的过程叫索引颜色。当转换为索引颜色时，Photoshop 将构建一个颜色查找表（CLUT），用以存放并索引图像中的颜色。

（6）索引图像模式的颜色表：在索引颜色表中，如果原图像中的某种颜色没有出现在该表中，则程序将选取现有颜色中最接近的一种，或使用现有颜色模拟该颜色。

9.7 课后练习

1．填空题

按（   ）键可以得到缺省的前／背景色；按（   ）键可以交换前／背景色。

2．简答题

（1）索引图像模式的颜色表有什么作用？

（2）模糊滤镜是如何柔化图像边缘的？

3．操作题

（1）比较两种制作霓虹灯效果的方法，观察它们的效果有什么差异。

（2）模仿实例制作火焰效果，掌握滤镜和图像模式的综合应用。

第10章 国画邮票

首先介绍几组滤镜特效及其参数的设置。

10.1　素描滤镜

"素描"子菜单中的滤镜将纹理添加到图像上，通常用于获得 3D 效果。这些滤镜还适用于创建美术或手绘外观。许多"素描"滤镜在重绘图像时使用前景色和背景色。所有的"素描"滤镜都可以通过使用"滤镜库"来应用。

10.1.1　基底凸现滤镜

本滤镜使图像呈现浮雕的雕刻状并突出光照下变化各异的表面。图像的暗区呈现前景色，而浅色使用背景色，见图10-1。

本章教学目标

　了解和掌握本章介绍的一些滤镜功能和国画邮票的创作方法。

本章学习重点

● 素描滤镜
● 画笔描边滤镜
● 纹理滤镜
● 对 Alpha 通道应用滤镜

说明
本章范例源文件光盘路径：
◎ Chapter 10\

基底凸现参数设置　　原图　　　　　　　　　　　　　　效果图
图 10-1

10.1.2　粉笔和炭笔滤镜

本滤镜重绘图像的高光和中间调，其背景为粗糙粉笔绘制的纯中间调。阴影区域用黑色对角炭笔线条替换。前景色用炭笔绘制，背景色用粉笔绘制，见图10-2。

粉笔和炭笔参数设置　　　　　原图　　　　　　　　　　效果图

图 10-2

10.1.3　炭笔滤镜

　　本滤镜重绘图像，产生色调分离的、涂抹的效果。主要边缘以粗线条绘制，而中间色调用对角描边进行素描，见图10-3。

炭笔参数设置　　　　　　　　原图　　　　　　　　　　效果图

图 10-3

10.1.4　铬黄滤镜

　　本滤镜将图像处理成好像是擦亮的铬黄表面。高光在反射表面上是高点，暗调是低点。应用此滤镜后，使用"色阶"对话框可以增加图像的对比度，见图10-4。

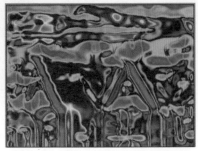

铬黄参数设置　　　　　　　　原图　　　　　　　　　　效果图

图 10-4

10.1.5　炭精笔滤镜

本滤镜在图像上模拟浓黑和纯白的炭精笔纹理。"炭精笔"滤镜在暗区使用前景色，在亮区使用背景色。为了获得更逼真的效果，可以在应用滤镜之前将前景色改为常用的"炭精笔"颜色（黑色、深褐色和血红色）。为了获得减弱的效果，可以在应用滤镜之前将背景色改为白色，并向其中添加一些前景色，见图 10-5。

炭精笔参数设置　　　　原图　　　　　　　　　　　效果图

图 10-5

10.1.6　绘图笔滤镜

本滤镜使用细的、线状的油墨描边以获取原稿图像中的细节，多用于对扫描图像进行描边。此滤镜使用前景色作为油墨，并使用背景色作为纸张，以替换原图像中的颜色，见图 10-6。

绘图笔参数设置　　　　原图　　　　　　　　　　　效果图

图 10-6

10.1.7　半调图案滤镜

本滤镜在保持连续的色调范围的同时，模拟半调网屏的效果，见图 10-7。

半调图案参数设置　　　　　原图　　　　　　　　　　效果图

图 10-7

10.1.8　便条纸滤镜

本滤镜创建好像是用手工制作的纸张构建的图像。此滤镜简化了图像，并结合使用"风格化"→"浮雕"和"纹理"→"颗粒"滤镜的效果。图像的暗区呈凹陷状，使背景色显示出来，见图 10-8。

便条纸参数设置　　　　　　原图　　　　　　　　　　效果图

图 10-8

10.1.9　影印滤镜

本滤镜模拟影印图像的效果。大的暗区趋向于只拷贝边缘四周，而中间色调要么纯黑色，要么纯白色，见图 10-9。

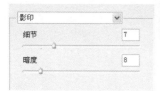

影印参数设置　　　　　　　原图　　　　　　　　　　效果图

图 10-9

10.1.10　塑料效果滤镜

本滤镜按 3D 塑料效果塑造图像，然后使用前景色与背景色为结果图像着色。暗区凸起，亮区凹陷，见图 10-10。

塑料效果参数设置　　　　　　原图　　　　　　　　　　效果图

图 10-10

10.1.11　网状滤镜

本滤镜模拟胶片乳胶的可控收缩和扭曲来创建图像，使之在暗调区域呈结块状，在高光区呈轻微颗粒化，见图 10-11。

网状参数设置　　　　　　　　原图　　　　　　　　　　效果图

图 10-11

10.1.12　图章滤镜

本滤镜用于黑白图像时效果最佳。此滤镜简化图像，使之呈现用橡皮或木制图章盖印的样子，见图 10-12。

图章参数设置　　　　　　　　原图　　　　　　　　　　效果图

图 10-12

10.1.13　撕边滤镜

　　本滤镜对于由文字或高对比度对象组成的图像尤其有用。此滤镜重建图像，使之呈粗糙、撕破的纸片状，然后使用前景色与背景色为图像着色，见图10-13。

撕边参数设置

图 10-13

原图

效果图

10.1.14　水彩画纸滤镜

　　本滤镜利用有污点的或像画在潮湿的纤维纸上的涂抹，使颜色流动并混合，见图10-14。

水彩画纸参数设置

图 10-14

原图

效果图

10.2　画笔描边滤镜

　　"画笔描边"滤镜使用不同的画笔和油墨描边效果创造出绘画效果的外观。有些滤镜向图像添加颗粒、绘画、杂色、边缘细节或纹理，以获得点状化效果。所有的"画笔描边"滤镜都可以通过使用"滤镜库"来应用。

10.2.1　喷溅滤镜

本滤镜模拟喷枪喷溅的效果，见图 10-15。

喷溅参数设置　　　　　　原图　　　　　　　　效果图

图 10-15

10.2.2　喷色描边滤镜

本滤镜使用图像的主导色，用成角的、喷溅的颜色线条
重新绘画图像，见图 10-16。

喷色描边参数设置　　　　原图　　　　　　　　效果图

图 10-16

10.2.3　墨水轮廓滤镜

本滤镜以钢笔画的风格，用纤细的线条在原细节上重绘
图像，见图 10-17。

墨水轮廓参数设置　　　　原图　　　　　　　　效果图

图 10-17

10.2.4　强化的边缘滤镜

本滤镜强化图像边缘。设置高的边缘亮度控制值时，强化效果类似白色粉笔；设置低的边缘亮度控制值时，强化效果类似黑色油墨，见图 10-18。

强化的边缘参数设置

图 10-18

原图　　　　　　　　　　　　效果图

10.2.5　成角的线条滤镜

本滤镜使用对角描边重新绘制图像。用一个方向的线条绘制图像的亮区，用相反方向的线条绘制暗区，见图 10-19。

原图　　　　　　　　　　　　效果图

成角的线条参数设置

图 10-19

10.2.6　深色线条滤镜

本滤镜用短的、绷紧的线条绘制图像中接近黑色的暗区；用长的白色线条绘制图像中的亮区，见图 10-20。

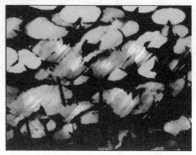

深色线条参数设置

图 10-20

原图　　　　　　　　　　　　效果图

10.2.7　烟灰墨滤镜

本滤镜以日本画的风格绘画图像，看起来像是用蘸满黑色油墨的湿画笔在宣纸上绘画。这种效果具有非常黑的柔化模糊边缘，见图 10-21。

烟灰墨参数设置　　　　　原图　　　　　　　　　　　　效果图

图 10-21

10.2.8　阴影线滤镜

本滤镜保留原稿图像的细节和特征，同时使用模拟的铅笔阴影线添加纹理，并使图像中彩色区域的边缘变粗糙。"强度"选项控制使用阴影线的遍数，从 1 到 3，见图 10-22。

阴影线参数设置　　　　　原图　　　　　　　　　　　　效果图

图 10-22

10.3　纹理滤镜

使用"纹理"滤镜可使图像表面具有深度感或物质感，或添加一种质感外观。

10.3.1　拼缀图滤镜

本滤镜将图像分解为用图像中该区域的主色填充的正方形。

此滤镜随机减小或增大拼贴的深度，以模拟高光和暗调，见图 10-23。

拼缀图参数设置 原图 效果图

图 10-23

10.3.2 染色玻璃滤镜

本滤镜将图像重新绘制为用前景色勾勒的单色的相邻单元格，见图 10-24。

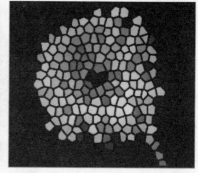

染色玻璃参数设置 原图 效果图

图 10-24

10.3.3 纹理化滤镜

本滤镜将选择或创建的纹理应用于图像，见图 10-25。

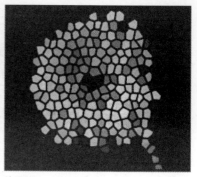

纹理化参数设置 原图 效果图

图 10-25

10.3.4　颗粒滤镜

本滤镜通过模拟不同种类的颗粒（常规、柔和、喷洒、结块、强反差、扩大、点刻、水平、垂直和斑点），对图像添加纹理，见图10-26。

颗粒参数设置　　　　　　　　　原图　　　　　　　　　　效果图

图 10-26

10.3.5　马赛克拼贴滤镜

本滤镜绘制图像，使它看起来像是由小的碎片或拼贴组成，然后在拼贴之间灌浆。相反，"像素化"→"马赛克"滤镜将图像分解成各种颜色的像素块，见图10-27。

马赛克拼贴参数设置　　　　　　原图　　　　　　　　　　效果图

图 10-27

10.3.6　龟裂缝滤镜

本滤镜将图像绘制在一个高凸现的石膏表面上，以循着图像等高线生成精细的网状裂缝。使用此滤镜可以对包含多种颜色值或灰度值的图像创建浮雕效果，见图10-28。

龟裂缝参数设置　　　　　　原图　　　　　　　　效果图

图 10-28

以上介绍的是素描滤镜、画笔描边滤镜、纹理滤镜三组滤镜，下面我们来介绍橡皮工具的使用。

10.4　橡皮工具

橡皮工具包括橡皮擦、背景橡皮擦和魔术橡皮擦三种工具。

- **橡皮擦工具** ：主要用来擦除不必要的像素，如果对背景层进行擦除，则用背景色填充擦除的像素；如果对背景层以上的图层进行擦除，则会将这层颜色擦除，并显示出下一层的颜色。

- **魔术橡皮擦** ：魔术橡皮擦工具集中了橡皮擦和魔术棒工具的特点。当选中该工具后，在图像中点击鼠标，图像中与这一点颜色相近的区域会被擦除。对背景比较单一的图像，用魔术橡皮擦工具抠像是相当不错的选择。

- **背景橡皮擦** ：当图像前景与需要被擦去的背景存在颜色上的明显差异时，可以考虑使用背景橡皮擦工具抠像。

下面具体介绍背景橡皮擦工具的功能及使用方法。背景橡皮擦工具选项栏见图 10-29。

图 10-29　背景橡皮擦工具选项栏

　　如果直接用背景橡皮擦工具在图像上涂抹，得到的结果并不理想。背景橡皮擦工具的光标中间有一个"+"号，当"+"号在要擦除的位置上时，就能擦除出比较好的效果，见图 10-30。

　　按 Ctrl + Z 快捷键退回上一步，将工具选项栏中的容差改为 30%，再次在图上涂抹，结果效果不一样了。由此可见，此处的容差与魔棒工具的容差作用是一样的，背景橡皮擦工具是通过颜色的容差来进行工作的，见图 10-31。

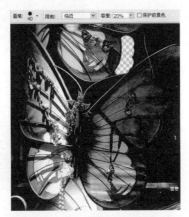

图 10-30　容差为 50%　　　　　图 10-31　容差为 30%

　　背景橡皮擦工具有三种取样方式：连续、一次、背景色板。下面逐一介绍。

- **连续**："+"字光标中心不断移动，会对取样点不断更改，此时擦除的效果比较连续。
- **一次**：在"+"字光标中心按下鼠标对颜色取样，此时不松开鼠标键，可以轻易地将该取样的颜色擦除，不用担心"+"字中心会跑到画面的其他地方。要对其他颜色取样只要松开鼠标键再重复上面的操作即可。
- **背景色板**："+"光标此时没有作用了，背景橡皮擦工具只对背景色及容差相近的颜色进行擦除。

选取抹除的限制模式：

- **不连续**：抹除任何位置的样本颜色。
- **连续**：抹除包含样本颜色并且相互连接的区域。
- **查找边缘**：抹除包含样本颜色的连接区域，同时更好地保留形状边缘的锐化程度。

其实这三种限制并不明显，建议使用"不连续"选项。

"查找边缘"选项很重要，有时在擦除背景时会留下边缘杂色。如果想使用背景橡皮擦工具把这些杂边去除，会很容易将不想被擦除的图像擦掉，特别是使用"连续"和"一次"方式取样的时候。用吸管工具将不想擦除的图像颜色设定为前景色，这样勾选"保护前景色"选项，就可以很好地去除边缘杂色，见图 10-32。

图 10-32　用背景橡皮擦工具抠像

10.5　实例讲解：绘制"墨竹"国画邮票

本例制作思路

本例制作流程主要分为四大部分：第一部分是绘制邮票的背景，即利用杂色和模糊滤镜模拟宣纸的质感。第二部分是绘制竹子，主要利用路径和渐变填充工具绘制出竹子的形状和颜色。第三部分是制作印章，即对 Alpha 通道中的文字应用杂色、扩散、模糊滤镜以及色阶和曲线的调整等，从而得到比较真实的效果。第四部分是制作邮票，邮票的齿孔是通过画笔间隔的设置，并通过路径以画笔描边得到，再应用图层特效做出阴影效果，完成邮票的制作。

本例最终效果图

具体操作

第一部分　制作邮票的背景效果

▶**步骤1**　新建一个大小为8cm × 12cm、分辨率为150ppi、名称为bamboo的文件，见图10-33。

▶**步骤2**　设置前景色为浅黄色，见图10-34。

图10-33　新建文件

图10-34　设置前景色

▶**步骤3**　在图层面板中新建图层1，在工具箱中选择矩形选择工具，在图层1中拖出一个矩形选区，按Alt+Delete组合键用前景色填充，见图10-35。

▶**步骤4**　选择"滤镜→杂色→添加杂色"命令，在弹出的对话框中设置数量：10%；分布：平均分布；并勾选"单色"复选框，见图10-36。

图 10-35 用前景色填充矩形选区

图 10-36 应用添加杂色滤镜

▶**步骤 5** 选择滤镜→模糊→高斯模糊命令，在弹出对话框中设置半径：2pixels，见图 10-37。

▶**步骤 6** 按住 Ctrl 键，单击"图层 1"得到"图层 1"的选区，然后设置前景色为深蓝色，选择"编辑→描边"命令，在弹出对话框中设置宽度：5pixels，位置：居中。单击"好"按钮对选区描边，见图 10-38。

图 10-37 应用高斯模糊滤镜

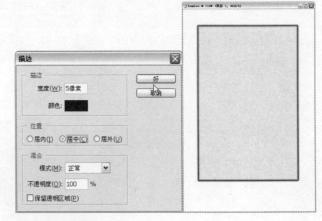

图 10-38 对选区描边

第二部分　绘制墨竹效果

▶**步骤 1** 在图层面板增加"图层 2"，在"图层 2"上将绘制出竹竿，见图 10-39。

▶**步骤 2** 选择工具箱中的钢笔工具，绘制出竹竿的轮廓，在路径面板中，将竹竿轮廓的路径拖放到新建按钮上，使之变成路径 1，见图 10-40。

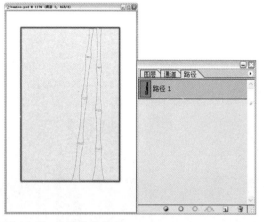

图 10-39　新建"图层 2"　　　图 10-40　绘制竹竿路径

▶步骤 3　按住 Ctrl 键，单击路径 1 得到路径 1 的选区，设置工具箱中的线性渐变为浅绿到墨绿色，然后从左向右拖动鼠标填充渐变色，见图 10-41。按 Ctrl+D 键取消选区。

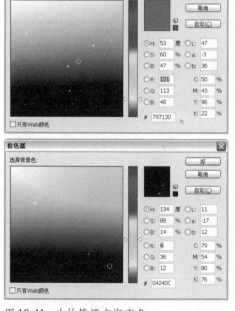
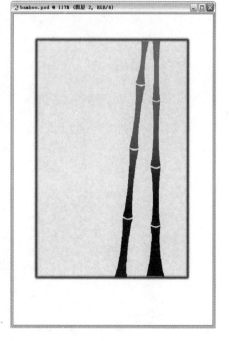

图 10-41　为竹竿填充渐变色

下面接着绘制竹枝。

▶步骤 4　在路径面板中新建"路径 2"，然后利用钢笔工具绘制出竹枝。因为在"路径 2"上要绘制多条竹枝，每绘制完一条竹枝可以按 ESC 键结束绘制，见图 10-42。

▶步骤5 在工具箱中选择画笔工具，并设置画笔的属性：主直径为4pixels，见图10-43。在图层面板中新建图层3。

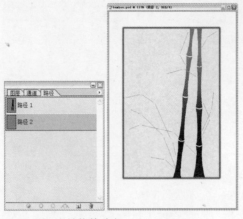

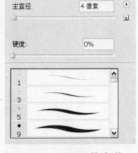

图10-42 绘制竹枝路径　　　　　　　　图10-43 设置画笔参数

▶步骤6 在路径面板中打开路径面板菜单，选择"描边路径"命令，在弹出的对话框中，单击"工具"右侧的三角形按钮，选择"画笔"，见图10-44。

▶步骤7 在图层3上用画笔工具为竹枝路径描边，见图10-45。

图10-44 选择"描边路径"命令　　　　图10-45 为竹技路径描边

下面接着绘制竹叶。

▶步骤8 新建"图层4"，仍然用钢笔工具绘制出一些竹叶，见图10-46。

▶步骤9 新建"图层5"，可以将"图层4"中的竹叶复制到"图层5"中，对"图层5"中的竹叶进行移动和缩放操

作，用同样的方法制作出多个图层的竹叶，并将它们移动到
合适的位置，见图 10-47。

图 10-46 绘制竹叶

图 10-47 复制多图层竹叶

▶▶**步骤 10** 为了营造竹子画面的层次感，可以将"图层
3"中的竹枝复制到"图层 3"副本，再将一些竹叶图层合并，
复制到新的图层中，把新复制出的竹枝和竹叶图层合并，命
名为"竹影"，对"竹影"图层使用"滤镜→模糊→高斯模糊"
命令，设置模糊值：1，见图 10-48。

▶▶**步骤 11** 按 Ctrl+T 键执行自由变换，缩放并适当旋转
该图层，并把"竹影"图层放到其他竹子的下方。并调整该
层的不透明度，见图 10-49。

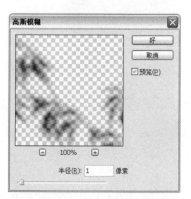

图 10-48 对竹影应用高斯模糊滤镜

图 10-49 竹影效果

第三部分　制作印章效果

▶**步骤1**　在通道面板中新建 Alpha1 通道，见图 10-50。

▶**步骤2**　在工具箱中选择自由套索工具，勾绘出印章的形状，设置前景色为白色，并填充到印章中，见图 10-51。

▶**步骤3**　利用文字工具在印章中输入文字，并调整文字的大小和字体，文字为黑色，见图 10-52。

图 10-50　新建通道　　　　图 10-51　填充印章　　　　图 10-52　在印章中输入文字

▶**步骤4**　退出文字输入状态，此时文字是被选中的状态，执行"滤镜→杂色→添加杂色"命令，在对话框中设置数量：100%，点选"平均分布"，勾选"单色"选项，见图 10-53。

▶**步骤5**　执行"滤镜→风格化→扩散"命令，在弹出对话框中选择"变暗优先"模式，见图 10-54。

图 10-53　应用添加杂色滤镜　　　　图 10-54　应用扩散滤镜

▶▶**步骤6**　按 Ctrl+D 键取消选区。对整个 Alpha1 通道再次应用扩散滤镜，然后执行"滤镜→模糊→高斯模糊"命令，在对话框中设置半径：1，见图 10-55。

▶▶**步骤7**　对 Alpha1 通道执行"图像→调整→色阶"命令，在打开的对话框中设置输入色阶（0，0.28，184），见图 10-56。

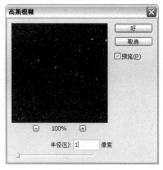

图 10-55　应用高斯模糊命令　　　图 10-56　利用色阶调整图像

▶▶**步骤8**　执行"图像→调整→曲线"命令，在打开的对话框中设置输入：137；输出：100。再执行"图像→调整→反相"命令，将图像色彩反转，见图 10-57。

▶▶**步骤9**　执行"选择→载入选区"命令，在对话框中设置通道：Alpha1，其他为默认选项，单击"好"将 Alpha1 通道的选区载入，见图 10-58。

▶▶**步骤10**　执行"选择→反选"命令（见图 10-59），将选区反选，在通道面板中按 Ctrl+~ 键回到 RGB 通道，然后切换到图层面板。

图 10-57　选择"反相"命令　　　图 10-58　载入 Alpha1 通道选区　　　图 10-59　选择"反选"命令

▶▶**步骤 11** 新建图层并命名为"印章"，设置前景色为红色并填充选区。对"印章"层执行"滤镜→风格化→扩散"命令，在弹出对话框中选择"变暗优先"模式，见图10-60。

图 10-60 对"印章"层应用扩散滤镜

▶▶**步骤 12** 至此，印章效果已制作完成。下面利用文字工具 T 输入一个"竹"字，然后再利用文字工具 T 输入"中国人民邮政"和"80分"文字以丰富画面内容，见图10-61。

图 10-61 输入文字

▶▶**步骤 13** 除了背景图层，将其他图层全部合并为"邮票"图层。

第四部分　制作邮票效果

▶**步骤1**　设置前景色为白色，执行"图像→画布大小"命令，在对话框中设置宽度：8cm，高度：13cm，扩大画布，见图10-62。

▶**步骤2**　按Ctrl键单击"邮票"图层，得到"邮票"图层的选区，在路径面板将选区转换为路径，见图10-63。

图 10-62　扩大画布　　　　　　　图 10-63　将选区转换为路径

▶**步骤3**　选择工具箱中的橡皮擦工具，在橡皮擦工具的属性面板中设置笔刷的大小，笔刷的间距约为200%，见图10-64。

▶**步骤4**　在路径面板菜单中选择"描边路径"命令，对路径进行描边操作，见图10-65。此时"邮票"图层的边缘就变成了邮票的齿孔形状，见图10-66。

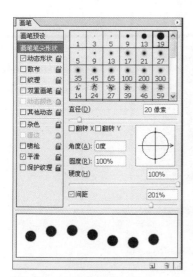

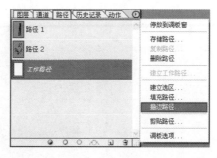

图 10-64　设置橡皮擦工具　　　图 10-65　描边路径　　　　图 10-66　邮票齿孔效果

▶▶**步骤 5** 在图层面板中，利用图层样式功能给邮票加上阴影效果，见图 10-67。

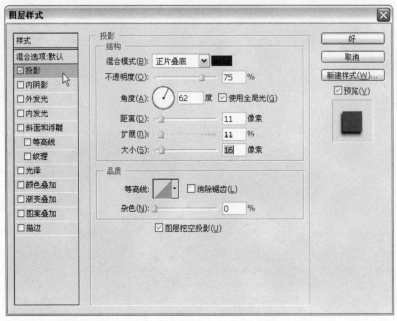

图 10-67 添加图层样式

至此，墨竹邮票制作完成了，最终效果见图 10-68。

图 10-68 最终效果图

10.6　本章小结

　　本章讲解了素描滤镜、画笔描边滤镜、纹理滤镜这3类滤镜的有关参数设置和图像应用这些滤镜得到的效果。在实例中结合前面介绍的路径工具以及对通道应用滤镜效果的方法，制作出具有国画风格的墨竹邮票。通过实例制作还学习了如何应用橡皮擦工具对图层路径描边，快速制作出邮票的齿孔。

10.7　课后练习

1. 填空题

　　（1）要想使图像产生硬笔绘画的艺术效果，应使用（　　　）类滤镜。

　　（2）（　　　）滤镜通过替换像素，增强相邻像素对比度，使图像产生加粗、夸张的效果。

　　（3）背景橡皮擦工具取样方式有（　　　）、（　　　）、（　　　）这三种。

2. 操作题

　　模仿本章范例制作邮票，邮票的图案要具有国画风格，主画面可以是荷花、梅花、松石等。

第11章
水果与酒杯

本章教学目标

了解艺术效果滤镜的参数设置及其效果，利用绘图工具、加深、减淡工具的使用，再结合玻璃滤镜、球面化滤镜、云彩滤镜以及液化滤镜等特效，将新鲜水果的质感表现出来。

本章学习重点

- 艺术效果滤镜分类详解
- 钢笔工具的使用
- 加深工具、减淡工具的应用
- 玻璃、球面化、云彩等滤镜综合应用

塑料包装参数设置

图 11-1

说明

本章范例源文件光盘路径：

 Chapter 11\

首先介绍艺术效果滤镜各种特效及其参数设置。

11.1 艺术效果滤镜

"艺术效果"滤镜，可以为美术或商业项目制作绘画效果或特殊效果。例如，使用"木刻"滤镜进行拼贴或文字处理。这些滤镜模仿自然或传统介质效果。所有"艺术效果"都可以通过使用"滤镜库"滤镜中的滤镜来应用。

11.1.1 塑料包装滤镜

本滤镜给图像涂上一层光亮的塑料，以强调表面细节，见图 11-1。

原图

效果图

11.1.2 壁画滤镜

本滤镜使用短而圆的、粗略轻涂的小块颜料，以一种粗糙的风格绘制图像，见图 11-2。

壁画参数设置　　　　　　　　　原图　　　　　　　　　　　效果图

图 11-2

11.1.3　干画笔滤镜

本滤镜使用干画笔技术（介于油彩和水彩之间）绘制图像边缘。此滤镜通过将图像的颜色范围降到普通颜色范围来简化图像，见图 11-3。

干画笔参数设置　　　　　　　　原图　　　　　　　　　　　效果图

图 11-3

11.1.4　底纹效果滤镜

本滤镜在带纹理的背景上绘制图像，然后将最终图像绘制在该图像上，见图 11-4。

底纹效果参数设置　　　　　　　　原图　　　　　　　　　　效果图

图 11-4

11.1.5　彩色铅笔滤镜

　　本滤镜使用彩色铅笔在纯色背景上绘制图像。保留重要边缘，外观呈粗糙阴影线；纯色背景色透过比较平滑的区域显示出来，见图 11-5。

彩色铅笔参数设置　　　　　　　　原图　　　　　　　　　　效果图

图 11-5

11.1.6　木刻滤镜

　　本滤镜将图像描绘成好像是由从彩纸上剪下的边缘粗糙的剪纸片组成的。高对比度的图像看起来呈剪影状，而彩色图像看上去是由几层彩纸组成的，见图 11-6。

木刻参数设置　　　　　　原图　　　　　　　　　　效果图

图 11-6

11.1.7　水彩滤镜

　　本滤镜以水彩的风格绘制图像，简化图像细节，使用蘸了水和颜色的中号画笔绘制。当边缘有显著的色调变化时，此滤镜会使颜色饱满，见图 11-7。

水彩参数设置　　　　　　原图　　　　　　　　　　效果图

图 11-7

11.1.8　海报边缘滤镜

　　本滤镜根据设置的海报化选项减少图像中的颜色数量（色调分离），并查找图像的边缘，在边缘上绘制黑色线条。图像中大而宽的区域有简单的阴影，而细小的深色细节遍布图像，见图 11-8。

海报边缘参数设置　　　　原图　　　　　　　　　　效果图

图 11-8

11.1.9 海绵滤镜

本滤镜使用颜色对比强烈、纹理较重的区域创建图像，使图像看上去好像是用海绵绘制的，见图11-9。

海绵参数设置

图11-9

原图

效果图

11.1.10 涂抹棒滤镜

本滤镜使用短的对角描边涂抹图像的暗区以柔化图像。亮区变得更亮，以致失去细节，见图11-10。

涂抹棒参数设置

图11-10

原图

效果图

11.1.11 粗糙蜡笔滤镜

本滤镜使图像看上去好像是用彩色蜡笔在带纹理的背景上描过边。在亮色区域，蜡笔看上去很厚，几乎看不见纹理；在深色区域，蜡笔似乎被擦去了，使纹理显露出来，见图11-11。

粗糙蜡笔参数设置

图11-11

原图

效果图

11.1.12　绘画涂抹滤镜

本滤镜可以选取各种大小（从 1 到 50）和类型的画笔来创建绘画效果。画笔类型包括简单、未处理光照、暗光、宽锐化、宽模糊和火花，见图 11-12。

绘画涂抹参数设置　　　　　原图　　　　　　　　　效果图

图 11-12

11.1.13　胶片颗粒滤镜

本滤镜将平滑图案应用于图像的阴影色调和中间色调。将一种更平滑、饱和度更高的图案添加到图像的亮区。在消除混合的条纹和将各种来源的图素在视觉上进行统一时，此滤镜非常有用，见图 11-13。

胶片颗粒参数设置　　　　　原图　　　　　　　　　效果图

图 11-13

11.1.14　调色刀滤镜

本滤镜减少图像中的细节以生成描绘得很淡的画布效果，可以显示出下面的纹理，见图 11-14。

调色刀参数设置

图 11-14

原图

效果图

11.1.15　霓虹灯光滤镜

本滤镜将各种类型的发光添加到图像中的对象上，在柔化图像外观时给图像着色很有用，见图 11-15。

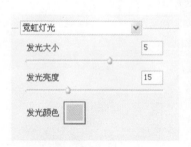

霓虹灯光参数设置

图 11-15

原图

效果图

11.2　实例中应用的其他滤镜

下面再详细介绍实例中要应用的几种滤镜。

11.2.1　玻璃滤镜

本滤镜使图像看上去如同隔着玻璃观看一样，但不能应用于 CMYK 和 Lab 模式的图像。调节参数见图 11-16。

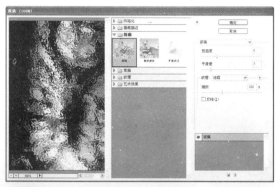

玻璃参数设置

　　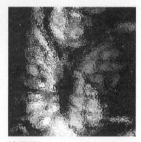

原图　　　　　　　效果图

图 11-16

其中：

- **扭曲度**：控制图像的扭曲程度，范围是 0～20。
- **平滑度**：平滑图像的扭曲效果，范围是 1～15。
- **纹理**：可以指定纹理效果，包括结霜、块状、画布和小镜头，也可以载入别的纹理。
- **缩放**：控制纹理的缩放比例。
- **反相**：使图像的暗区和亮区相互转换。

11.2.2　球面化滤镜

本滤镜可以使选区中心的图像产生凸出或凹陷的球体效果，类似挤压滤镜的效果。调节参数见图 11-17。

球面化参数设置　　　原图　　　　　　　效果图

图 11-17

其中：

- **数量**：控制图像变形的强度，正值产生凸出效果，负值产生凹陷效果，范围是 $-100\% \sim 100\%$。
- **正常**：在水平和垂直方向上共同变形。
- **水平优先**：只在水平方向上变形。
- **垂直优先**：只在垂直方向上变形。

11.2.3 铬黄滤镜

本滤镜将图像处理成银质的铬黄表面效果。亮部为高反射点；暗部为低反射点。调节参数见图 11-18。

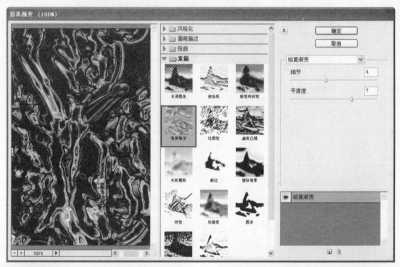

铬黄参数设置

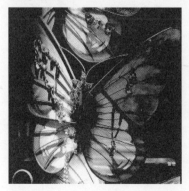

原图   效果图

图 11-18

其中：

- **细节**：控制细节表现的程度。
- **平滑度**：控制图像的平滑度。

11.3　实例讲解：制作水果与酒杯效果

本例制作思路

　　本例制作流程主要分四大部分：第一部分是制作橘子。橘子皮通过云彩滤镜、玻璃滤镜及色阶、变化、亮度／对比度及色相／饱和度等色彩调整来体现它的质感；橘子梗和水珠等细节部分，主要使用路径工具绘制轮廓形状，然后通过颜色填充、亮度／对比度调整，以及减淡工具和加深工具的巧妙组合应用，从而产生立体的效果；橘子芯通过高斯模糊、玻璃滤镜、径向模糊、路径描边以及减淡工具和加深工具的应用制作出逼真的纹理效果。第二部分是制作玻璃酒杯。使用路径工具绘制酒杯形状，然后描边、渐变颜色填充使酒杯产生半透明效果，再利用加深工具、减淡工具和图层的不透明度设置来产生酒杯的高光和暗部，使整个酒杯看起来晶莹剔透。第三部分是制作西红柿。先用路径工具将西红柿的形状绘制出来，用颜色填充生成红色西红柿，通过色相／饱和度、亮度／对比度调整来产生亮部和暗部区域，使西红柿有光影的变化，再利用加深工具和减淡工具制作出西红柿上凹陷的纹理；皮和西红柿把儿的质感可以利用杂色滤镜、高斯模糊滤镜等来产生。第四部分是制作冰块。利用路径工具绘制冰块的形状，渐变填充使冰块着色，再利用液化滤镜和铬黄滤镜产生逼真的冰的效果。最后将各部分合成到一起，完成创作。

本例最终效果图

具体操作

第一部分　制作橘子

一、制作橘子皮效果

▶**步骤1**　新建文件：大小为 8cm × 8cm，分辨率为 150ppi，模式为 RGB 颜色，见图 11-19。

▶**步骤2**　设置前景色为灰色，背景色为白色，见图 11-20。

图 11-19　新建文件

图 11-20　设置前/背景色

▶**步骤3**　制作橘子皮纹理。执行"滤镜→渲染→云彩"命令，见图 11-21。

▶**步骤4**　执行"图像→调整→色阶"命令，在对话框中设置输入色阶（40，1，251），增加云彩的黑白对比度，见图 11-22。

图 11-21　应用云彩滤镜

图 11-22　调整色阶

▶**步骤5**　调整橘子皮的颜色。执行"图像→调整→变化"命令，见图11-23。在对话框中，通过增加深红色和深黄色得到橘子皮的颜色，见图11-24。

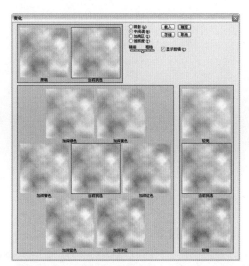

图 11-23　选择"变化"命令　　图 11-24　"变化"对话框

二、制作橘子皮的褶皱效果

▶**步骤1**　执行"滤镜→扭曲→玻璃"命令，在对话框中设置扭曲度：5，平滑度：3，纹理为结霜玻璃（单击纹理选项右侧的三角形图标，打开 Photoshop 安装目录下的预设\纹理文件夹加载结霜玻璃），见图11-25。

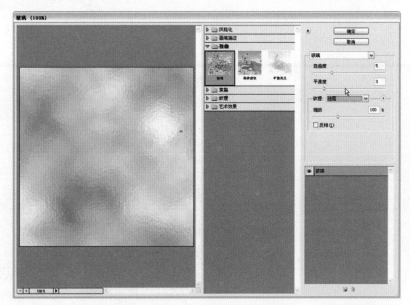

图 11-25　应用玻璃滤镜

▶▶**步骤 2** 用椭圆工具绘制出橘子的轮廓，然后按 Ctrl+C 快捷键和 Ctrl+V 快捷键将选区图像复制到图层 1 中，见图 11-26。

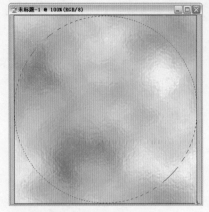

图 11-26 绘制橘子的轮廓选区

▶▶**步骤 3** 执行"滤镜→扭曲→球面化"命令，执行"编辑→变化→水平翻转"命令，把高光部分翻转到右侧，见图 11-27。

图 11-27 应用球面化滤镜

▶▶**步骤 4** 建立一个新的背景"图层 2"，利用从浅绿到深绿的渐变工具填充。并把"图层 2"移动到图层 1 下方，见图 11-28。

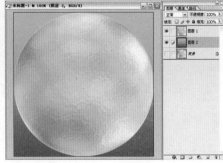

图 11-28 新建背景图层

三、制作橘子的高光和暗部等细节

▶▶**步骤1** 在图层1中，用钢笔工具绘制出暗部区域，并将路径转换为选区，按Ctrl+Alt+D快捷键打开羽化对话框，设置羽化半径为20像素，见图11-29。

 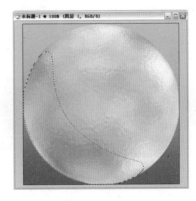

图 11-29 绘制暗部选区

▶▶**步骤2** 执行"图像→调整→亮度/对比度"命令，在对话框中设置亮度：−27，对比度：4，见图11-30。

图 11-30 设置亮度/对比度

▶▶**步骤3** 用钢笔工具绘制出暗部反射区域，并将路径转换为选区，按Ctrl+Alt+D快捷键打开羽化对话框，设置羽化半径为20像素，见图11-31。

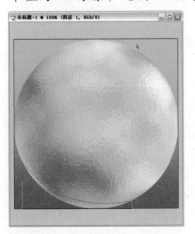 
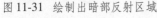

图 11-31 绘制出暗部反射区域

▶**步骤4** 执行"图像→调整→色相／饱和度"命令，在对话框中设置色相：35，饱和度：−3，明度：−13。得到好像反射背景绿色的反光效果，见图 11-32。

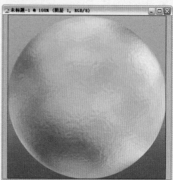

图 11-32 调节暗部反光效果

▶**步骤5** 柔和橘子的边缘。按住 Ctrl 键单击图层 1 得到图层 1 的选区，按 Ctrl+Alt+D 快捷键打开"羽化选区"对话框，设置羽化半径为 3 像素。用方向键将选区向下移动3pixels。按 Ctrl+Shift+I 快捷键反选选区。执行"滤镜→模糊→高斯模糊"命令，在对话框中设置半径为 0.8，见图 11-33。

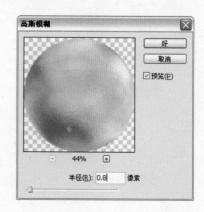

图 11-33 应用高斯模糊滤镜

▶**步骤6** 按 Ctrl+D 键取消选区并保存文件。

四、制作橘子梗

▶**步骤1** 因为要制作两个橘子，所以复制图层 1 得到图层 1 副本。"图层 1 副本"层要在后面用到，先关闭其显示状态，见图 11-34。

▶▶**步骤2**　点击图层1，用多边形套索工具在适当位置绘制出橘子梗选区。按Ctrl+Alt+D快捷键打开羽化对话框，设置羽化半径为4像素，见图11-35。

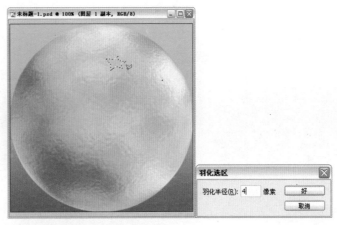

图11-34　复制图层1　　　　　图11-35　绘制并羽化桔子梗选区

▶▶**步骤3**　执行"图像→调整→亮度/对比度"命令，在对话框中设置亮度：-29，对比度：21，见图11-36。

图11-36　调节亮度/对比度

▶▶**步骤4**　新建图层3，设置前景色为绿色。在工具箱中选择自定义形状工具，绘制出橘子梗的形状，按Ctrl+Enter快捷键将路径转换为选区，用前景色填充选区，见图11-37。

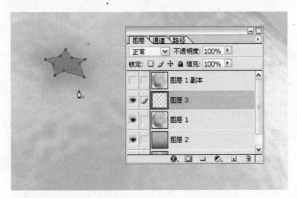

图11-37　给橘子梗填色

五、制作橘子梗的立体和光影效果

▶**步骤1** 设置加深工具为柔软笔刷，大小为12像素，曝光度为19%，设置减淡工具为柔软笔刷，大小为11像素，曝光度为25%，在选区范围内进行涂抹以制造光影效果，见图11-38。

▶**步骤2** 绘制橘子梗芯。设置前景色为浅绿色，用椭圆工具绘制一个小圆并用前景色填充，然后使用加深工具和减淡工具进行涂抹。反选小圆，再使用加深工具和减淡工具进行涂抹，得到橘子梗芯的立体效果，见图11-39。

图11-38 制造光影效果　　　　图11-39 绘制橘子梗芯

▶**步骤3** 按Ctrl+T快捷键，缩小橘子梗并放到合适的位置，见图11-40。

图11-40 调整橘子梗的大小和位置

六、制作橘子梗部的皱纹

▶**步骤1** 激活图层1。设置加深工具为柔软笔刷，大小为18像素，曝光度为20%，设置减淡工具为柔软笔刷，大小为18像素，曝光度为19%，在橘子梗的周围进行涂抹以产生凹凸效果，见图11-41。

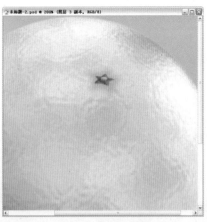

图 11-41　橘子梗周围的凹凸效果

▶**步骤2**　按住 Ctrl 键单击图层 3，得到图层 3 选区，用方向键向上移动选区，按 Ctrl+Alt+D 快捷键打开羽化对话框，设置羽化半径为 2 像素。执行"图像→调整→亮度 / 对比度"命令，在对话框中设置亮度：−63，对比度：11，产生橘子梗的阴影效果，见图 11-42。

▶**步骤3**　将橘子和橘子梗合并为图层 1，见图 11-43。保存文件。

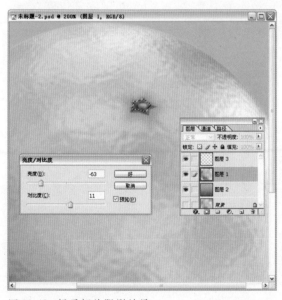

图 11-42　橘子梗的阴影效果

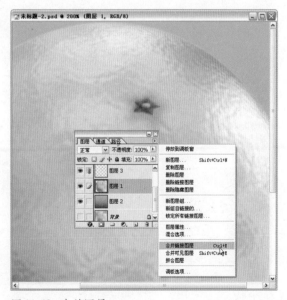

图 11-43　合并图层

七、切开的橘子断面的制作

▶**步骤1**　调整图层 1 和图层 1 副本中两个橘子的大小和位置，见图 11-44。

▶▶**步骤2** 激活图层1副本。利用钢笔工具绘制出橘子切开面的轮廓，按Ctrl+Enter快捷键将路径转换为选区。新建图层3，设置前景色为浅黄色，用前景色填充选区，见图11-45。

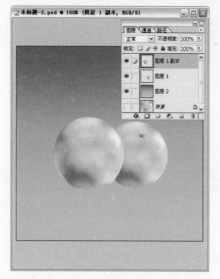
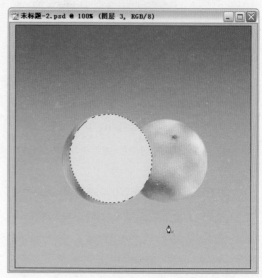

图11-44 调整两个橘子的位置　　　　　　图11-45 绘制并填充断面

▶▶**步骤3** 制作橘子皮的厚度。新建"图层4"，设置前景色为黄色，执行"编辑→描边"命令，出现"描边"对话框，设置宽度：4，位置为居内。将"图层4"的混合模式设为溶解模式，见图11-46。

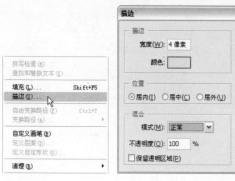
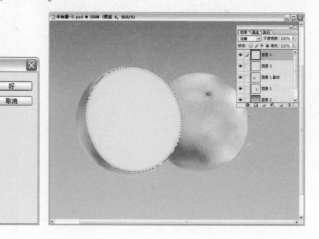

图11-46

▶▶**步骤4** 扩大溶解模式效果。执行"滤镜→模糊→高斯模糊"命令，在对话框中设置半径：1.8，见图11-47。

▶▶**步骤5** 新建"图层5"，并将"图层5"和"图层4"合并，见图11-48。

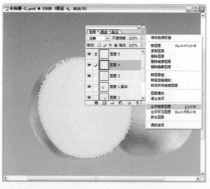

图 11-47 应用高斯模糊滤镜   图 11-48 合并图层

▶**步骤6** 执行"滤镜→模糊→高斯模糊"命令，在对话框中设置半径为0.8像素，见图11-49。

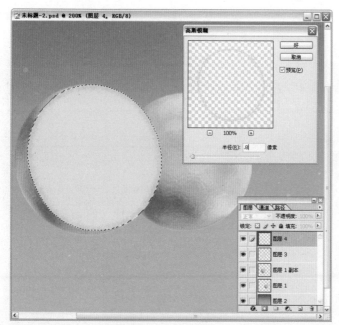

图 11-49 应用高斯模糊滤镜

▶**步骤7** 制作橘子皮断面的纤维效果。设置加深工具为柔软笔刷，大小为3像素，曝光度为45%，在橘子皮断面上点击，得到橘子皮断面的纤维效果，见图11-50。

▶**步骤8** 制作橘子的暗部细节。反选选区，激活图层1副本，设置加深工具为柔软笔刷，大小为20像素，曝光度为5%，对断面以外的区域进行涂抹，产生暗部效果，见图11-51。

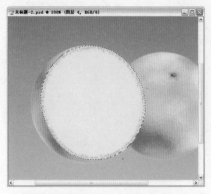
图 11-50 橘子皮断面的纤维效果

图 11-51 橘子的暗部效果

八、制作橘子芯的纹理

▶▶**步骤 1** 进入图层面板，除背景图层外，关闭所有图层的显示状态，对背景图层执行"滤镜→模糊→高斯模糊"命令，半径为 30 像素，见图 11-52。

▶▶**步骤 2** 执行"滤镜→扭曲→玻璃"命令，在玻璃对话框中设置扭曲度：19，平滑度：5，缩放为 157%，纹理为结霜玻璃，见图 11-53。

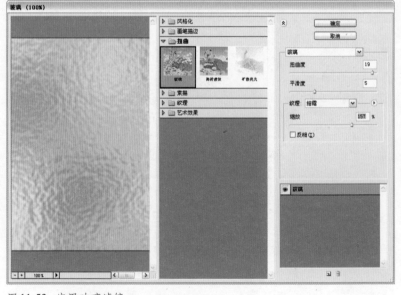

图 11-52 应用高斯模糊滤镜   图 11-53 应用玻璃滤镜

▶▶**步骤 3** 执行"滤镜→模糊→径向模糊"命令，在径向模糊对话框中设置数量：24，模糊方向：缩放，品质：好，模糊中心稍微偏离图像中心，见图 11-54。

▶▶**步骤4**　按 Ctrl+A 快捷键全选，然后按 Ctrl+C 快捷键复制选区，按住 Ctrl 键单击图层 3 得到图层 3 的选区，按 Ctrl+Shift+V 快捷键将选区图像复制到图层 3 的选区中，见图 11-55。

▶▶**步骤5**　可以移动被粘贴过来的图像，也可缩放图像，见图 11-56。

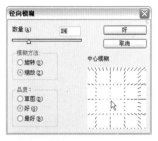

图 11-54　应用径向模糊滤镜

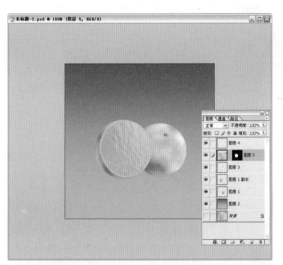

图 11-55　将选区图像复制到图层 3 的选区中

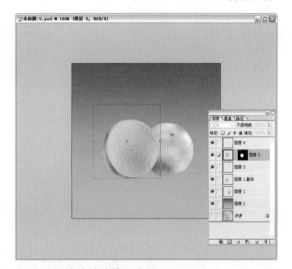

图 11-56　移动并缩放图像

九、制作切面上的橘子瓣

▶▶**步骤1**　在图层 3 中，利用钢笔工具绘制出橘子瓣的轮廓，并按 Ctrl+Enter 键将路径转换为选区，执行"选择→反选"命令反选选区，按 Ctrl+Alt+D 快捷键打开羽化对话框，设置羽化半径为 2 像素。按 Delete 键删除选区内容，按 Ctrl+D 键取消选区，对此层可做适当的颜色调整，见图 11-57。

图 11-57　绘制橘子瓣的轮廓

▶**步骤2** 利用钢笔工具绘制出橘子瓣的筋脉。设置涂抹工具，选择柔软画笔，大小为10像素，强度为21%。打开路径面板菜单并选择"描边路径"命令，对话框中选择涂抹工具，见图11-58。

图11-58 用涂抹工具描边路径

▶**步骤3** 设置前景色为浅黄色，设置画笔工具为柔软画笔，大小为3像素，选择正常模式，不透明度为100%，流量为27%。打开路径面板菜单并选择描边路径，在对话框中选择画笔工具，绘制出橘子瓣的筋脉，见图11-59。

▶**步骤4** 利用减淡工具给橘子瓣添加高光，见图11-60。

图11-59 用画笔工具描边路径　　　　图11-60 给橘子瓣添加高光

十、制作断面橘子

▶**步骤1** 用钢笔工具绘制出橘子芯路径。并按Ctrl+Enter快捷键将路径转换为选区，执行"图像→调整→亮度/对比度"命令，在对话框中设置亮度：42，对比度：6，见图11-61。

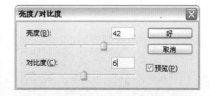

图 11-61　绘制"橘子芯"路径

▶▶**步骤2**　执行"图像→调整→色相/饱和度"命令，在对话框中设置色相：－3，其他值为0，见图11-62。保存文件，此时效果见图11-63。

图 11-62　设置色相/饱和度

图 11-63　断面橘子芯效果

十一、制作橘子上的水珠

▶▶**步骤1**　激活图层1，利用钢笔工具绘制出水珠的形状，并按Ctrl+Enter快捷键将路径转换为选区，见图11-64。

▶▶**步骤2**　设置加深工具 🖐 为柔软笔刷，大小为11像素，曝光度为15%，设置减淡工具 🖐 为柔软笔刷，大小为10像素，曝光度为15%，在选区的范围内进行光影的涂抹，见图11-65。

图 11-64　绘制水珠形状

图 11-65　水珠中的光影效果

▶**步骤3** 反选选区，在选区的范围内进行光影的涂抹，见图 11-66。

▶**步骤4** 设置画笔工具为柔软笔刷，大小为 3 像素，流量为 65%，在水珠的高光处单击，制作出高光亮点的效果。按 Ctrl+D 键取消选区，见图 11-67。

图 11-66 其他区域的光影效果　　　　图 11-67 绘制水珠中的高光亮点

至此，完成橘子的制作。

第二部分　制作玻璃酒杯

一、新建文件

▶**步骤1** 新建文件：大小为 8cm × 8cm，分辨率为 150ppi，模式为 RGB 颜色，见图 11-68。

▶**步骤2** 设置前景色为深蓝，背景色为浅蓝，用线性渐变填充工具将背景图层填充，见图 11-69。

图 11-68 新建文件　　　　　　　图 11-69 渐变填充背景图层

二、新建图层

▶▶**步骤 1**　新建"图层 1"，执行"视图→显示→网格"命令显示出网格，作为绘制时的参考。利用工具箱中的钢笔工具，绘制出玻璃酒杯的轮廓，同时可以用直接选择工具和转换点工具进行调节，按 Ctrl+Enter 快捷键，将路径转换为选择区域，然后用前景色的黑蓝色填充，见图 11-70。

▶▶**步骤 2**　新建"图层 2"，利用钢笔工具绘制出酒杯的内壁的轮廓，然后按 Ctrl+Enter 快捷键，将路径转换为选区。设置前景色为深蓝色，背景色为浅蓝色，从上到下渐变填充，见图 11-71。

图 11-70　绘制的酒杯轮廓　　　　图 11-71　绘制酒杯内壁的轮廓

三、绘制酒杯的口

用椭圆工具绘制与酒杯口大小相当的轮廓，按 Ctrl+Enter 快捷键，将路径转换为选择区域。设置前景色为深蓝，选择"编辑→描边"命令，在弹出对话框中设置半径为 4 像素，用前景色描边。形成的酒杯口见图 11-72。

图 11-72　绘制酒杯口

四、制作酒杯的高光区域

▶**步骤1** 设置前景色为 RGB（155，174，188）。新建"图层3"，用钢笔工具或椭圆工具绘制高光区域轮廓，按 Ctrl+Enter 快捷键，将路径转换为选择区域，然后用前景色填充，并将该图层不透明度设置为60%，见图 11-73。

图 11-73 绘制高光区域轮廓

▶**步骤2** 为了使高光更逼真，可以在"图层3"上建立蒙版，使高光有渐隐的效果。用同样的方法再制作三个高光，见图 11-74。

图 11-74 高光的渐隐效果

五、绘制酒杯上的一些反光

新建"图层4"，利用钢笔工具 ⚲ 绘制出酒杯上反光的轮廓，按 Ctrl+Enter 快捷键，将路径转换为选择区域，然后用前景色（白色）填充，并将图层的不透明度设置为30%，见图 11-75。

图 11-75　酒杯上的反光效果

六、用同样的方法制作酒杯身的高光效果

▶️**步骤 1**　酒杯身的高光和暗部，可以利用减淡工具和加深工具进行绘制，见图 11-76。

▶️**步骤 2**　在图层面板，可以将一些图层合并。新建一个组"序列 1"文件夹，将酒杯的所有图层移到"序列 1"文件夹中。这样便于管理画面上的不同对象，见图 11-77。

图 11-76　绘制酒杯身的高光和暗部　　图 11-77　建立图层组

第三部分　制作西红柿

一、绘制西红柿的基本轮廓

▶️**步骤 1**　隐藏"序列 1"，新建"图层 5"，在"图层 5"中，用钢笔工具绘制出西红柿轮廓区域，按 Ctrl+Enter 快捷键，将路径转换为选择区域，设置前景色为橘红色，按 Alt+Delete 快捷键用前景色填充，见图 11-78。

▶️**步骤 2**　利用椭圆工具绘制一个椭圆，按 Ctrl+Alt+D 快捷键打开羽化对话框，设置羽化半径为 20 像素，见图 11-79。

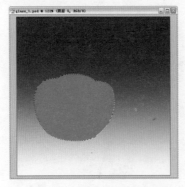
图 11-78 绘制西红柿轮廓区域

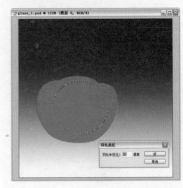
图 11-79 羽化椭圆选区

▶**步骤 3** 执行"选择→修改→变换选区"命令,将选区进行调整,见图 11-80。

▶**步骤 4** 执行"图像→调整→色相/饱和度"命令,在对话框中设置色相:−5,饱和度:60。执行"图像→调整→亮度/对比度"命令,亮度为 100,见图 11-81。

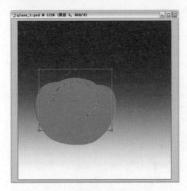
图 11-80 变换选区

图 11-81 调整色相/饱和度

▶**步骤 5** 按 Ctrl+Alt+D 快捷键打开羽化对话框,设置羽化半径为 20 像素。执行"选择→反选"命令,反转选区,见图 11-82。

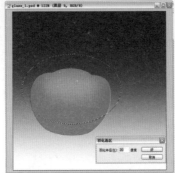
图 11-82 羽化并反转选区

▶**步骤 6**   执行"图像→调整→亮度／对比度"命令，在对话框中设置亮度：20，对比度：0。得到西红柿亮部和暗部效果，见图 11-83。

▶**步骤 7**   按住 Ctrl 键单击"图层 5"得到"图层 5"的选区，按 Ctrl+Alt+D 快捷键打开羽化对话框，设置羽化半径为 3 像素。设置减淡工具为柔软画笔，大小为 8 像素，曝光度为 14%，在西红柿上边缘和两边进行减淡处理。设置加深工具为柔软画笔，大小为 12，曝光度为 14%，在西红柿下边缘进行加深处理，取消选区，见图 11-84。

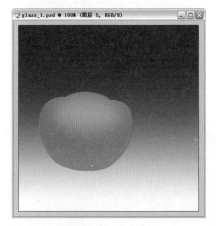

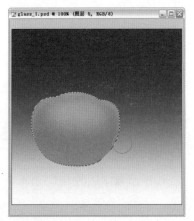

图 11-83　调整亮度／对比度　　　　　图 11-84　柔化西红柿的边缘

二、制作西红柿上的凹陷纹路

▶**步骤 1**   利用椭圆工具绘制一个椭圆，执行"选择→变换选区"命令，对选区进行调整，按 Ctrl+Alt+D 快捷键打开羽化对话框，设置羽化半径为 2 像素。设置减淡工具为柔软画笔，大小为 8 像素，曝光度为 12%，范围为高光。在西红柿上的凹陷纹路上涂抹进行减淡处理。按 Ctrl+Shift+I 快捷键反选选区。设置加深工具为柔软画笔，大小为 8 像素，曝光度为 12%，范围为暗部。在凹陷的纹路位置进行加深处理。从而可以产生凹陷纹路的立体效果，见图 11-85。

▶**步骤 2**   执行"滤镜→杂色→添加杂色"命令，在对话框中设置数量：1，选择平均分布，见图 11-86。应用完滤镜后保存文件。

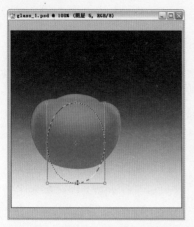
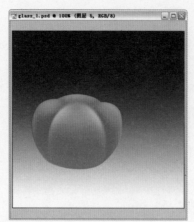

图 11-85　绘制西红柿上的凹陷纹路　　　　　　　　图 11-86　应用添加杂色滤镜

三、制作西红柿的把儿

▶**步骤 1**　新建"图层 6"，用多边形套索工具绘制出西红柿把儿的轮廓形状。按 Ctrl+Alt+D 快捷键打开羽化对话框，设置羽化半径为 1 像素。设置前景色为绿色，填充选区，见图11-87。

▶**步骤 2**　再绘制出西红柿把儿的叶瓣，用减淡工具和加深工具进行调整以产生立体效果，见图 11-88。

图 11-87　绘制把儿选区并填色　　　　　图 11-88　绘制把儿的叶瓣

▶**步骤 3**　执行"滤镜→杂色→添加杂色"命令，在对话框中设置数量：4%，见图 11-89。

▶**步骤 4**　执行"滤镜→模糊→高斯模糊"命令，在对话框中设置半径：1，见图 11-90。

图 11-89　应用添加杂色滤镜

图 11-90　应用高斯模糊滤镜

▶▶**步骤 5**　新建"图层 7"，设置前景色为白色。在工具箱中选择画笔工具，设置画笔大小为 40 像素，模式为正常，不透明度为 60%，流量为 30%，绘制出西红柿上部的高光，见图 11-91。

▶▶**步骤 6**　设置加深工具为柔软笔刷，大小为 12 像素，曝光度为 19%。设置减淡工具为柔软笔刷，大小为 11 像素，曝光度为 25%。在选区的范围涂抹以产生光影效果，见图 11-92。

图 11-91　绘制出高光的效果

图 11-92　光影效果

▶▶**步骤 7**　新建"图层 8"，将其放在"图层 6"和"图层 7"之间，设置前景色为较深的红色，利用画笔工具简单涂抹，再利用橡皮擦工具 ✐ 和模糊工具 ◌ 进行处理，得到西红柿把儿在西红柿上的投影，见图 11-93。

图 11-93　西红柿把儿在西红柿上的投影效果

▶▶**步骤 8**　新建"序列 2"，将西红柿相关层放在"序列 2"中，保存文件，见图 11-94。

图 11-94　将西红柿保存在"序列 2"中

第四部分　制作冰块并合成图像

▶▶**步骤 1**　隐藏"序列 2"的显示，创建"图层 9"。利用钢笔工具绘制出冰块的形状，并分别为冰块的三个面填充由黑到白的渐变色，见图 11-95。

图 11-95　绘制冰块形状并填充渐变色

▶▶**步骤2** 执行"滤镜→液化"命令，对冰块进行扭曲操作，见图 11-96。

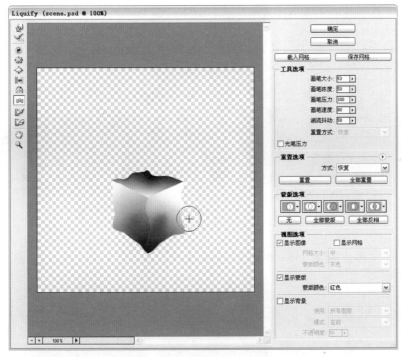

图 11-96 应用液化滤镜

▶▶**步骤3** 设置前景色为浅灰色，使用画笔工具在冰块的三个面上随意地绘画曲线，这些曲线将影响冰块表面的起伏，所以尽量画得自然些，见图 11-97。

图 11-97 在冰块表面绘制曲线

▶▶**步骤4** 按住 Ctrl 键点击"图层 9"，载入冰块的选区，应用"滤镜→素描→铬黄渐变"，将细节和平滑度都设置为 10，见图 11-98。

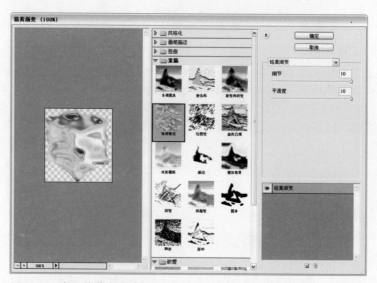

图 11-98 应用铬黄渐变滤镜

▶▶**步骤5** 将"图层9"的融合模式设置为亮度，见图 11-99。

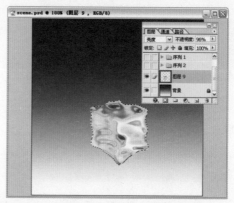

图 11-99 设置"图层9"的融合模式

▶▶**步骤6** 可以使用同样方法制作一些冰块。显示序列 1、序列 2。将它们摆放在合适的位置，见图 11-100。

▶▶**步骤7** 用椭圆工具为它们添加适当的阴影，见图 11-101。

图 11-100 显示酒杯和西红柿　　　　图 11-101 添加适当的阴影

▶️ **步骤 8**　对作品局部及整体进行调色，见图 11-102。

图 11-102　调色

▶️ **步骤 9**　打开前面制作好的橘子图像，见图 11-103。

图 11-103　打开的橘子图像文件

▶️ **步骤 10**　在图层面板，对橘子的各层进行合并整理，最后合并成两个图层，分别命名为"橘子1"，"橘子2"，见图 11-104。

▶️ **步骤 11**　将橘子复制到西红柿的图像中，并排列图层和图像位置，完成整个作品制作，效果见图 11-105。保存文件并命名为 Fruits_Finish.psd。

图 11-104　整理橘子图层

图 11-105　最终效果图

11.4 本章小结

在这一章中,我们熟悉和了解了艺术效果这一组滤镜中各个滤镜的参数设置以及对应的滤镜效果。在实例制作中利用前面讲过的钢笔工具绘制了橘子、西红柿、酒杯等实物,并结合加深和减淡工具绘制出水果的凹凸以及光影效果。通过灵活应用多个滤镜效果,将新鲜水果的质感表现出来。希望通过实例的制作,将所学技能融会贯通,达到举一反三的目的。

11.5 课后练习

1. 填空题

(1)要想使摄影图像转变为绘画作品,可以使用( )滤镜。

(2)要想使图像产生剪纸、木刻效果,可以使用( )滤镜。

(3)把一幅图像变成水彩画效果,可以使用( )滤镜。

2. 操作题

模仿本范例利用平面设计软件表现立体物体,利用滤镜特效和色阶调整功能表现质感,使物体的质感和光影效果表现得淋漓尽致。

第 12 章
初识桌面画家 Painter

12

12.1　工作环境

　　Painter 是一款杰出的绘画软件。它为艺术家提供一个模仿真实的数字化的创作空间，它在插画绘制、影像编辑、数字特效、数字动画方面有广泛的运用。Painter 所提供的种类繁多的画笔工具和适合艺术家习惯使用的调色板、画布纹理效果，以及修改、撤销命令等，使绘画的创作更加便捷和高效。Painter 是数字图形图像领域广泛运用的一款软件，对于专业插画师、动画师、专业设计师、美术编辑、摄影师来说，Painter 都是理想的插画绘制和图像编辑工具。

　　Painter 的操作界面见图 12-1。

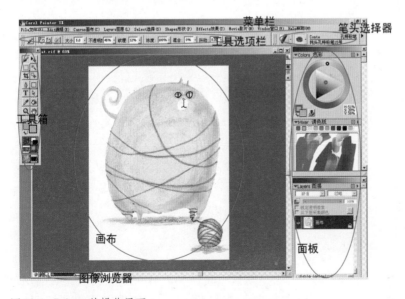

图 12-1　Painter 的操作界面

Painter 主界面由七个部分组成，它们分别是菜单栏、工具箱、工具选项栏、笔头选择器、面板、图像浏览器和画布。通过这七个部分的相互协同运作来完成绘画和图像处理任务。表 12-1 具体描述了这七部分的功能和用途。

表 12-1　Painter 主界面功能一览表

名　称	功　能
菜单栏	和其他图像处理软件类似，包含所有功能和任务，如文件、编辑、画布、图层、选择、形状、效果、影片、窗口、帮助，共十大类
工具箱	包含软件提供的各种工具，如画笔、套索、油漆桶、吸管取色器等
工具选项栏	选定工具之后在这里可以灵活调整工具的透明度、形状大小、强度等属性，选项栏中的内容会因为选择工具的不同而不同
笔头选择器	选择不同种类的笔头。主类别右边提供该类笔的子类别
面板	调色板、图层面板、信息面板以及自定义面板所在的位置
图像浏览器	通过它可以随意放大和缩小画布的显示，不影响最终图像的尺寸
画布	有效的绘画面积，可以设定大小，也可以置入其他图像

通过 Painter 的主界面可以看到，它的界面类似于前面讲到的 Photoshop 软件。其实不仅是界面相像，而且同样是用作绘画和图像处理，这两个软件的使用思路也是类似的。仔细观察工具箱里提供的绘画工具，大部分都是我们曾经认识的画笔、吸管、套索、油漆桶等工具。如果你已经掌握了 Photoshop，那么 Painter 学起来应该是轻车熟路、事半功倍的。

12.2　纸质选择器

在 Painter 中不同的工作面板负责不同的功能选项，在使用中需要对面板作必要的参数调整，才能最大程度地发挥软

件的功能。如同我们画画之前要选择合适的画布和画笔，在
Painter 中也需要类似的设置。

Painter 的工具面板下方比 Photoshop 多了 6 个选择工具，
这 6 个选择工具见图 12-2。

这 6 大选择工具分别提供纸质、渐变、图案、织物、Look、
Nozzle 等各种不同质感的创作效果。

实际操作 12－1　如何应用纸质选择器

具体操作步骤

▶**步骤 1**　选择界面上方的菜单命令：File（文件）→ New
（新建），打开新建图像的窗口，设置图像大小为 500 × 500 像
素，图片类型选择 Image，然后点击 OK 按钮。这时创建了
一张 500 × 500 像素的空白图像。

▶**步骤 2**　在界面右上方的笔头选择器中选择 Chalk（粉
笔）。这时就可以在空白图像中任意绘画了，见图 12-3。

▶**步骤 3**　点击工具箱下部第一个方形按钮▧，这时打开
纸质选择器，见图 12-4，从中选择所需的纸张纹理。

这里提供了不同的纸张纹理。在真实世界里，画笔画在
不同的纸张上的结果是不同的。

Painter 允许控制纸张的纹理，以此来得到所期望的结果，
比如铅笔画在水彩纸上的效果，粉笔画在墙上的效果，或是
蜡笔画在素描纸上的效果等。改变不同的纸质将得到不同的
笔触效果，见图 12-5。

纸质选择 / 渐变选择
图案选择 / 织物选择
Look选择 / Nozzle选择

图 12-2　Painter 工具面板

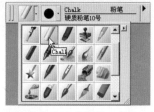

图 12-3　笔头选择器

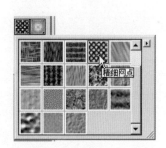

图 12-4　纸质选择器

图 12-5　不同的笔触效果

12.3 Painter 的图案选择器

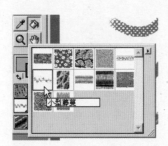

图 12-6 图案选择器

Painter 的图案选择器提供了各种连续的图案，用来填充画面中的指定区域。图案选择器中各个小图标显示的是这个图案很小的一个单元。

实际操作 12-2 如何使用图案选择器填充图案

具体操作步骤

▶**步骤 1** 点击图案选择器按钮，从弹出面板中选择一个图案，见图 12-6。

▶**步骤 2** 在工具箱里选择油漆桶工具，这时界面上方工具选项栏中的参数变为有关油漆桶的参数，指定填充内容为"克隆源"，见图 12-7。

图 12-7 油漆桶工具选项栏

▶**步骤 3** 在图像的空白区域点击，则图像的空白区域被填充成选择的图案，见图 12-8。

图 12-8 填充的图案效果

12.4 织物选择器

与图案选择器相似，织物选择器提供了各种布纹，用来填充图像的指定区域。

实际操作12－3 如何使用织物选择器填充图案

具体操作步骤

▶▶**步骤1** 点击织物选择器按钮■，在展开的面板中点击右上方的小三角形图标，在弹出的菜单中可以设置选择源的显示方式。还可以打开有关选择源的编辑窗口，见图12-9。

▶▶**步骤2** 选择一种织物，为画面中的绿色藤蔓填充，见图12-10。

图12-9 织物选择器

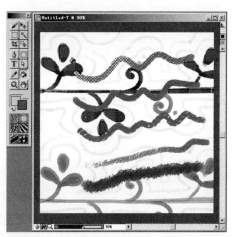

图12-10 使用织物填充图案

12.5 色彩选择面板

Painter 的颜色选择面板由一个环形和一个三角形构成。它包括标准和精简两种显示方式。在面板的右下方是当前颜色的 RGB 或者 HSV 的数值，见图 12-11。

环形的色轮表示不同的色相，内部的三角形竖直方向表示颜色的亮度变化，水平方向表示颜色的纯度变化，因此要选择一种颜色，在三角形和环形上拖动小圆圈就可以了。使用 Painter 的颜色选择面板也可以给现有图像上的色彩进行采样，读出当前的 RGB 值。使用吸管工具在图像上选择颜色，色彩面板会显示该颜色在色轮上的位置。色彩选择面板左下方的印章工具表示色轮上当前使用的颜色是克隆颜色。

图12-11 颜色选择面板

实际操作12－4 如何使用克隆颜色

具体操作步骤

▶**步骤1** 从光盘中打开一幅图像 Pic_boy.jpg。执行菜单命令"文件→克隆源",指定当前的克隆源为 Pic_boy.jpg,见图 12-12。

图 12-12 选择克隆源

▶**步骤2** 新建一幅空白图像文件,使用一支画笔在画面空白处描绘,见图 12-13。

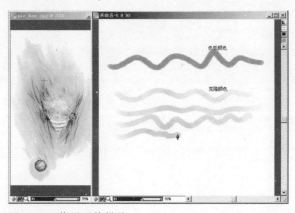

图 12-13 使用画笔描绘

▶**步骤3** 单击色彩选择面板上的印章按钮█,画布中将显示图像克隆源的色彩。

图 12-14 调色板

12.6 调 色 板

Painter 为艺术家提供了模拟传统绘画调色体验的颜色混合调色板。在这里可以把两种或者两种以上的颜色混合在一起,见图 12-14。

可以用画笔在调色板的空白区域随意涂抹,也可以用笔蘸新的颜色到调色板中进行混合。在调色板的下方提供了几种调色工具,它们分别是:

- 📝**脏笔模式工具**：当使用画笔调色的时候，每一笔画的颜色都是上一笔混合后的颜色。默认情况下，脏笔模式是打开的。
- 📝**运用画笔**：用来在调色板里调色，蘸新的颜色。
- 📝**混色工具**：用来混合调色板上的颜色。
- 📝**吸管采样工具**：用来采集调色板里或者画布上的颜色。
- 📝**多色采样工具**：它一次可以采样多种颜色。采样的区域大小由油画笔的笔刷而定，使用多色采样工具采样色彩之后，使用 Artists's Oils（艺术家油画笔）画出来的也是多种颜色，见图 12-15。
- 🔍**放大镜工具**：用以放大和缩小调色板。
- ✋**平移抓手工具**：用以平移调色板。

在使用调色板的时候，按住键盘上的 Alt 键可以将画笔或者其他工具临时切换成吸管。按住键盘上的空格键，可以平移扩大调色板的调色范围。调色板工具提供了极其近似传统绘画的色彩选择方式，通过它可以最大程度地自由调配颜色。

图 12-15　多色采样

12.7　工具选项栏

在菜单栏的下方有一工具选项栏，用以显示工具的属性参数和选项。当前选用工具的一些常规设置可以在这里进行，见图 12-16。

图 12-16　工具选项栏

工具选项栏的显示与否可以通过菜单命令 Window（窗口）→ Show Property Bar（显示选项栏）来选择。也可以通过点击拖拽选项栏左侧的竖条来实现，见图 12-17。

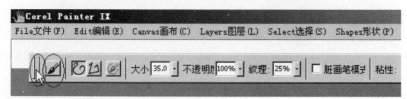

图 12-17　控制工具选项栏的显示与否

画笔可以通过曲线 ![curve icon] 和直线 ![line icon] 两种方式进行绘制，其他常用参数是：

- Size（笔头的大小）：控制笔头的尺寸。除此之外还可以通过键盘上的"["和"]"键来缩小和增加笔头的尺寸。
- Opacity（不透明度）：决定所绘颜色的覆盖能力，不透明度为0%时画不出任何颜色。
- Grain（纹理颗粒）：可以控制颜色渗入纸张的多少，一般需要结合纸质来设置，见图12-18。

工具选项栏里的第一个按钮是该工具的重置按钮，点击它可以把已经改动的设置恢复到默认状态。

图 12-18　纹理颗粒

12.8　笔头选择器

图 12-19　笔头选择器

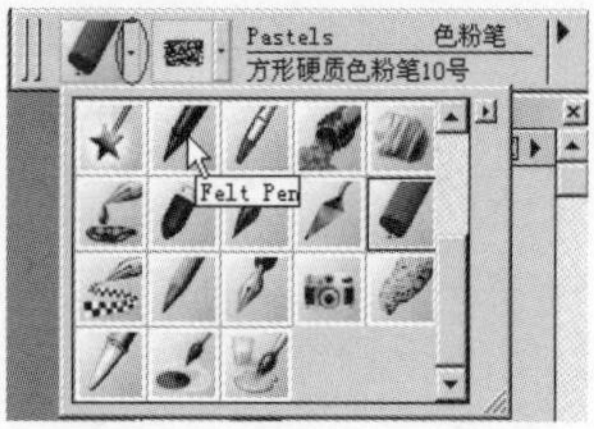

笔头选择器允许选择不同类别、不同形状笔头的画笔。这些选择项目囊括了几乎所有材料制作的画笔和形状各异的笔头。在画笔选择栏的横线上方显示画笔的种类，下方显示画笔的名称，见图12-19。

单击右侧的黑色小三角形按钮，在弹出面板中提供了非常多的画笔类型和形状，可以以缩略图或者列表的形式显示它们，见图12-20。

图 12-20　各种画笔类型和形状

在一幅画的创作中，往往使用不同的画笔完成不同阶段的绘制。无论是勾勒线条、铺调子还是细节描绘，灵活使用不同类型的画笔非常重要。一幅画的绘制需要经过不同的阶段，见图12-21、图12-22、图12-23。

图 12-21　黑色铅笔打稿

图 12-22　粗油画笔绘制

图 12-23　油画笔、擦笔、铅笔综合使用

12.9　笔刷设定器

在 Painter 中，不仅可以使用其提供的各种默认的笔刷类型，还可以根据自己的需要修改和创建自定义的笔刷类型。Painter 的高级选项集中在 Brush Creator（笔刷设定器）中，笔刷设定器可以通过执行菜单命令 Window（窗口）→ Show Brush Creator（显示笔刷设定器）调用，或者按快捷键 Ctrl+B 打开，见图 12-24。

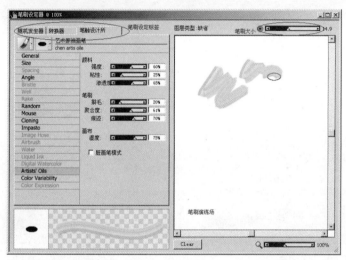

图 12-24　笔刷设定器

在笔刷设定器里有三个笔刷设定标签：随机发生器、转换器和笔触设计所。通过这些标签下的菜单可以设定需要的笔刷，右边的笔刷演练场可以用来预览笔刷的效果。

实际操作 12-5　如何创建一个新的画笔

▶**步骤 1**　在随机发生器中选择画笔和笔刷的类型，见图 12-25。

随机发生器中提供了 12 种笔刷类型，点击需要的笔刷后，该类型会显示在窗口的下方。其中随机滑块设有 12 个级别。数值越大，画笔的变化越明显；数值越小，画笔的变化越细微。这时候如果点击自动整理画笔按钮，系统会重新设定笔刷类型，提供近似的笔刷类型供用户选择。

▶**步骤 2**　在笔刷演练场中进行涂抹，感受笔刷的类型，调节笔刷的大小。笔刷演练场涂满之后可以点击下方的 Clear 按钮，以清除颜色。

图 12-25　选择画笔和笔刷的类型

▶**步骤3** 转换器提供两种笔刷的过渡类型，见图12-26。

在转换器的上方和下方各选择一种笔刷类型，点击转换当前的选择按钮▨。系统自动列出两种笔刷类型之间的过渡形态，可以在其中选择一种作为需要的笔刷类型。

▶**步骤4** "笔触设计所"提供画笔的形状、种类、角度、颜料喷射的间距等参数选项。用于调整该笔刷的Impasto（立体效果）参数，见图12-27。

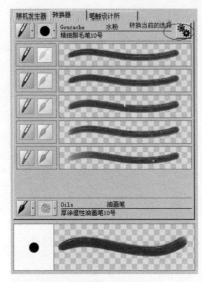

图12-26 "转换器"面板

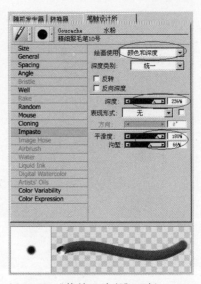

图12-27 "笔触设计所"面板

调整之后得到的效果是，把本来仅有颜色的笔刷类型改变成为有立体效果的笔刷类型，见图12-28。

▶**步骤5** 把当前调整好的笔刷类型存储。执行菜单命令Variant（变体）→Save（存储），弹出笔刷名称的对话框。设定该笔刷名称为"立体效果笔10"，点击OK按钮保存，见图12-29。

关闭当前笔刷设定器窗口，以列表形式显示当前笔刷类型，刚刚设定好的笔刷出现在列表当中，见图12-30。

原笔刷类型

立体效果笔刷类型

图12-28 调整前后效果

图12-29 存储调整好的笔刷类型

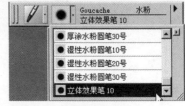

图12-30 笔刷类型列表

不同的笔刷效果带来不同的艺术风格。一幅画的绘制是循序渐进的，因此要依据需要不断调整笔刷的效果，见图 12-31 至图 12-34。

图 12-31 步骤一   图 12-32 步骤二

图 12-33 步骤三   图 12-34 步骤四

12.10 图层设置

在 Painter 中，图层是包含图像数据的独立对象，可以移动或者改变图像数据而不影响其他图层。Painter 中的图层分为 8 种类型，分别是图像图层、浮动图层、参考图层、矢量图层、动态图层、文本图层、水彩图层和液态图层。图层的不同类型由图层所包含的数据类型决定，可以通过图层面板管理图层并运用图层调整工具。可以创建、重命名、存储、删除图层。

图 12-35 图像图层

图 12-36 浮动图层

图 12-37 参考图层

12.10.1　图像图层

图像图层由像素构成，是最常使用的图层。通常用来绘画和用油漆桶上色，见图 12-35。

通过调整图层面板右上方的滑块来改变一个图层的不透明度，达到和其他图层混合的效果。图层的合成模式控制当前图层和处于其下方的图层之间的色彩混合效果，每种模式都有自己特定的作用和目的。利用改变混合模式可以得到更多的特殊颜色效果。

12.10.2　浮动图层

浮动图层指的是独立于相应的图像图层，又与其有一定连续的次图层。当在图像图层中选择一个选区，使用图层移动工具在选区内部单击，此时就会产生一个浮动图层，见图 12-36。

12.10.3　参考图层

在 Painter 中，当对图像进行旋转、缩放等变换的时候会自动生成低分辨率的参考图层，从而提高操作的速度。完成了变换之后再把参考图层"提交"变为图像图层。在"图层"面板中执行 Effects（效果）→ Orientation（方向）→ Free Transform（变换）菜单命令之后当前图层变为参考图层，在变换完毕之后，在参考图层上点击右键，选择 Commit（提交），则把当前图层变为图像图层，见图 12-37。

12.10.4　矢量图层

使用钢笔、矩形、椭圆工具绘制矢量图形的时候，Painter 会自动产生一个矢量图层。矢量图层中的图形可以做一些矢量运算。矢量图层也可以提交成为一个图像图层。

使用矢量绘制工具分别画一个矩形和一个圆形，见图 12-38。

在图层窗口中点击一个矢量图层，按住 Shift 键，再点击另外一个矢量图层，然后把两个矢量图层都选中，执行菜单命令 Shapes（图形）→ Make Compound（制作复合图形），见图 12-39。

矢量图层同样可以提交成为图像图层，提交的方法与参考图层相同，见图 12-40。

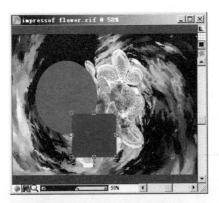

图 12-38　绘制矢量图形

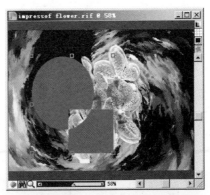

图 12-39　制作复合图层

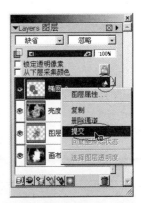

图 12-40　矢量图层

12.10.5　动态图层

　　Painter 中的动态图层可为当前图像创建特殊的效果。它类似于 Photoshop 中调节层的用法。它自动新建一个图层，对所有处于其下方的图层进行修改或调色，这种动态图层独立于图像而不是对图像本身进行修改。其效果可以随意更改和删除，它可以作为一个图层单独移动。在 Painter 中只有 RIF 格式图像可以保存为动态图层，动态图层可以提交成为图像图层。

　　点击"图层"面板下方的创建动态图层按钮█，创建一个调节亮度和对比度的动态图层，见图 12-41。

　　在创建好的动态图层上点击右键，选择 Commit（提交），把动态图层转换为图像图层，见图 12-42。

图 12-41　创建动态图层

图 12-42　转换为图像图层

12.10.6　文本图层

　　在 Painter 中输入文字，会自动产生一个文本图层。文本图层是独立于其他图层的，它可以转换为图像图层，也可以把文本转换为矢量图形。在编辑文本的时候一般打开文本调整窗口，用于进行文本大小、间距以及阴影的设置。执行菜单命令Window（窗口）→ ShowText（显示文字面板），打开文本调整窗口，见图12-43。

文本图层转换成图像图层后可以对其用画笔和油漆桶工具操作。文本图层转换成矢量图形层后，文本的每一个图形单元成为新的一层，这样可以对文字有更大程度的操作，见图12-44、图12-45。

图 12-44　文本图层

图 12-43　文本调整窗口　　　图 12-45　转换为矢量图形

12.10.7　水彩图层

水彩图层专门应用于水彩画笔工具。运用水彩画笔工具时会自动产生水彩图层，水彩图层可以转换成图像图层，见图12-46。

图 12-46　水彩图层

12.10.8　液态图层

液态图层专门应用于液态墨水（Liquid Ink）图层。使用液态水墨画笔，则会自动产生液态图层，液态图层可以转换成为图像图层，见图12-47。

图 12-47　液态图层

图 12-48　合并图层

对于所有图层来说，都可以执行"画布合并"命令。方法是：点击"图层"面板左下角的 回 按钮，选择 Drop（合并）命令。如果想把所有图层合并，点击"图层"面板右上方的三角形按钮，从展开选项中选择 Drop All（合并全部）命令，见图12-48。

12.11　笔迹追踪设置

在用传统画笔绘画的时候，使用画笔的力度通常会影响所画的笔迹的粗细和浓淡。Painter 提供了笔迹追踪设置，以此来感受用笔力度并记录下来，让 Painter 的操控更加符合用户的用笔习惯。每一个人的用笔力度和习惯都是不同的，设定好自定义的笔迹强度，这样 Painter 就会更加适合用户的个性化压感。在设定好压感之后，所设定的压感在下一次打开Painter 时将成为默认设置。

设定笔迹追踪的方法：执行 Edit menu（编辑）→ Preferences（预设）→ Brush Tacking（笔迹追踪）菜单命令，这时出现笔迹追踪的面板，见图12-49。

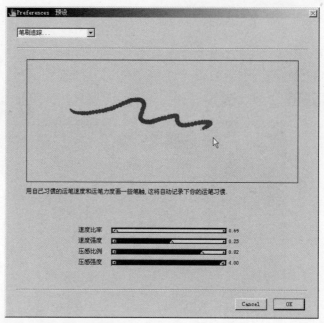

图 12-49　笔迹追踪面板

在矩形框中拿压感笔用自己习惯的运笔角度、力度、速度画一些笔划，矩形框下方的数值会相应地自动调整，点击 OK 按钮，则可以设定好自己的笔迹追踪力度。

12.12　本章小结

本章首先介绍 Painter 工作环境，接着介绍 Painter 主要工具的功能及应用，包括纸质选择器、图案选择器、色彩选择面板、调色板、工具栏选项、画笔选择栏、笔刷设定器、图层设置、笔迹跟踪设置。

12.13　课后练习

操作题

（1）设置一个自定义的笔刷类型。

（2）建立一个文本图层，并将文字进行变形处理。

第 13 章
用 Painter 为画面上色

13

13.1　为黑白线稿清稿

本章学习目标

　　学习并掌握用Painter
为黑白线稿清稿、修整
线稿、提取黑线、上色、
应用特效的方法。

从光盘中打开本章中的素材图像 skater.tif，这是一幅来自
手绘稿扫描输入的小孩图像。扫描的时候使用的是黑白模式，
这样得到的图像忽略了灰度信息，只保留黑白色的线稿。尽管
如此，在图像上色之前，还应该进行清线操作，见图 13-1。

本章学习重点

- Painter 中选择工具、
  图层面板的使用
- 调配和定义画笔工具
- 为画面上色的一般
  工作流程

图 13-1　素材图像

说明

本章练习素材文件光盘路径:
◎ Chapter 13\source
范例源文件光盘路径:
◎ Chapter 13\exp

在清线的时候，使用套索工具❷或直接按键盘上的 L 键
圈选图像上的脏点，然后按键盘上的 Backspace 键删除脏点。

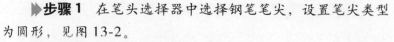

13.2 小孩线稿修整

画好的线稿在扫描过程中往往会由于各种原因造成断线，这需要在扫描之后进行修整。为了补上线稿中的断线部分，首先准备适合补线的笔尖。

图 13-2 设置钢笔笔尖类型

▶**步骤1** 在笔头选择器中选择钢笔笔尖，设置笔尖类型为圆形，见图 13-2。

▶**步骤2** 选择黑色，在画面中试着画几笔，看笔尖是否合适。如果不合适，按 Ctrl+B 快捷键打开笔刷设定器继续设定，见图 13-3。更改笔刷的设置，直到笔尖最接近线稿中的笔迹，见图 13-4。

图 13-3 笔刷设定器

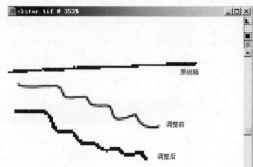

图 13-4 调整笔刷

▶**步骤3** 用设置好的笔尖逐个封闭线稿中的断线部分，见图 13-5 和图 13-6。

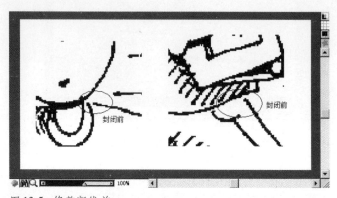

图 13-5 修整断线前

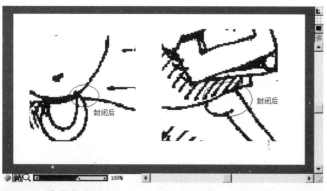

图 13-6　修整断线后

13.3　提取黑线

修整完线稿之后，需要把黑线提取出来成为另外一层。这样上色过程中不会因为颜色溢出而遮盖了黑线。

▶**步骤 1**　提取黑线执行菜单命令 Select（选择）→ Auto Select（自动选择）。在弹出对话框中设置"使用"选项为"图像亮度"，见图 13-7。

▶**步骤 2**　点击 OK 按钮之后，图像中亮度差异较大的区域周围出现表示选区的虚线，见图 13-8。

图 13-7　"自动选择"对话框

▶**步骤 3**　执行菜单命令 Select（选择）→ Float（自动层），这时被选中的黑线成为一个新层，见图 13-9。

图 13-8　得到的选区

图 13-9　提取的黑线图层

▶**步骤 4**　把线稿独立出来之后，可以在其他层给图像上色，而不会影响原始的黑线。

13.4　分层上色

▶**步骤1**　在笔刷选择器中选择油性色粉笔，在笔刷设定器中设置笔触属性，使笔触颜色富于变化且具有覆盖的能力。

▶**步骤2**　用这种油性色粉笔为孩子的上衣上色，把颜色涂在 Canvas 画布层上。上色的时候注意不必完全平涂，要让颜色富于光影的变化。可以通过调色板调配色彩，见图 13-10、图 13-11。

图 13-10　调配色彩

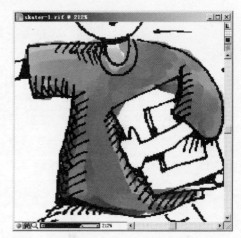
图 13-11　分层上色

▶**步骤3**　Painter 中提供了自定义笔刷的功能。可以把自己曾经用过的笔刷储存起来，以备将来使用。具体方法是：在笔刷选择器中选中当前的笔刷，拖动一段距离，软件会自动生成一个自定义面板，面板中就是当前使用的笔刷。可以执行菜单命令 Window（窗口）→ Custom Palette（自定义面板）来管理所创建的自定义面板，见图 13-12、图 13-13。

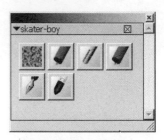

图 13-12　笔刷选择器

图 13-13　自定义面板

▶**步骤** 4　把刚刚创建的自定义面板命名为"Shater-boy"。按住键盘上的 Shift 键的同时移动自定义面板上的图标，可以改变图标的位置。点击上面的图标，可以直接切换到所需要的笔刷。使用红色的色粉笔为孩子的裤子上色，见图 13-14。

图 13-14　为孩子的裤子上色

13.5　背景上色

▶**步骤** 1　新建一层，在新层上为图像的背景上色。这次选择新的笔刷"Calligraphy（书法笔）"，并调整笔尖的大小。打开笔刷设定器调整笔刷的类型，见图 13-15。

柔性覆盖

平坦覆盖

颗粒柔性覆盖

颗粒硬性覆盖

图 13-15　调整笔刷的类型

▶**步骤2**　选择合适的笔尖大小，并且配合调色板调配同类色以涂抹天空和地面。涂抹之后把当前用的笔刷拖动到自定义面板中保存。这样即使在下次打开 Painter 软件的时候，也可以直接使用刚刚调好的笔刷了，见图 13-16。

图 13-16　为背景上色

13.6　皮肤上色与特效修改

▶**步骤1**　新建一层，按前两节介绍的方法选择相应的笔刷与颜色为人物的皮肤上色。上色过程中运用快捷键可以提高效率。

▶**步骤2**　按住 Alt 键单击鼠标左键，可以将笔刷临时切换成颜色吸管工具，用来选取颜色。

按住空格键单击鼠标左键，可以将笔刷临时切换成抓手工具。

▶**步骤3**　按 Ctrl+"+"键、Ctrl+"－"键可以放大、缩小图像的显示方式。

▶**步骤4**　可以通过层的特效处理对当前层的颜色、亮度、对比度和其他参数进行调整。如果为人物皮肤上色之后感觉颜色偏暗，可以执行菜单命令 Effects（效果）→ Tonal Control（色调控制）→ Correct Color（色彩校正）打开色彩校正的窗口，通过分别调整三个通道的亮度和对比度以及整体的亮度和对比度来调整图像色彩，见图 13-17、图 13-18。

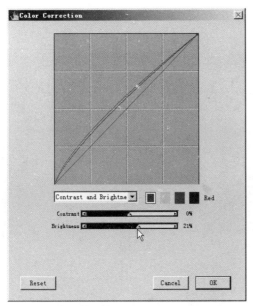

图 13-17　色彩校正窗口

图 13-18　色彩校正前后

13.7　补充填色并调和背景

在为图中对象上色的过程中，可以采用油漆桶填色的方式。方法是：先选取要填色的区域，然后调色、填色，并且在选区的范围内调节明暗的效果。

▶**步骤 1**　在黑线所在的层运用魔术棒选择工具选取区域，见图 13-19。

▶**步骤 2**　新建一层，并且用油漆桶填色，见图 13-20。

图 13-19 选取区域

图 13-20 用油漆桶填色

▶**步骤3** 接着使用书法笔为其创造一些纹理，见图 13-21。

▶**步骤4** 除了运用油漆桶和画笔添加颜色以外，还可以运用调和笔（Blenders）来调和两种不同的颜色，用来模糊背景的界线。选择调和笔并且调整属性设置，见图 13-22。

图 13-21 添加纹理

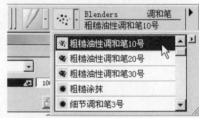

图 13-22 设置调和笔

> **专业指点**
>
> 调和笔只能对同一层上的颜色调和。

▶**步骤5** 图中背景的蓝天和地面界线明显。为了构造景深感和柔和过渡，需要把背景调和。所以如果蓝天与地面不在一层上，需要将它们合并。合并之后，用调和笔在颜色交接的地方涂抹，将两种颜色调和，见图 13-23、图 13-24。

图 13-23 调和前

图 13-24 调和后

▶**步骤6** 对调和结果满意之后，别忘记把设置好的调和笔拖动到自定义面板中，保存起来以备用。

13.8 层的合并与特效运用

▶**步骤1** 每层分开完成上色之后，有必要把含有层的图像在最后合并层之前保存。可以存为 RIF 格式或者 PSD 格式。存为 PSD 格式的图像可以用 Photoshop 软件打开继续编辑，但是某些特殊的层（比如水彩层）会转变为普通的图像层。为了丰富图像效果，可以在图层合并前或者合并之后对其中某些层添加特效。Painter 中的特效命令在 Effects（效果）下拉菜单中，包括常见的灯光、纹理、色彩校正、扭曲变形等，见图 13-25。

纸纹

草稿

灯光

高通滤波

填充

虚焦

图 13-25　滑板男孩添加不同特效之后的效果

▶▶**步骤 2**　为画面做最后的检查，确信没有问题之后合并所有的层，即点击层面板右上角的三角形按钮▶，在弹出的下拉菜单中选择 Drop All（合并所有的层）命令。

13.9　本章小结

　　本章介绍如何用 Painter 为画面上色，包括如何为黑白线稿清稿、修整线稿、提取黑线、分层上色、背景上色、皮肤上色、补充填色、调和背景、层的合并与特效运用。

13.10　课后练习

操作题

（1）按本节所述工作流程为一幅黑白图像上色，见图 13-26、图 13-27。

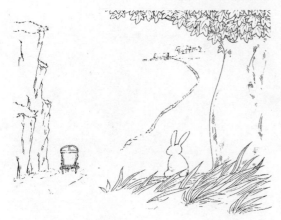

图 13-26　黑白线稿

图 13-27　上色后的彩色效果

（2）把一幅带有水彩图层和文本图层的图像存为 PSD 格式，在 Photoshop 中打开该文件并观察所发生的变化。

（3）尝试使用 Painter 软件自带的 KPT 系列滤镜，KPT 滤镜部分效果见图 13-28。

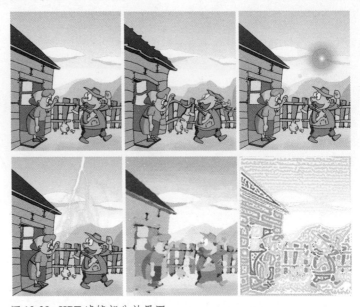

图 13-28　KPT 滤镜部分效果图

第 14 章
用 Painter 创建动画

Painter 不仅可以进行插画、背景的绘制，还可以创建动画文件。Painter 是以绘画为主的二维图像处理软件，它对动画的处理是以帧为单位的，因此可以运用 Painter 软件逐帧绘制动画，也可以对导入的动画文件进行修改然后重新生成。它可以输出常见的 AVI 文件、MOV 文件，也可以存为序列帧和 GIF 文件。

在本章中我们将导入一段"散打"视频素材，然后逐帧处理图像，以近似摹片的方式创建一段新的动画。

14.1   准备视频文件

Painter 可以导入 AVI 或 MOV 格式的文件。但是在导入之前应该对视频作适当的取舍，即选择图像清晰、画面反差明显的视频文件以便于接下来的处理工作。

不同来源的视频文件，它们的格式、分辨率、码率、帧率、压缩编码均不相同，因此有必要在导入之前了解视频文件的有关参数。准备视频文件的时候应该在剪辑软件中将视频做一次精剪，删掉不必要的内容，并以 Painter 可以读出的编码方式存储文件。

如果素材是带场的视频，应当在剪辑软件中进行处理。处理视频素材前应当检查硬盘空间，以保证留出足够的空间供 Painter 使用。

本章教学目标

学会用 Painter 创建并输出动画。

本章学习重点

● 输入 avi 视频文件
● 自定义快捷键
● Movie（影片）菜单的应用

说明
本章练习素材文件光盘路径：
◎ Chapter 14\source
范例源文件光盘路径：
◎ Chapter 14\exp

专业指点

不要把用不到的视频内容导入进来，以免影响 Painter 软件的处理速度。

专业指点

本例中提供的素材以 Microsoft Video 1 方式压缩，AVI 格式，分辨率为 360×240，帧率为 25 帧 / 秒，长度为 5 秒（即总共 125 帧）。

14.2 导入视频文件

▶▶**步骤 1** 打开 Painter 软件，执行菜单命令 File（文件）→ Open（打开），选择视频文件。

▶▶**步骤 2** 从光盘中选择本节素材文件夹中的"散打.avi"文件，点击 Open（打开）按钮之后会弹出 Enter Movie Name（输入影片名称）窗口，在输入文件名的文本框里输入"散打"，点击保存，这时 Painter 会把 avi 文件转换为软件默认的 FRM 格式的文件，点击保存之后，显示转换的进程，见图 14-1。转换完成之后，视频文件显示在 Painter 界面中，见图 14-2。

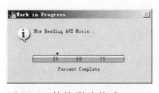

图 14-1　转换影片格式

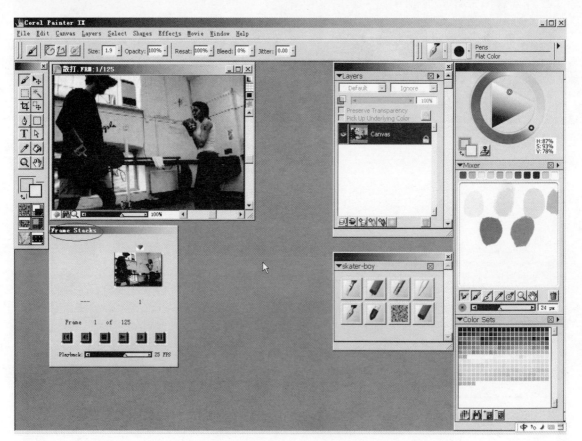

图 14-2　在 Painter 界面中显示转换格式后的影片

▶▶**步骤 3** 视频文件导入之后出现 Frame Stacks（帧堆栈）的控制窗口。在这个窗口中有播放、停止、向前一帧、向后一帧、跳到最前、跳到最后六个按钮，用来控制当前帧的显示。

▶▶**步骤 4** 点击堆栈窗口的向后一帧按钮▣与向前一帧按钮▣，或者按键盘上的 PageDown 和 PageUp 键预览当前视频。堆栈窗口的红色三角形图标指示当前帧的位置。

14.3 逐帧绘制

▶▶**步骤 1** 选择适合的笔刷和颜色，在层窗口中新建一层，然后在当前帧上描绘人物动作的轮廓，见图 14-3。

▶▶**步骤 2** 这时图像显示的是蓝色的线条和阴影，绘画的新层覆盖在原图像上。接下来一步是删去原图像，只留下刚才画的蓝色线条和阴影，方法是：

① 在 Canvas（画布）层中，使用键盘快捷键 Ctrl+A 全选原图像。

② 按键盘上的 Backspace 键删去原图像。

③ 使用 Drop All（合并所有图层）命令把两个层合并，见图 14-4、图 14-5。

图 14-3 新建图层

图 14-4 删去原图像之前

图 14-5 删去原图像之后

▶▶**步骤 3** 这样我们就得到了绘制好的一帧图像，这时可以点击后一帧按钮▣，继续绘制下一帧中的图像。

14.4 自定义快捷键

为了提高效率，减少失误，可以把常用的命令设定成自定义的快捷键。现在我们把菜单命令中的Layers → Drop All 命令设置为快捷键。

▶**步骤1** 执行菜单命令Edit（编辑）→ Preference（预设）→ Custom Keys（自定义快捷键），打开快捷键设置对话框，见图14-6。

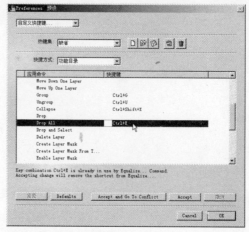

图14-6 自定义快捷键

▶**步骤2** 在对话框中选中Layers（图层）下的Drop All（合并所有图层）命令，在键盘上按Ctrl+E键，这样可把Ctrl+E 设置为 Drop All 命令的快捷键，然后点击 Accept、OK 按钮，确认并关闭对话框。

14.5 Movie（影片）菜单

在 Painter 中不仅可以逐帧对输入视频描绘，还可以添加或者删除帧，以此调节最后生成动画的长度。Movie（影片）菜单中的命令见图14-7。

▶**步骤1** 通过菜单可以设置某帧停几格，删去某帧或者跳到某帧。比如，要把第51帧多停一格，则点击 Frame Stacks（帧堆栈）控制窗口中的第51帧，执行菜单命令Movie（影片）→ Add Frames（添加帧），弹出对话框中的参数设置如图14-8。

▶**步骤2** 点击 OK 按钮之后，在第51帧之后添加了一空白帧，在第51帧中按Ctrl+A、Ctrl+C键，在第52帧中按Ctrl+V、Ctrl+E键合并所有层。此时复制的第51帧成为第52帧，见图14-9。

图14-7 Movie（影片）菜单

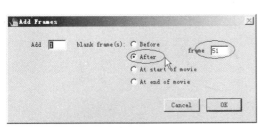

图 14-8　添加帧设置

图 14-9　复制帧

14.6　输出动画

执行菜单命令 File（文件）→ Save as（保存为）打开输出动画的对话框，见图 14-10。

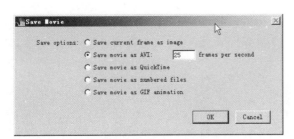

图 14-10　输出动画设置

在这里可以设置输出动画为单帧图像、AVI 文件、MOV 文件、序列帧和 GIF 动画格式。根据最终用途的不同设置 AVI 文件的帧率。比较摩片的结果和原先视频文件之间的不同，见图 14-11、图 14-12。

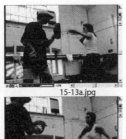

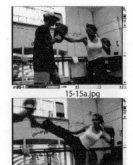

图 14-11　原视频序列帧

图 14-12　摩片视频序列帧

14.7　本章小结

本章介绍如何用 Painter 创建动画，包括如何准备视频文件、导入视频文件、逐帧绘制、使用 Movie 菜单和输出动画。

14.8　课后练习

操作题

（1）试述用 Painter 制作动画的流程。

（2）试着选用一段视频做摩片练习，见图 14-13。

图 14-13　序列帧画面

（3）把生成好的动画存成序列帧文件。

第 15 章

初识矢量绘图软件Illustrator

　　Illustrator 是一个基于矢量图的绘图软件，它继承了 Adobe 图形图像处理软件的工作界面，在操作环境上类似于 Photoshop 和 PageMaker。

　　Illustrator 通过其新增的图形工具、通用的透明能力、强大的对象、Web 应用和层效果以及其他创新功能，扩展了人们进行自由创意的能力，提高了工作效率。人们可以使用这些快速而灵活的工具将各种创造性的理念转变为完美的图形，并用于插图绘制、平面设计等工作，见图 15-1 至图 15-5。Illustrator 应用于以下领域：

- 图标、符号、网页图标设计；
- 矢量插画绘制；
- 数据演示的图表设计；
- 封面与装帧设计、广告效果展示；
- 印刷物排版输出。

本章教学目标

　　了解矢量绘图软件 Illustrator 的基础知识，掌握 Illustrator 基本工具与面板的使用。

本章学习重点

- 矢量图和位图
- 路径寻找器（Path-finder）面板
- 节点与路径编辑的方法

图 15-1　图标设计

图 15-2　插画设计

图 15-3　印刷物版面设计

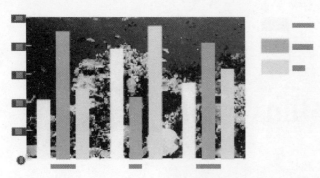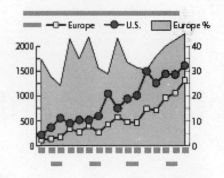

图 15-4　图表设计

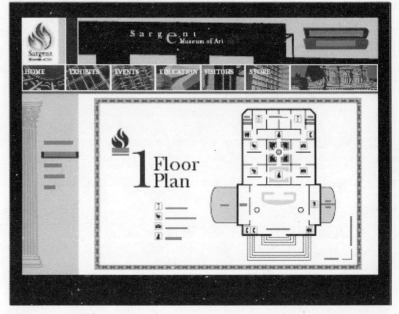

图 15-5　网页设计

15.1　认识矢量图与位图

在计算机绘图领域中，根据成图原理和绘制方法的不同，所有图形图像都无一例外地来源于两种不同的构图方法：即用数学的方法绘制出的矢量图和基于像素点绘制的位图。常用软件 Illustrator、Flash、FreeHand、CorelDRAW 等，用来制作和处理矢量图；而 Photoshop、Painter 等软件用来制作和处理位图。当然，有的软件也提供矢量图与位图之间的相互转换功能。

15.1.1　矢量图形

矢量又称向量，是一种面向对象的基于数学方式的绘图方式，用矢量方法绘制出来的图形叫做矢量图。在 Illustrator 中，用矢量方法绘制出来的图形或者创建的文本元素被称为"对象"。每个对象具有各自的颜色、轮廓、大小以及形状等属性。利用它们的属性，用户可以对对象进行颜色改变、移动、填充、形状和大小改变及进行一些特殊的效果处理等操作，见图 15-6、图 15-7。

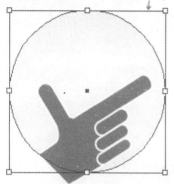

图 15-6　改变大小　　　　图 15-7　改变形状

使用矢量绘图软件对图形进行绘制时，不是从一个个点开始的，而是直接将该软件中所提供的一些基本图形对象（如直线、圆、矩形、曲线等）进行再组合。用户可以方便地改变它们的形状、大小、颜色、位置等属性而不会影响它们的整体结构。

矢量图形的颜色与分辨率无关，图形被缩放时，对象能够维持原有的清晰度，颜色和外形也都不会发生偏差和变形。图形被放大后，依然能保持原有的光滑边缘。

矢量图形放大前后的效果对比见图 15-8、图 15-9。

图 15-8　矢量图形放大前　　　　图 15-9　矢量图形放大后

15.1.2　位图

位图是由成千上万个像素点构成的，所以位图与像素点的多少有着密不可分的关系。图像的数据量也取决于这些像素点数目的多少，图像的颜色也取决于像素的颜色。增加分辨率，可以使图像显得更细腻，但分辨率越高，计算机需要记录的像素越多，存储图像的文件也就越大。计算机存储位图文件时，只能准确地记录下每一个像素的位置和颜色，其实是记录下一系列点的集合。对位图进行的一些操作，如移动、缩放、着色、排列等，只是对像素点的操作。

放大位图是指增加屏幕上组成位图的像素点的数目，而缩小位图则是指减少像素点。放大位图时，因为制作图像的分辨率已经设定好，放大图像仅仅是对每个像素的放大。从位图放大后的效果可以很明显地看出，图像的边缘已经出现了锯齿状，见图 15-10、图 15-11。

图 15-10　位图放大前　　　　图 15-11　位图放大后

15.2　矢量图形绘制工具

矢量图中每个对象都是一个自成一体的实体，可以在维持它原有清晰度和边缘弧度的同时，多次移动和改变它的属性，而不会影响图形中的其他对象。这些特征使基于矢量的程序特别适用于绘制边缘明确的标志图形。

打开 Illustrator 软件，出现与 Photoshop 和 Painter 都十分相似的界面。执行菜单命令 File → New 新建一个文档，然后使用工具箱中的绘制工具绘制图形，体验每个工具的用途。和其他平面绘图软件一样，Illustrator 也有绘制、选择、文字、填充、吸管、橡皮、缩放等工具。

其中：

- Pen Tool（钢笔工具）：用于绘制各种路径的最常用工具。

- Add Anchor Point Too1（添加节点工具）：用来在绘制好的路径上任意增加节点，以方便路径的修改。

- Delete Anchor Point Tool（删除节点工具）：用来将现有路径上的节点删除。

- Covert Anchor Point Tool（变换节点方向工具）：用来将直线节点和曲线节点相互转换。

- Type Tool（文字工具）：用来输入文字。

- Area Type Tool（区域文字工具）：可以在任意封闭区域内输入文字。

- Path Type Tool（路径文字工具）：可以在任意开放路径上输入文字，使文字按路径排列。

- Vertical Type Tool（垂直文字工具）：可以以竖排的方式输入文字。

- Vertical Area Type Tool（垂直区域文字工具）：可以在任意封闭图形中按竖排方式输入文字。

- Vertical Path Type Tool（垂直路径文字工具）：可以在任意路径上按竖排方式输入文字。

- ▉▉▉▉：用这六个工具可以分别绘制矩形、圆角矩形、椭圆形、多边形、星形和放射线等。

- ▉▉▉：用这三个工具可以分别绘制矩形、圆角矩形和椭圆形。在绘制的同时按住 Shift 键，可以绘制出圆形或正方形。也可在画面中点击，以输入数值方式创建图形。

- Paintbrush Tool（笔刷工具）：用来选择画笔面板中的笔刷，可以得到书法效果和任意路径效果。

- Pencil Tool（铅笔工具）：用来徒手绘制路径线。

- Smooth Tool（平滑工具）：用来使路径变得平滑。

- Erase Tool（清除工具）：用来清除路径。

使用钢笔工具在画面空白处点击以绘制路径，见图 15-12。

如果要画一个闭合的图形，将光标移近开始点的位置，此时光标右下角出现一个小圆圈，表明在这里点击可以闭合图形。通过钢笔绘制路径的方法可以绘制出各种各样的图形，见图 15-13。

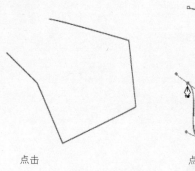

点击　　　　　　　　点击并且拖动

图 15-12　用钢笔工具绘制路径

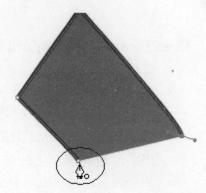

图 15-13　绘制闭合的图形

15.3　选择工具

　　绘制图形的方法往往不止一种。运用软件提供的基本图形，加上手工描绘的图形，再把这些图形组合编辑加以修改，形成最终的图形。在编辑和修改图形的时候必须用到矢量图形选择工具。

　　其中：

- Selection Tool（选取工具）：用来选择整个路径，也可以选择成组图形或文字块，还可以按住鼠标左键拖拉出矩形框覆盖图形的一部分以选择整个图形。

- Direct Selection Tool（直接选取工具）：是使用频率非常高的一种工具，用来选择单个节点或某段路径作单独修改，也可以选择成组图形内的节点或路径作单独修改。

- Group Selection Tool（组选取工具）：选择成组图形内的子图形。

- Direct Select Lasso Tool（直接套索选取工具）：直接选择鼠标绘制路径所通过的所有对象。

- Lasso Tool（套索选取工具）：选择鼠标绘制路径所通过的所有对象。

　　使用选取工具把对象作为一个整体选择，见图 15-14。

使用直接选取工具把对象分节点和路径分别选取。点击并且拖动节点旁的句柄可以调整路径的形状，以此来改变图形的形状，见图 15-15。

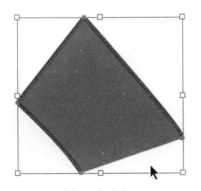

图 15-14 选择整个对象

图 15-15 调整对象

15.4 路径寻找器（Pathfinder）面板

路径寻找器给矢量图的绘制带来极大的便利。通常使用手工方法很难画出的图形，在路径寻找器中可以方便而准确地创建出来。路径寻找器使用数学的方法计算两个图形之间的变化，并且可以对不在同一层上的两个图形进行差值计算，见图 15-16。

下面将对一个方形和椭圆相叠加进行计算，见图 15-17。

图 15-16 "路径寻找器"面板

图 15-17 将方形和椭圆相叠加

● **合集（Add to Shape Area）**：将两个重叠对象同时选取后，单击"路径寻找器"面板中的 ▣ 按钮，两对象将合二为一，见图 15-18。

● **差集**（Substract From Shape Area）：将两个重叠的对象同时选取后，单击"路径寻找器"面板中的 ▣ 按钮，用下层中的图形减去上层图形，从而形成新的形状，见图 15-19。

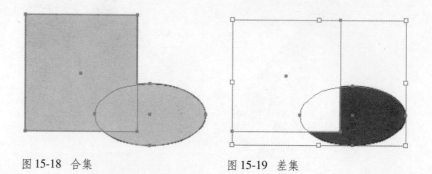

图 15-18　合集　　　　　　　　　图 15-19　差集

● **交集**（Intersect Shape Areas）：将两个重叠的对象同时选取后，单击"路径寻找器"面板中的 ▣ 按钮，将只剩下两个对象相交的区域，见图 15-20。

● **反交集**（Exclude Overlapping Shape Areas）：将两个重叠的对象同时选取后，单击"路径寻找器"面板中的 ▣ 按钮，将挖去两个对象相交的区域，形成新的形状，见图 15-21。

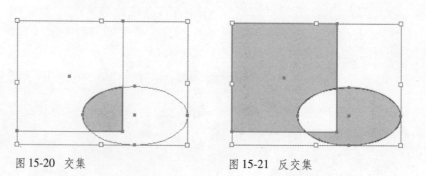

图 15-20　交集　　　　　　　　　图 15-21　反交集

　　Pathfinders 选项组中包括 6 个按钮，它们提供六种不同的路径生成方法，包括 Divide（分割）、Trim（裁剪覆盖范围）、Merg（合并）、Crop（裁切）、Outline（外框）、Minus Back（后置对象剪裁），图形分割前后见图 15-22、图 15-23。

　　路径寻找器面板的组合运用可以绘制出规范并且精确的特殊图形，见图 15-24、图 15-25。

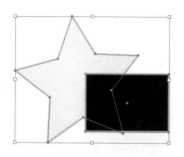

图 15-22　分割前

图 15-23　分割后

图 15-24　特殊图形（1）

图 15-25　特殊图形（2）

15.5　颜色填充与其他面板

在 Illustrator 中绘制的图形仍然可以进行编辑，并且不必担心损失图形的质量，这给创作提供了很大的空间。在工具箱里双击图形的填充色和线条色，把填充色设置为黄色，把线条色设置为绿色。使用五角星工具在画面空白处画一个五角星，见图 15-26。

这时得到一个内部填充为黄色，轮廓线为绿色的五角星。在图形被选中的情况下展开 Illustrator 的其他控制面板，可以对五角星做更多的变化。

其中：

● **Stroke 面板**：用来改变图形轮廓线的粗细，见图 15-27。

图 15-26　绘制五角星

图 15-27　Stroke 设置

- **Brush 面板**：用来改变线条的描边方式，见图 15-28。
- **Styles 面板**：用来改变图形线条和填充图案的风格样式，见图 15-29。

图 15-28　Brush 设置　　　　　　图 15-29　Styles 设置

- **Swatches 面板**：用来为图形填充颜色，也可以以风格化形式填充，见图 15-30。
- **Transparency 面板**：用来改变图形的叠加方式和图形的透明度，见图 15-31。

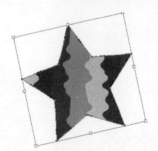
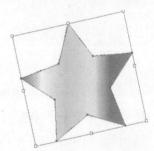

图 15-30　Swatches 设置　　　　　图 15-31　Transparency 设置

　　控制面板可以随时访问，用鼠标拖动可以移动每一个面板的位置，也可以通过单击控制面板窗口中左上角的关闭按钮将其关闭。可以用 Window 下的菜单命令将它们展开。

　　不同的填充方式用来产生一定区域内不同的肌理效果，见图 15-32、图 15-33。

图 15-32　填充效果（1）　　　　　图 15-33　填充效果（2）

15.6　节点与路径的编辑

　　大多数矢量图形的绘制不可能一次完成，所以更多的工作是在路径绘制完成之后，通过编辑路径中的节点和编辑路径本身来改变图形中路径的方向和形状，从而得到满意的结果。

　　编辑节点包括添加、删除节点、平滑路径等。可以在任何路径上添加或删除节点。添加节点可以更好地控制路径的形状；同样，可以通过删除节点来改变路径的形状或简化路径。如果路径中包含众多的节点，而有的节点的作用并不大，删除不必要的节点可以减少路径的复杂程度，并且能够使路径看上去更简洁平滑。

实际操作 15–1　如何添加节点

具体操作步骤

　　▶**步骤1**　使用选取工具选中需要添加节点的路径。

　　▶**步骤2**　在工具箱中选择添加节点工具，这时在钢笔图标的右下角将出现了一个小小的"+"号。

　　▶**步骤3**　单击鼠标左键，即可在该位置添加节点，见图15-34。

图 15-34　添加节点

实际操作 15–2　如何删除节点

具体操作步骤

　　▶**步骤1**　使用选取工具选中需要删除节点的路径。

　　▶**步骤2**　在工具箱中选择删除节点工具，这时在钢笔的右下角出现了一个小小的"-"号。

　　▶**步骤3**　在节点处单击鼠标左键，即可删除该节点，见图15-35。

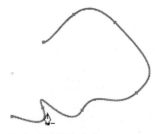

图 15-35　删除节点

实际操作 15–3　如何平滑路径

具体操作步骤

　　▶**步骤1**　使用选取工具选中需要删除节点的路径。

　　▶**步骤2**　在工具箱中选择铅笔工具中的平滑工具，在路径上需要平滑的地方滑动。

　　▶**步骤3**　通过不同方向、不同弧度的滑动使路径平滑，见图15-36。

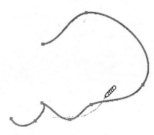

图 15-36　平滑路径

路径的编辑使我们所绘的图形变得更完美。路径的编辑包括转换方向、继续勾勒已存在的路径、应用合并节点来连接路径以及转换方向。在 Illustrator 中使用转换节点工具可以方便快速地将直角点转换成平滑点，或者将平滑点转换成直角点。

实际操作 15－4 如何编辑路径

具体操作步骤

▶**步骤1** 使用直接选取工具选择路径中要转换的节点。

▶**步骤2** 使用转换方向工具 ⼁，单击一个直角点并拖动，可以创建一个平滑点，见图 15-37、图 15-38。

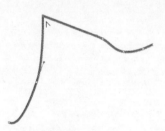

图 15-37 单击直角点

图 15-38 调节成平滑点

▶**步骤3** 同样，可以使用转换方向工具单击一个平滑点，将它转换为一个没有方向线的直角点。

▶**步骤4** 也可以用直接选取工具选择一个平滑点，这时将显示出节点句柄，然后使用转换方向工具拖动节点的句柄，将该段转换成一个直角点。这与单击平滑点的结果不同，转换后节点的两侧路径方向不同，见图 15-39。

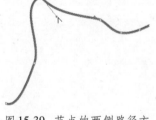

图 15-39 节点的两侧路径方向不同

▶**步骤5** 编辑不同风格的路径并添加填充效果，见图 15-40、图 15-41。

图 15-40 路径效果（1）

图 15-41 路径效果（2）

15.7　本章小结

本章介绍矢量绘图软件 Illustrator 的基础知识，包括矢量图与位图区别、矢量图形、绘制工具、选择工具、路径寻找器（Pathfinder）面板、颜色填充与其他面板、节点与路径的编辑。

15.8　课后练习

1. 简答题

描述矢量图与位图的区别。

2. 操作题

用路径寻找器面板创建如图 15-42、图 15-43 所示的图形。

图 15-42　矢量图形（1）　　　　　图 15-43　矢量图形（2）

第16章
用 Illustrator 绘制标志

16.1　钢笔工具用法

钢笔工具是绘制矢量图形时最常用的工具，因此必须熟练运用。钢笔工具的运用方法是通过点击、点按并且拖动，以及配合 Shift 键来完成的。

（1）使用钢笔工具绘制直线，见图 16-1。

图 16-1　用钢笔工具绘制直线

绘制完成后，按键盘上的 V 键结束绘制。

（2）使用钢笔工具绘制 45° 的折线和水平直线，见图 16-2。

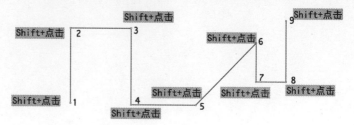

图 16-2　绘制 45° 的折线和水平直线

绘制完成后，按键盘上的 V 键结束绘制。

（3）使用钢笔工具绘制曲线。点击并且拖动产生句柄，见图 16-3。绘制完成后，按键盘上的 V 键结束绘制。

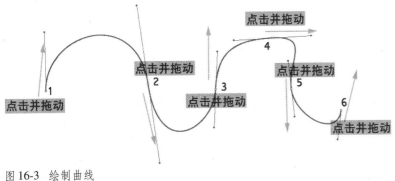

图 16-3　绘制曲线

16.2　置入位图图像

在进行三维动画制作、平面设计的时候通常需要用到标志图形。如果没有高分辨率的标志图像，或者需要把这个标志图形通过三维模型做成三维动画时，就需要把标志图形重新描下来。Illustrator 强大的矢量绘图功能可以完成这个任务。

下面以北京电影学院动画学院的标志为例进行实际操作练习。

执行菜单命令 File（文件）→ Place（置入），从光盘中选择本章素材文件夹中的"学院标志.JPG"图像，点击 OK 按钮，用这张低分辨率的图像来创建所需要的矢量图形，见图 16-4。

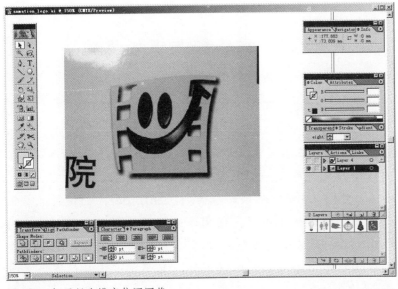

图 16-4　打开低分辨率位图图像

16.3　描绘标志图形中的胶片部分

下面是描绘标志图形中的胶片部分的具体步骤。

▶**步骤 1**　在层面板中新建一层，位于位图层的上方，然后单击位图层小三角前面的方块，出现锁状图标。这样在上层中的绘图操作不会影响到下一层。

▶**步骤 2**　在工具箱中双击颜色示例，设定线条颜色为黑色，填充颜色为无，见图 16-5。

▶**步骤 3**　选取工具箱中的钢笔工具，沿胶片的边缘描绘。描绘的时候注意把适当数量的节点分布在标志的边缘。连续点击创建的是直角节点，点按并且拖动创建的是平滑节点，见图 16-6。

图 16-5　设置线条颜色和填充颜色　　　　图 16-6　描绘路径

▶**步骤 4**　沿胶片的四周描画，最后在开始点将线的首尾闭合，形成一个标志的轮廓。

16.4　描绘胶片上的齿孔

下面是描绘胶片上的齿孔的具体步骤。

▶**步骤 1**　在层面板中新建一层，用来描绘胶片上的齿孔。同样选用工具箱里的钢笔工具，分别描画胶片的齿孔。每画一个齿孔就形成一个闭合的图形，见图 16-7。

▶**步骤 2**　使用路径寻找器（Pathfinder）面板给这些闭合的图形进行布尔运算。使用选取工具选择所有图形，点击 Pathfinder 面板中的差集按钮，得到大致的胶片形状。关闭层面板中下面两层的眼睛图标，显示出最上层的图形，见图 16-8。

图 16-7　描画齿孔　　　　　　　　图 16-8　胶片形状

16.5　调整标志图形

▶**步骤 1**　选择工具箱中的变换节点方向工具 ⬈，打开图像层的显示，把原图像作为背景，并放大视图。根据背景中的图像调整上层中的图形，见图 16-9。

图 16-9

▶**步骤 2**　使用变换节点方向工具的时候，按住键盘上的 Ctrl 键，可以把工具临时切换成直接选择工具，用来选择图形中的节点或者路径。

▶**步骤 3**　使用变换节点方向工具点击节点，可以把圆滑节点转变成直角节点；点击并且拖动，可以把直角节点转变成圆滑节点；点击节点的一个句柄并且拖动，可以把节点两边的路径方向改变。利用上述技巧调整好整个图形。

16.6　创建标志图形中的眼睛和嘴

▶**步骤 1**　新建一层，关闭刚才创建的胶片图形的显示。使用工具箱中的椭圆工具，在新的一层中创建椭圆。创建完毕后将椭圆移动到适当的位置，并且运用工具箱中的图形旋转工具，使创建的椭圆完全贴合背景中的眼睛图形。

▶**步骤 2**　标志图形中扬起的嘴角，可以使用上一节中的钢笔绘制的方法来创建。创建时使用较浅的路径颜色，便于新创建的图形与背景区分。创建完嘴角路径后进行细节调整，然后关闭背景层的显示，此时得到标志图形中眼睛和嘴的轮廓图，见图 16-10。

图 16-10　眼睛和嘴的轮廓图

16.7　给标志图形填充颜色

下面是给图形填充颜色的具体步骤。

▶**步骤1**　用选择工具选中图形。在工具箱中设置胶片的填充颜色为黄色，路径颜色为无色，见图 16-11。

▶**步骤2**　设置眼睛和嘴的填充颜色为黑色，路径颜色为黑色，见图 16-12。

▶**步骤3**　填充之后得到完整的标志图形，见图 16-13。

图 16-11　设置颜色　　图 16-12　设置颜色　　图 16-13　填色后的标志图形

16.8　为标志添加阴影效果

▶**步骤1**　运用 Effect（效果）菜单给图形添加效果滤镜，可以使图形在原有基础上产生变化，以起到修饰和丰富画面内容的作用，见图 16-14 至图 16-16。

图 16-14　原图　　　　图 16-15　添加圆角滤镜　　　图 16-16　添加粗糙滤镜

添加阴影是针对一个图形元素来说的，所以给图形添加阴影之前需要把不同层的图形成组为一个对象。

▶**步骤2** 选中所有图形，然后执行菜单命令Object（对象）→ Group（成组），或者使用快捷键Ctrl+G，这时被选中的图形被成组为一个对象。

▶**步骤3** 选中这个对象，执行菜单命令Effect（效果）→ Stylize（风格化）→ Drop Shadow（阴影），打开添加阴影对话框，见图16-17。

▶**步骤4** 设置阴影的颜色、距离和透明度，点击OK按钮，得到添加了阴影的标志图形，效果见图16-18。

图 16-17 添加阴影对话框

图 16-18 最终标志图形

16.9 本章小结

本章介绍如何用Illustrator绘制标志，包括钢笔工具的用法，并用一个具体范例介绍如何置入位图图像、描绘胶片部分、描绘胶片上的齿孔、调整图形、创建标志图形中的眼睛和嘴、为图形填充颜色、添加阴影效果等。

16.10 课后练习

操作题

（1）从光盘中打开本章素材文件夹中的图片，用各种图形标志作为蓝本，练习使用钢笔工具描绘图形。

（2）为不同的图形和路径填充颜色。

（3）使用Effect（效果）菜单为图形添加效果。

习题参考答案

第1章

1. 填空题

（1）480KB

（2）3

（3）4

（4）RGB、Lab、Indexed

（5）红、绿、蓝

（6）青、品红、黄

2. 简答题

（1）不准确

（2）无关

第2章

1. 填空题

（1）AA

（2）C

（3）AAB

（4）BD

（5）ABCD

2. 简答题

（1）可通过菜单栏或快捷键F5方式。

第3章

1. 选择题

（1）B

（2）A

（3）B

（4）A

第4章

1. 填空题

（1）Ctrl+1、Ctrl+2、Ctrl+~、Ctrl+4

（2）黑色表示被蒙住的部分，白色表示未被蒙住的部分。

2. 选择题

A C

第5章

1. 填空题

（1）都是按Q键

（2）单击、拖动

（3）拆断、不拆断

2. 简答题

为了同时可以看清蒙版和图像内容。

第6章

1. 填空题

（1）图像

（2）亮度、像素数

（3）Ctrl+L、Ctrl+U

2. 简答题

不一样。

第7章

1. 填空题

（1）涟漪、波纹等

（2）Shift+O

（3）Alt

（4）Ctrl+J

第8章

填空题

（1）模糊滤镜、杂色滤镜

（2）滤镜菜单、Ctrl+F

（3）动感模糊

第9章

1. 填空题

D、X

2. 简答题

（1）在索引颜色表中，如果原图像中的某种颜色没有出现在该表中，则程序将选取现有颜色中最接近的一种，或使用现有颜色模拟该颜色。

（2）模糊滤镜是使图像中相邻像素减少对比度而产生朦胧的感觉。

第10章

填空题

（1）素描

（2）纹理

（3）连续、一次、背景色板

连续：将会对取样点不断地更改，此时擦除的效果比较连续。

一次：按下鼠标对颜色取样，此时不松开鼠标键就可以很容易地对该取样的颜色进行擦除。

背景色板：只对背景色及容差相近的颜色进行擦除。

第11章

1. 填空题

（1）艺术

（2）木刻

（3）水彩

第12章

（1）习题提示：在笔头选择器中点击 Variant（变体）→ Save（存储）命令，可以将当前的笔刷保存为自命名的笔刷。

第14章

（2）习题提示：逐帧绘画，即从一段动作中截取最突出的动作，然后在 Painter 中进行描绘。

流程：打开 AVI 视频→添加层→绘画→删去画布层内容→合并层→下一帧绘画。

第15章

1. 简答题

习题提示：矢量图和位图的区别在于矢量图是用数学的方法绘制出来的，它由点、线、面构成。这些点、线、面跟各自的属性有关，与分辨率无关。而位图是基于像素点来绘制的，分辨率改变时会影响其清晰度。

2. 操作题

习题提示：路径寻找器处理的结果类似布尔运算的结果。理解并集、交集、差集等，这些数学概念可以很好的理解和运用路径寻找器。

第 16 章

操作题

（1）提供的素材图片是使用 Illustrator 绘制的商业 Logo。

操作提示：通常对输入的文字添加一定的颜色或者形状变化。如果要对文字做变化，一般把文字打散（使用 Object → Expand 或者 Type → Create outlines 菜单命令），这样文字的各个区域和笔画可以单独填色或者做形状的编辑。

（2）操作提示：在绘制的过程中充分运用图层设置，把图形绘制在不同的图层中。可以更好更快地填色和编辑，避免不必要的误操作。

共同打造"中国动漫游戏优秀教材出版工程"

"中国动漫游戏优秀教材出版工程"是国内首家专门定位致力从事动漫游戏教材研发和出版的的机构，由北京电影学院动画学院、中国动画学会及海洋出版社等知名出版机构发起和组建，得到了国家新闻出版总署、中国广播电影电视总局等部门的大力支持。已经推出的"十一五"全国高校动漫游戏专业权威系列教材近40种，全面展示了"最核心的动漫游戏理论"、"最新的数码影像技术"、"最典型的项目应用"，为国内动漫游戏专业提供了一套标准、实用的通用教材，该系列书一经上市，立即受到了业界和广大读者的一致好评，被许多动画专业及相关专业的院校列为指定教材。

中国的动漫游戏教育刚刚起步，动漫游戏等新技术更是日新月异，为了保持我们教材出版的领先性，谨以"开放、诚信、合作、发展"的态度，热诚邀请国内外专家和教师加入到我们的策划和编写队伍中来，我们承诺以"最优秀的编辑出版质量"、"最富创意的营销企划"和"最通畅的发行渠道"对待每一本书稿，保证作者的稿酬收益。另外，依托我们广泛的优势资源和交流网络平台，我们努力促成优秀书稿在海外的出版发行。

投稿热线：(010) 62100096   86489673   Email：zhoujoy@126.com

教师服务专区

尊敬的各位老师：

真诚感谢您对"中国动漫游戏优秀教材出版工程"的支持，填妥下表，我们将及时为您寄送最新书目和相关资料。

姓名：   性别：   年龄：

联系电话：   Email：

通信地址：   邮编：

学校名称：

教授课程：   班级名称：   学生人数：

教授课程：   班级名称：   学生人数：

教授课程：   班级名称：   学生人数：

教授课程：   班级名称：   学生人数：

您的近期写作计划及主要内容：

地址：北京海淀区大慧寺路8号海洋预报中心大楼716海洋智慧   邮编：100081

联系电话：010-62100096，010-86489673   更多信息请浏览：www.wisbook.com